刘人云 著

长江柳

刘人云作品选

UNITY PRESS
團结出版社

图书在版编目(CIP)数据

长江柳：刘人云作品选 / 刘人云著. —北京：团结出版社，2021.5

ISBN 978-7-5126-8640-3

Ⅰ. ①长… Ⅱ. ①刘… Ⅲ. ①中国文学-当代文学-作品综合集 Ⅳ. ①I217.2

中国版本图书馆 CIP 数据核字(2021)第 041878 号

出　　版：团结出版社
(北京市东城区东皇城根南街 84 号　邮编：100006)
电　　话：(010) 65228880　65244790
网　　址：www.tjpress.com
E - mail：65244790@163.com
经　　销：全国新华书店
出版策划：成都力扬文化传播有限公司　028-86965206
印　　刷：成都兴怡包装装潢有限公司

开　　本：145mm×210mm　1/32
印　　张：12.25
字　　数：305 千字
版　　次：2021 年 5 月第 1 版
印　　次：2021 年 5 月第 1 次印刷

书　　号：ISBN 978-7-5126-8640-3
定　　价：50.00 元

序 言

吴家荣 杨树森

一

刘人云先生是国内有一定知名度的传奇人物。

作为老三届人的文科学霸，一生经历颇多坎坷。

他是作家、诗人和教育名师，作为中共党员，长期耕耘着教书育人和写作编辑两块田，收获颇丰。《中国教育报》曾有文《期待出现更多作家型语文教师》，他就是时代期待的这类作家型语文教师。过去，鲁迅、叶圣陶、朱自清、沈从文、冰心等等大作家都当过教师。所以，作家型的语文老师是应该大力提倡的。

他在中年时从内地闯入深圳，是深圳市中学语文首位学科带头人，教育教学专家，成果累累，在深圳教育界声名显赫。

他的才华是多方面的。就文艺创作而言，他创作的文学样式广泛，涉及诗歌、散文、小说、电影文学剧本、电视剧舞台剧本、文艺评论等；教书育人更是成果显赫，上课大受师生欢迎，搞科研写论文、教育教学管理、编辑书报刊都是拿手好戏。

他勤奋敏捷且效率奇高，有老同学戏称道，一见他，就看见他的额头上刻有一支笔，几乎每天笔耕不辍，共发表的各类文字共有七百余万言。其中，发表教育教学论文约400篇，获国家、省、市教育教学研究奖近200项。同时，发表诗歌、散文、小说、剧本等400余件，获多个文艺奖项。他一共出版了教育教学著作7本，文学作品4本。编辑单位里的书报刊有三十多种，就连他近两年来经营的新浪博客，阅读量都有四十多万人次。

所以，他约我们为他的这本散文集写个序，我们欣然应允。

二

刘人云先生是安徽芜湖人。中学就读于芜湖一中，1968年底下放泾县农村，后上过师专，在县城当过教师，开始发表诗歌、小说和剧本。1977年考入安徽师范大学中文系，继续发表各类文艺作品，尤其以诗歌、电视剧、文艺评论和语文教育文章闻名省内外。他当时是全国大学生诗歌运动安徽师大社团的领先人物，创作的两部电视剧由中央电视台播放。当时他也写了一些小说，有些发表了，有些无暇修改，只做留存。他同时也是安徽省作协和剧协会员。

1991年，他历经一番曲折调进深圳。不久，他的写作才华大爆发，受《深圳特区报》《深圳商报》《深圳法制报》《特区教育》《深圳青少年报》和《芜湖日报》等多家报刊的青睐和支持，他发表了大量的时评、通讯报道、文艺性散文等，同时也在多处发表教育教学文章，几乎处处可见他的文章，市教研员戏称他是“天下无人不识君”。他多次被这些报刊评为优秀通讯员，并一度被《深圳法制报》和《特区教育》聘为专栏作家。他为深圳教育事业和新闻事业作出了突出的贡献。他还写了一些小小说，为转型中的社会摄下一些生动的众生相。

2000年以后，他担任了深圳市翠园中学副校长，因为教育教学科研及管理工作太多太忙，文艺创作少了。这期间，他在教育教学科研上做出了非常突出的贡献，如高中课改、研究性学习和语文343教学法等，在全国产生重要影响。又如2006年他担任了教育部举办的首届全国高中新课程校长研修班的业务班长，并受邀到多地讲学。又如在2000年全国中学语文教研会主办的语通杯教研成果大赛中，他一举获得了优秀专著、优秀创新论文、课题实验成果和优秀编著一等奖，全国罕见，为全国语文界瞩目。

2009年他完全退休后，婉拒了一些民办学校请他当校长的邀请，创作了历史长篇小说。书出版后，他就带领一批退休教师下到底层民办学校支教，一干就干了六年。

从2017年开始，他开始对自己以前写的作品尤其是中短篇小说和散文，逐篇整理修改，有些陆续发表在中国作家网等网络平台上。现在他又整理出散文集《长江柳》和中短篇小说选《青春帆》，并先将散文集交付出版，算是对自己长年散文创作的一个比较完整的总结。古人将“立功、立德、立言”作为人生目标，每一个正派作家都可以因“立言”而感到自豪和欣慰，年老的刘先生更是如此。

三

这本集子里共收集了他的90篇散文。绝大多数曾发表在各地报刊上，也有一小部分曾收集在他的诗歌散文集《风雨花》里。写作时间从上世纪80年代起，主要集中在90年代，一直延伸到今天。其充满正能量，独具慧眼，感情真挚，取材广泛，内容丰富新鲜，形式多姿多样，以记叙和议论为主，颇具时代感、可读性和实用性。可用两句话来赞扬，即：改革大潮的“快闪”，智者审世的“金睛”！读者可以跟着它一起重温改革开放走过的光辉岁月和即时思考，并获得感动、启示和乐趣！相信它一定会得到广大读者的欢迎。

全书分为四辑。除了第一、二篇，其余都是按文章发表的先后时间排列的：

第一辑为“轻扬江堤”。

主要是人生感悟，所谓世事洞明皆学问，人情练达即文章，很有启发性。之所以让第一、二篇提前安排，是因为作者另有考虑。首篇《一语惊天》，表达了作者全部散文写作追求的重要目的之一，即“独具慧眼”，或者说像孙悟空那样具有洞悉事物本质的“火眼金睛”，以有助于读者认识人生，提高人生的质量和效率。文中说得好：“‘一语惊天’，《现代汉语词典》上没有解释，我想它是指那些独立、新颖、深刻的见解却以简明扼要的话语来表达，而对闻者造成很大的冲击力，或使人如闻天语，或使人豁然开朗，从而使人的思想认识产生了一个飞跃，上一个台阶，使人有‘听君一句话，胜读十年书’之感，实为知识者人生中的幸事。”

如读本辑中的《不被承认并非不承认》《争取一步便跨过零》《提醒前进》等文以及全书，你都可以感受到在人生前进的途中，作者的睿智如“金睛”闪闪发光。

细分一下，这辑里还有两类文章：一类是写对社会环境认识的，如《戏说深圳的百分比》《在陆与海的连接处》《沙暴袭来之际》《“火车”行，必有我师焉》等，尤其是《带队赴英夏令营学习记事》一文，会让你大开眼界；还有一类是写自己及父母的，其中全国获奖的《课堂赋》，就是写了自己的主耕田——教学生涯的，虽然不长，但形象概括鲜明。所以将它放在全书第二篇的位置，也是做个强调。至于写父母的《分段》和《我的母亲是抗战老兵》（在网上广泛流传），笔端流淌岁月沧桑，人生坎坷，令人不禁潸然泪下。

第二辑为“雨巷茶座”。

以时评为主。所谓“家事国事天下事事事关心”，充分体现了中国知识分子“先天下之忧而忧”的家国意识和人文情怀。这辑里特别表现出作者对时事敏锐的摄取力和独特的洞察力！尽管世事已变迁，但读来仿佛就在眼前。

前已提到，作者在1994年2月至6月受《深圳法制报》的夏和顺编辑之邀，担任该报时评业余编辑，每周写一篇国内时事综评，要求抓住典型和共性，并带有情节性。这不啻是一场考验。但对善编能写的他来说，正是拿手好戏！他小学和中学时就是全校墙报主编，先后主编了多家单位的报刊资料，多达30多种。

这一次正好再显身手，于是一连写了18篇，得到广大读者的热烈欢迎，读者尽可慢慢品味。

有趣的是，作者是个足球迷，受邀在报刊上先后发表了四篇球评，得到编辑和读者们一致好评。《点球启示录》看是谈球，却蕴含着丰富的哲理，“足球场上永远上演着的‘实现渴望’之战斗剧，给了在平庸中挣扎的人类以无限的慰藉和鼓励”！《世界总是笑纳英才》则被中国《体育报》刊登。另两篇也得到编辑的大力赞扬与荐读。

第三辑为“文房走笔”。

主要是文艺评论和阅读指导。

一是对文艺作品思想内容和写作技巧的分析评价，十分独特，富有创见，给阅读者简明深入的导引，给写作者以极大的启示，显示了作者较深厚的文学理论功底和敏锐的艺术鉴赏力。《使世界变小》和对电影《芳华》的评论等等，都是短小精干，新颖别致，令人深思，且饶有趣味。

二是对著名作家作品的评论或读后感。如对曹雪芹、茅盾、郭沫若、张爱玲等以及家乡著名工人作家王兴国的评论，尽管长短不一，有些只是一个点，但都有独特的见解，绝不炒人冷饭，这是最难能可贵的品德和才华。如获省报纸副刊奖的文章《痴——一部巨著的辐射核》，举重若轻，一下子抓住《红楼梦》艺术构思之核心，并以此作为评析电影《红楼梦》的标杆，自然令人信服。

三是对阅读的指导。这也是他作为语文名师的强项。他著有专门指导高考中考阅读与写作的著作，影响很大。这里主要谈的是对一般文艺作品的阅读意见，相信对读者的阅读一定有所帮助。

第四辑是“杏林采霞”。

主要是写教育方面的。作者是教育教学名师，他的教育教学著作及文章比他创作的文艺作品要多。但是，这部分选择的文章不能专业化学术化，必须面对广大读者，并让他们有所收获。所以主要选择了以下三个方面：

一、反映深圳教育教学和师生前进风貌的文章。深圳教育的发展与特区的发展是紧紧关联的，从当初的一个小渔村快速发展成举世瞩目的现代化大都市，这里面用“日新月异”来形容一点也不过分，也是广大读者迫切希望了解的地方。而作者发表了大量有关这方面的通讯特写一类的文章，本辑尽心选了一部分，如《特区中学生五彩的内心世界》《特区教师心态一瞥》《胞情备忘录》《一曲拥抱新世纪的彩色立体交响》等，一定能满足你的好奇心。深圳教育当然也有困难的一面，《感情温暖，智力扶持》一文反映了作者他们退休后支持经济类民办学校的情况，令人焦虑，也令人欣慰。

二、关于教育学生的短评。作者发表过大量这方面的文章，这里只选有代表性的几篇。作者曾受《特区教育》杂志社的邀请，从 1997 年到 2000 年，担任该杂志特约撰稿人和《现代家庭教育》专栏主持人，这里只选用了《教孩子学会与人相处》一篇。又如在海天出版社出版的《特区学生也有烦恼》一书中有他写的 7 篇文章，这里只选了《爱，是不能忘记的》一篇。还选了《2008 级高一新生入学教育大会演讲提纲》，读者可以看到学校和教师是如何殚精竭虑来帮助学生立志成才的，相信对家长和学生还是有一定程度震撼的。

三、还有对一些教育热点的评说和经验介绍。主要是高考，既有对高考改革的建议（《改革高考内容比改革制度更有作为》），又有对学生参加高考前的心理指导（《高考前，我讲了三个小故事》），又有对高考后学生家庭攀比现象的批评（《学生家里的热战冷战：常常源自攀比》），还有对大家都关心的高考作文的指导（两篇）。因为作者是作家型的语文教师，所以，他的指导非常准确具体到位，含金量很高，不是空泛抽象，更不是隔靴搔痒。随着高考语文和作文分量的加重，这些文章一定会引起你的兴趣并对你的孩子有所帮助。

这些文章的特色也都是“独具慧眼”，具有很大的启发性。

总之，这本散文集最大的特色就是独创性强，思辨性强，新颖丰富生动，极具指导性启发性，不愧是：改革大潮的“快闪”，智者审世的“金睛”！

四

说到本书的书名，本书第一辑里的文章《人生当如树》作了形象的印证。柳，树中的文君子，迎风而立，摇曳多姿，与水作伴，生命力极强，多生于江南。贺知章的《咏柳》诗云：“碧玉妆成一树高，万条垂下绿丝绦。不知细叶谁裁出，二月春风似剪刀。”柳，是作者心中的偶像。定语“长江”是作者心中的母亲河，流淌在自己的血液里。故将“长江柳”作为书名。

“工作着是美丽的。”对老年人来说，更有深刻的体会。前不久，90岁的军旅作家徐怀中的作品《牵风记》，荣获第十届茅盾文学奖，这对所有老年人都是一个有力的鼓舞。尽管老年人精力已大不如前，但适当的工作，只会有益于健康，更充实了人生。因此，特为人云先生贺，祝他老当益壮，“立言”辉煌！

2020年3月21日

吴家荣：安徽大学文学院教授，省级重点学科安徽大学文艺学科创点人，中国作家协会会员，中国文艺理论学会理事，中国中外文艺理论学会理事。出版著作《阿英传论》《中国化文论的历史进程》《中西叙事精神之比较》《文学思潮25年》等近20种，发表文章160余篇。

杨树森：安徽师范大学文学院教授，曾任中国逻辑学会理事，出版有《普通逻辑学》《逻辑修养与科研能力》《新编中国秘书史》等著作十余种，发表学术论文百余篇。与作者是初中、高中、大学同学。

目录 CONTENTS

第一辑 轻扬江堤

第四辑 杏林采霞

Part 01 轻扬江堤

C H A N G J I A N G L I U

一语惊天

“一语惊天”，《现代汉语词典》上没有解释，我想它是指那些独立、新颖、深刻的见解却以简明扼要的话语来表达，而对闻者造成很大的冲击力，或使人如闻天语，或使人豁然开朗，从而使人的思想认识产生了一个飞跃，上一个台阶，使人有“听君‘一’句话，胜读十年书”之感，实为知识者人生中的幸事。

笔者就时有这种感觉，说起来话长。记得六十年代初期，我的一个舅舅来我家跟我们谈心，他说右派里面也有好人，对我这个初中生来说，当时是大吃一惊！如此“反动”的言论竟出自亲人之口，在当时充满阶级斗争气息的环境中真是如闻天语。

但就读书评书范围内的“一语惊天”来说，在80年改革开放以后，才听得越来越多。笔者当时正在安徽师范大学中文系读书，听讲唐代文学的余恕诚老师的课，就常有“一语惊天”之感，精神亢奋，获益非凡。

比如有次他讲到郭沫若先生在“文革”中写的那本颇有影响《李白与杜甫》时，说：“如果你要研究李白与杜甫，就不必读此书；但你要研究郭先生，此书则非读不可。”真是独具慧眼，一针见血！它既使我们明白了该从怎样的角度去读此书，更使我们明白了一个重要的读书方法，那就是读书时还要读“时代”，读“作者”，才能准确地把握作品的思想倾向。

又如评价大诗人杜甫的名作《兵车行》，余教授又发出“惊天”之语。他说：“过去我们有很多评论，一到国内大抓阶级斗争的时候，就说《兵车行》是反侵略战争、弘扬爱国主义的作品！一旦国内搞和平建设，就说《兵车行》是宣扬和平主义的反战作品，真是因时趋利，失掉了实事求是的态度。”这番话使年青的我们深切地懂得了，对诸多文艺评论文章也不能盲信盲从，要有自己的独立思考和实事求是的科学态度。

还有一次评论大诗人李白。在谈到李白的世界观时，余教授说，历来的评论家对此说法不一，文学史上的评价也各不相同。有说他以儒家思想为主，有说他以道家思想为主，有说他以佛家思想为主。其实我认为，李白的世界观跟一些敏感而热情的大学生倒相似，今天崇拜萨特，明天又去读尼采，再过几天又是罗素，学得快，换得也快。从这个意义上说，李白之所以能始终具备诗的激情，正因为他始终保持了年轻人的一些天性。

当时听了余教授的这番话，大家禁不住地在课堂上鼓起掌来。如此实事求是的新颖独到的见解，真使我们茅塞顿开，如沐春风。

大学毕业后，我曾去余教授家拜访，表达我们念念不忘的感激之情，余先生也动情地说：“我在你们这班老三届大学生中得到了不少‘知音’，我也因此而感到欣慰。”

对一位教师来讲，恐怕没有什么能比学生对他的学问由衷敬佩更叫他高兴的事了。

这么多年来，在茫茫书海中，在淼淼人海中，我始终努力地寻求那些“惊天”之语，并对这些陌生的或熟悉的“天语”制造者充满了敬意，因为正是他们酿造了我精神食粮中的“高蛋白”。另一方面，我自己也努力制造着那些“惊天”之语，在自己的文章中，在自己的教学中，在与朋友的思想碰撞中，努力使自己保持对真理真诚的爱和实事求是的科学态度。我感到，只有这样，才能使自己一步一步地接近真理，一步一步接近世界和人生的真谛。培根说得好：“研究真理（就是向它求爱求婚），认识真理（就是与之相处），和相信真理（就是享受它），乃是人性中最高的美德。”“惊天”之语之所以得到明智者的酷爱，正因为它当中含有新鲜独特的真理。

（发表于1996年2月12日《深圳特区报》，收入《余霞成绮——余恕先生纪念文集》一书，北京大学出版社2015年8月出版）

课堂赋

活了 40 多个春秋，屈指一算，竟有 30 多年与课堂相随。

少年时，学都德的《最后一课》，我曾被韩麦尔先生的爱国深情所感动；年轻时，登上讲台给学生们讲了《最后一课》，我才真正体会到韩麦尔先生为什么会对讲台有那么深挚的感情。

那一年，我去安徽省当涂县二中实习，最后一次讲课讲的就是这篇《最后一课》。当我满怀激情地结束了这一课，像韩麦尔先生那样在黑板上写下“同学们再见”一排大字时，讲台下竟是一片唏嘘抽泣之声。顿时一股激流呼啸而来，一种情愫油然而生，于是我的眼前也模糊不清了，我强烈地感觉到：我这一生将由此与讲坛结下不解之缘了！

随着教龄的增长，我不知不觉地把课堂“圣坛”化了。每当我踏着上课铃声走向教室，每当我看到那几十双可爱的、充满求知欲的晶亮亮的眼睛，每当我扫视那一排排整齐的课桌和一沓沓书本的时候，我的血液就一下子加快了流速，大脑里的兴奋区一片光亮，浑身充满活力。不论先前有什么牵肠挂肚的事、耿耿于怀的结，顷刻间便统统消失得无踪无影了，全身心都倾注在课堂中，课就是我，我就是课，真是“课人合一”了。

因为有了情，就殚精竭虑地向这“圣坛”献出最丰美的珍品；因为用了心，就绞尽脑汁地筹谋在这“圣坛”展现最美妙的艺术。多年来，在我所教的几所重点中学里，我既搞教学科研，又走上讲台讲课；既听评别人的课，又被别人听评自己的课。多年来，我一面大量阅读和写作，一面坚持置身于教育教学的第一线，把敏锐的时代感觉、切肤的读写经验渗进课堂教学的内容之中，努力追求“时代化、实效化、多样化”的教学风格，得到了学生的热烈欢迎，其乐可谓无穷。多年来，我写的教研文章和文艺作品频频面世，都获得了十多次市级以上的教研奖和文艺创作奖，这源头无不来自课堂。为人师表而带来的喜悦和由此产生的不断进取的动力，使我几十年曲折的奋斗道路得以顽强地向前延伸，使我始终对课堂、对学生一往情深。

去年寒假前，我收到了所教的高三（4）班学生集体赠给我的一张贺年片，上面写着这样的词句：您的训练战术确有效，“短、平、快”的打法使我们的精神为之一振。谢谢您经常为我们粘本子，谢谢您孜孜不倦的教诲。最喜欢听您的一语惊天……

一一读来，喜悦之情充盈全身。天底下难道还有比得到莘莘学子发自肺腑的感激赞美更叫人快乐的事吗？没有！我真的认为没有！

真是生我者，课堂（家父曾任校长）；育我者，课堂；成我者，课堂；知我者，课堂；乐我者，课堂！不禁喜改刘禹锡的妙文《陋室铭》而成《课堂赋》，曰：

乐不在财，上课则成。喜不在名，授业则灵。斯是穷地，惟吾心浸。鲜花傍窗艳，绿树映室青。谈笑有孺子，攻关无白丁。

可以滋桃李，泽后人。无“卡拉”之乱耳，无“下海”之劳形。岳峦白鹿庐，曲阜讲学亭。“红烛”曰：何“苦”之有？

（发表于《人民教育》1994年第5期，荣获《人民教育》全国散文征文二等奖）

失物招领箱

一只崭新的失物招领箱挂在人民电影院前厅的墙壁上，新的苹果绿木框散发出一股浓香，明亮的玻璃照得见人影，箱里盛着粗心的观众们遗失的一些物品：钢笔、钱包、证件、衣物等。此刻，电影尚未放映，他站在箱子的面前，心中翻起汹涌的思潮……

记得是一九六四年初夏，他正读初三，有一次跟父亲到这里来看电影，从家出来的时候父亲带了三十元钱，准备散场后路把这钱送到一个遭了火灾的同事家去。当他们看完电影，走到大街上的时候，爸爸一掏口袋，糟了！三十块钱不见了！父亲双手捂着口袋，皱着用头想着说："我什么时候掏钱的？对了！就是开映时你吵着要买冰，害我掏了钱，钱恐怕掉在电影院里了。"

"对了！"他想起了，"就怪儿子！"他们急急忙忙赶到电影院，找到一位工作同志，他一听情况，就笑着说："放心吧！只要肯定是在电影院掉的就掉不了！"说着，那同志带他们来到厅前的"失物招领箱"面前，一看，里面果然有一叠钞票，他高兴得跳了起来。回家后，他写了一篇歌颂失物招领箱的作文，父亲看了还添上两句："啊，你是社会主义精神文明的一面橱窗，你是我们时代贮满鲜花的心房！"这篇作文还参加了学校征文比赛，结果得了一等奖。

没想到两年后，在"史无前例"的横扫中，他的这篇作文也遭到批判，罪名是"调和阶级矛盾，抹煞阶级斗争"。在一片冲杀声中，我们灿烂的文明被践踏了，高尚的情操被玷辱了，纯真的信仰被摧残了，

失物招领箱当然也在被砸烂之列，后来，尽管在它原来的位置上换上了"最最革命"的红标语，然而电影院里却时常响起刺耳的口哨声、污秽不堪的辱骂声以及钱包被窃时的惊呼声。每当遇到这种情形，他总是看到许多人喟然长叹。父亲有次正巧又带了三十块钱，却在出场时拥挤的人群中被窃了，胸前的口袋也被指甲刀划开。找谁都没有用，只能自认晦气。

可喜的是，这一切终于结束了，今天当他又看到失物招领箱时，好像重逢了一个多年未见的老朋友，彼此有许多心里话儿要说。面对它亲切而严峻、明亮而焦灼的目光，他突然感到，应该在我们每个家庭里都挂一只"失物招领箱"，大家都来找回那些被严冬劫夺去的宝贵的精神文明，这实在是建设一个宏伟理想的迫切需要啊！

（原载于1981年3月11日《安徽师大》报）

不被承认并非不承认

作者格言：水瓶就是水瓶，茶杯就是茶杯，不管人们的主观愿望如何，它们之间的差别是谁也否认不了，因为这是一种客观存在。

我是个老三届高中生，七十年代初从农村上调上大专，毕业后分配到某县N中学，N中学可谓是该地的最高学府，教工有八十余人。由于自己在学校里一向成绩突出，工作肯刻苦钻研，所以在N中学享有一些声誉。记得有一年，学校要我和教研组长S老师分别向全校师生评讲古代长篇小说《水浒》（120回）的上下部分。

接到任务后，我下了一番苦功，将此书先后翻阅了三遍，并作了许多卡片，然后又搜集了不少资料，进行了一番分析，最后才写好讲稿。

学校决定让我俩先在全体教师面前试讲。第一晚由S老师讲，听的教师大都没有兴趣，未讲到一半就溜走了不少人。第二晚由我讲，由于我作了充分的准备，且表达能力好，一下子就赢得了听众。一个半小时下来，没有一个人中途离场，大家情绪都很饱满，坐在前边的领导们脸上不时露出满意的神色，最后得到了大家热烈的掌声。

当时我非常激动，走下台来真是心花怒放，可是没有料到，接下来学校K书记的小结，却给了我当头一棒。书记当时很冷静地说："我们用了两个晚上听了两位教师的讲评，感觉是不错的。特别是S老师，材料丰富，内涵扎实，对我们很有启发。至于小刘同志嘛，还要进一步听取老师的意见，做好修改工作，因为下面他俩还要分别给学生讲。"

当时我听了他的话，一股热血涌上脑门，真想冲上去和他辩个明白，但还是忍住了。怀着满腔委曲和闷闷不乐回到单身宿舍，把讲稿往地下一扔，一下子躺到床上。从客观效果来说，明明自己比S老师讲得好得多（事后也立即证明了这点，县里其他一些单位纷纷派人找我要稿子），为什么K书记却偏要颠倒褒贬呢？自己辛辛苦苦准备了半个多月，结果是不讨好，这有什么意思？还不如不干！

忽然房门吱呀一声，进来一位中年教师，他扫了两眼，拾起地上的讲稿，掸掸灰，放到桌子上，笑眯眯地对我说："怎么样？闹情绪了，你还年轻，才到学校工作不久，现在人心难测，书记这么讲是爱护你，你以后就会体会到。"

那位老师指着桌上的水瓶和茶杯，意味深长地说，"水瓶就是水瓶，茶杯就是茶杯，不管人们的主观愿望如何，它们之间的差别是谁也否认不了的，因为这是一种客观存在。你是个聪明人，应该懂。"说完，笑嘻嘻地走了。

这位老师走了，我却陷入深深的思考中。是的，任何一种努力及其成果，都会造成一种客观存在，就像大山矗立在平地上一样，不管人们一时愿不愿意承认它的存在，只要它是客观上存在，就必将会得到人们的承认。

想通了这个道理，我振作了精神，进一步修改了讲稿，再给学生讲，结果获得理想的效果。工作上我也一如既往地继续努力。没想到一年之后，K书记突然在开学初的教师会议上，宣布当时只有二十七岁的我担任拥有十多名中老教师的教研组的副组长。奇怪的是，教师们谁也没有意见。这时，我才进一步体会到“水瓶就是水瓶，茶杯就是茶杯”这句话的深刻含义。

（发表于1989年1月22日上海《生活周刊》报）

争取一步便跨过零

作者格言：很多人惯于急功近利，因而放弃努力，但是有意志有毅力的人却知难而进，使成功概率不断增加。

记得有一次，我去赶乘公共汽车，来到街上，看到前方汽车站正好驶来了一部车。这时，我离车站大约有150米，估计跑去已经来不及了，我只好叹了一口气，缓缓走去。不料，汽车一直没有开，大概是售票员和乘客发生了纠纷，于是我开始跑起来，可我快要到的时候，汽车正好发动了，结果耽误了时间。后来，我十分后悔，如果我一开始就跑，肯定能赶上这辆车。因为自己放弃了努力，导致成功的概率只能为零。

这件事给了我很大的启示，我所经历的生活也不断印证了这个真理。由于社会生活的复杂性，有许多事情看起来很难办，或者短时间内根本办不成，其成功概率似乎只能是零。很多人习惯于急功近利，因而放弃了努力，但是有意志有毅力的人却知难而进，顽强力争，使成功的概率不断增加。可以说，有了一份努力，成功的概率就有了10%；有两份努力，概率就有20%；有十二分努力，概率就大于1，事情的成功就很有把握了。

记得十年动乱中的上山下乡期间，由于四害横行，腐败成风，许多青少年都失掉了奋斗的信心。我和我的同学们身于皖南山区的深山老林，日出而作，日落而息，劳动繁重且生活艰苦，但我们没有放弃努力，在山谷间被阵阵寒风所摇撼的旧祠堂里，在昏黄的煤油灯下，我开始了文学创作活动，到处借书抄书，不停地写作讨教，三年间写成了一本诗集。当时这些诗不仅不能发表，而且，万一被查知，还会招来极大麻烦。但我不愿放弃奋斗，我在这本诗集的扉页上题道：

今天，它们只能沉睡于冰冷的箱底，
但将来，它们会站起来对着高山大河歌唱。

六年后，四人帮打倒了。不久后，伟大的改革开放开始了，我的这些旧作陆续在《北京文艺》《安徽文学》等报刊上发表。当我接到这些报刊，看到我那曾被判以“死刑”的旧作终于变成铅字面世时，我的喜悦是难以用语言来表达的，同时更坚定了自己努力奋斗的信心。

在事业上是这样，在生活上也是这样。

我这个人工作一向十分忙碌，工作量也非常大，但我的身体和精神却一直很好。有人奇怪地问我是什么原因，我总是想起我的青少年时代。记得在芜湖一中读书的时候，学校里经常搞长跑锻炼，秋冬两季，每天要跑1500米。当时生活条件差，学习又紧张，许多人认为学习都忙不过来，何必再去作那种努力？但我顽强地坚持下来了，常常是在寒风凛冽的清晨或黄昏，学校操场上很空旷，我们两三个同学互相鼓励着，气喘吁吁地跑完一圈又一圈。我常常想，如果没有当年的锻炼，我是根本不能胜任今天的紧张工作的。

现在的年轻人，国家在各方面创造的条件比我们当时好得多。从这个意义上说，成功的概率系数大为增长。我衷心希望青年朋友们千万不要放弃努力，只要是有益于社会进步和人民利益的，任何高尚的努力都不会白费！

（原载于1991年1月27日上海《生活周刊》报）

快乐方程式

美国经济学家萨缪尔森曾提出过一个“快乐方程式”：快乐=物质消费÷欲望。

如果我们单纯地从经济学的角度来看这个方程式，就会发现两种典型的情况：一是物质消费是恒量，欲望（物质享乐要求）越小，则快乐越大；二是物质消费是恒量，欲望越大，他的快乐就越小。“快乐越来越小”会导致什么后果呢？

笔者从各种报刊上看到不少对罪犯犯罪原因的描述，其中很大一部分人都是因为自身的经济能力有限，而物质欲望急剧膨胀，于是，整日里愁眉苦脸，闷闷不乐，再加上自身思想道德水准低劣，于是萌发了抢、偷、骗、贪污、受贿等念头，最终付诸行动，而沦为阶下囚，前些时伏法的高森祥就是如此。

这倒使我想起雷锋说过的一句老话，叫做：“在工作上向水平最高的同志看齐，在生活上向水平最低的同志看齐。”尽管今天的时代与雷锋那时相比有了很大的变化，但这句话还是有一定道理的。这并不是在提倡什么“苦行僧主义”，也不是提倡什么“低消费”，而是强调：一个人应当压抑那些非分的欲望。这是做人的一条基本原则。

古今中外有多少民间故事、童话、神话都描写了贪心人的可耻下场。俄国大文豪普希金的著名童话《渔夫和金鱼的故事》就是典型一例。记得小时候笔者也曾读过一篇名叫《太阳山》的故事，说是一个人黑夜里拼命在太阳山上采金子，太阳出来了还不肯走，结果被太阳活活烧死。物质上的贪欲最终毁灭了自己。

“知足常乐”，中国的这句古训虽有保守的一面，却不失为我们在对待物质享受方面的一条准则。

（发表于1992年3月16日《深圳晚报》）

金戈铁马，声名赫赫

——黄埔军校参观纪实

十一月末，江南亦已寒风凛冽，广州却是穿衬衫的季节。这一天，我们结伴兴致勃勃地赶来参谒黄埔军校——这座中国现代史上最享盛名的军事人才的摇篮。

因为向导弄错了路，到了市东郊的新洲镇，只好临时改乘渔民的小机帆船。小船开得很快，在广阔的江面上划出两条箭一般的水纹，不时溅起清凉的浪花，打在我们的身上脸上，别有一番情趣。

远远地看到了珠江中心的长洲岛，它横贯东西，岛的中间为起伏的山冈，一片郁郁葱葱。该岛历来为兵家必争之地。在岛的东端分列着清代末年所建的江防炮台，与江南岸的沙路炮台、江北岸的鱼珠和蟹山两炮台形成三足鼎立之势，古称长洲要塞。清末民初，广东陆军小学和广东水师学堂曾在此开办。

小船渐渐驶近了岛的北岸，十几艘人民海军的舰艇威武地一字排开，身穿水兵服的战士来去匆匆。我们急切地跳上岸，不远处便见一座白色的大门及几堵插栏杆的围墙，门楼上书着颜体的“陆军军官学校”六个大字，朴实而端庄。遗憾的是，昔日的校舍已在抗战期间被日寇轰炸殆尽，大门还是在1964年按历史原貌重建的。

想当年，全国二十六个省及国外的革命青年纷纷投奔黄埔，“恰同学少年，风华正茂，挥斥方遒，粪土当年万户侯。”这是何等的踌躇满志，气宇轩昂！仅从1924年6月16日军校正式开学到1927年3月短短的近三年时间内，军校1—4期的毕业生多达4900人，加上各类士兵和分校学生，竟高达33300人。

从大门进去向西几十米，便是黄埔军校旧址纪念馆。这是一幢两层楼的典型的广式建筑，楼上楼下的四周皆有立柱和走廊。真是不看不知道，一看吓一跳，里面三个展室陈列了许多鲜为人知的珍贵文物，如有各种各样的历史人物照片和实物、孙中山先生的手令、军校的各种文件和宣传物、对各种重大事件的新闻报道等等。当年军校用的一口铜钟也完好如初，看着它们，中国第一次国内革命战争的许多历史画面便一幅幅地出现在你的眼前。

1924年，中国民主革命的孙中山先生从长期痛苦的革命斗争中总结了经验教训，于1923年作出开办军官学校的决策。1924年1月国民党第一次代表大会召开，正式实现了国共两党的合作，便成立了军校筹委会，同时委托参加大会的代表回到各地进行招生宣传，于右任、毛泽东等国共两党的人士都为此做了许多工作。

军校以孙中山先生的训示“建立革命军，挽救中国的危亡”为宗旨，以“亲爱精诚”为校训，为革命培养军事和政治人才，组成以军校学生为骨干的革命军，以武装推翻帝国主义和封建军阀在中国的统治。军校创办后，国共两党都派出重要干部到军校任职。孙中山亲任校总理，蒋介石任校长，廖仲恺任党代表，李济深为副校长。邓演达、方鼎英等为教育长。邵力子为秘书长，政治部主任先后由戴季陶、周恩来、熊雄等担任，聂荣臻任秘书，教授部主任为王柏龄，副主任为叶剑英。恽代英、萧楚女、张秋人等任政治教官。何应钦为军事总教官，张治中为入伍生总队长。陈立夫为校本部秘书。刘峙、顾祝同、陈诚、钱大钧、季方等为军事教官。还有苏联的专家鲍罗庭、加伦、巴甫洛夫等协助指导工作。徐向前、林彪、陈赓等都是军校的毕业生。

不可否认，这里曾是国共两党“精英”荟萃的地方，尽管1927年国共两党分裂后，以蒋介石为首的反动派给中国人民造成了许多灾难，但这以前它在培育人才方面却有许多经验仍是可以借鉴的。

黄埔军校当时对学生进行了严格的科学的军事政治教育，同时它又是在浴血奋战中发展壮大的。从1924年10月开始，军校师生在广东革命政府的领导下，仅用了一年时间就把广东各地的反动军阀基本肃清，在岛的西南端就有一座“东江阵亡烈士墓”，是纪念在诸次战役中牺牲的革命烈士的。特别是1926年军校师生参加了光荣的北伐战争，以共产党人和黄埔师生为主干的叶挺独立团担任“北伐先锋”，所向无敌，并以战功显赫而扬威天下。在纪念馆展出的北伐英雄照片中，我看到的第一人即是曹渊，当时的独立营营长，光荣战死在武昌城下。

“曹渊是我们芜湖一中，当时叫省立五中的学生呀！”我不禁叫起来，同伴们皆投来敬佩的目光，我感到十分的自豪。

在二楼的一间房子里，我们虔诚地瞻仰了孙中山先生的故居，一间20多平方米的房子，卧室兼工作室，一张铁架床，一张大办公桌，一把转椅，一座衣帽架，简朴而平凡。想当年这位中国民主革命的巨人为了中国人民的自由民主和解放，呕心沥血，夙兴夜寐，我们心中顿时充满了敬意。

离了纪念馆向北，便是巍峨高大的孙总理纪念碑，需登上几百级台阶才能登上以碑座为中心的小广场。纪念碑约有三十米高，巨型花岗石碑上立着孙中山先生的铜像，他威武矗立，注视若前面的中国大地。敬爱的先生啊，你生前矢志追求的伟大理想已在今日的祖国大地上开始变成现实，改革开放的春风使中华大地一片锦绣，我们仿佛看到了您的脸上也露出了欣慰的笑容……

想当年，金戈铁马，气吞万里如虎。黄埔军校呀，你的光荣与世长存！

（原载 1992 年 4 月安徽《山花报》）

戏说深圳的百分比

深圳有人作了一个戏谑式的估测：如果让深圳人全部站在街上，这时从10楼上往下扔砖头的话，那么砸倒的这个人则有以下几个可能：90%是股民，80%是万元户，70%是女性，60%是打工仔，50%是单身贵族，40%是大学生，30%是求职者，20%是经理。

虽属戏言，但倒有90%的真实。笔者有兴趣再作一番细析。

90%是股民，不错的。据说四分之三的美国人都是股民，深圳的这个比率比美国高，但就全中国股民的比率说，恐怕连千分之一都没有。这是因为深圳相对富裕，近几年通过炒股发财的人为数可观，深圳人投资意识非常强烈，几乎无人愿意把钞票放在家里“焐”。

80%是万元户。当然了，深圳是高收入高消费。高消费表现在购房租房上，一套福利房（专门照顾国家行政事业单位干部），在1995年为每平方米1000元左右；一套微利房（带有社会福利性质），约二十几万元；一套商品房几十万元；一套80平方的住房，月租金高达4000元左右。从这个角度看，万元户在深圳只能属于“贫困户”了。但从其他方面来看，尽管深圳的部分物价要比内地高不少，但收入比内地高许多，所以，深圳人仍然普遍是富裕的。

70%是女性，也差不多。一是工厂的打工妹多，二是第三产业发达，酒店、饭馆、商店里的招聘人员绝大多数是青年女性，企业公司里的公关、文秘、办公员也多为青年女性。有人惊叹：深圳街上是美女如云，有时倒也不假。

60%是打工仔，这个比率只低不高，因为深圳除了行政事业单位人员“吃皇粮”以外，其他皆逐步实行“全员合同制”，从广义上讲，端的都是“泥饭碗”，都可称之为打工者。

50%是单身贵族，这也有原因。因为深圳居民的平均年龄是27岁，是年轻人的世界，当然未婚的多。离异现象、独身主义也有，但并不风行。

40%是大学生，这也差不多。因为到深圳来“闯天下”，没有实力是不行的，没有闯劲也是不行的，年轻的大学生在这两点上都占优势。而且由于深圳发展迅速，生活工作条件好，对全国的高校学生最具吸引力。

30%是求职者，也差不多。一方面，每天来深圳求职的内地人，估计平均有4万多人，每天因种种原因离开深圳的也有4万多人。另一方面，深圳“炒鱿鱼”是家常便饭，不仅有老板“炒”职工，也有职工“炒”老板（主动辞职，另择高枝），所以，求职的事在这儿是天天发生，时时发生。

20%是经理，也准确。在深圳，大大小小的老板多如牛毛，他封的、自封的经理到处都是，为的是便于工作。另一方面，也反映了深圳人的自主自强意识，在深圳打工的许多男女老少都有想当老板经理的愿望和行动，而且经过一番拼搏，是可以实现的。

以上虽然是戏说，但可以看到深圳的许多特点。它的初步形成的社会主义市场经济模式，它作为改革开放的最早最大的“窗口”，它在社会观念、生活方式上表现出的超前性，都在这“戏言”中得到了反映。

（发表于1994年2月7日《芜湖日报》星期刊）

人生当如树

有天，一位姓杨的毕业班学生来找我题词。这本是易如反掌的事，但我却很踌躇，因为我向来不愿意以一些茫无边际的套话来“敷衍”青少年，故而经常是苦思出一些“神来之笔”。

这次，我突然从他的姓上找到了灵感，便在他的赠言簿上，刷刷地写下“人生当如树”五个大字。那学生看了看，睁大眼睛问：“怎样才能如树呢?”

我笑了笑，心想也不必详细解说，便说：“在中学语文课本里，有不少写‘树’的文章，你能说出它们的题目吗?”

那学生边回忆边说道：“《松树的风格》《白杨礼赞》《驿路梨花》《致橡树》《故乡的榕树》……还真不少哇!”

“是呀!”我说，“这些文章基本上都以树喻人的。从这些文章中你可以体会出这句题词的意义来。”

“好!”学生离开了。

学生走后，我陷入了沉思。的确，人生当如树，是一个有意义的命题。

古往今来，有多少文人墨客描写过树，歌颂过树，其中的名篇佳作多如星斗。“岁寒三友”——松、梅、竹，更成为中华民族文化及民族精神的一个象征。纵观这些描写，姑且不论树的美丽动人、千姿百态的造型，就树的内在品质来说，大抵集中在两点上。

一是歌颂树的堂正挺拔、勇敢乐观、不屈不挠的精神。你看，茅盾笔下的白杨树：“那是力争上游的一种树，笔直的干，笔直的枝。……哪怕只有碗那样粗细，它却努力向上发展，高到丈许，两丈，参天耸立，不折不挠，对抗着西北风。”

再看舒婷笔下的橡树和木棉：“你有你的铜枝铁干/像刀、像剑/也像戟/我有我红硕的花朵/像沉重的叹息/又像英勇的火炬。”至于毛泽东同志的咏梅词“已是悬崖百丈冰，犹有花枝俏”，更是豪情冲天。

我们做人难道不应如此吗？

树的第二个共同特点是无私奉献、造福人类的精神。黄河浪在《故乡的榕树》中叹道：“苍苍的榕树啊，用怎样的魔力把全村的人召集到膝下？不是动听的言语，也不是诱惑的微笑，只是默默地张开温柔的翅膀，在风雨中为他们遮挡，在炎热中给他们阴凉，以无限的爱心庇护着劳苦而淳朴的人们。”至于陶铸在《松树的风格》中赞颂松树“要求于人的甚少，给予人的却甚多”，已成了脍炙人口的名句。做人能如此，当然进入了很高的境界。

此外，我觉得树还有一个值得大书特书的品质，即它善于汲取的精神。古今中外，任何圣人、伟人、英雄、天才，都不是在娘胎里养成的，而是在长期的艰苦奋斗的社会实践中成长起来的，这就需要平时大力地汲取人类文明的营养。正如树一样，它之所以能伟岸挺拔，抗烈日，傲冰雪；它之所以能向世间绵绵奉献绿荫、鲜花和果实，关键在于它从大地上汲取了不尽的水分和养料。据说，一棵丈许的树，其树根长达几十米，乃至几百米。树越高越壮，其根须则伸得又深又广。可以肯定地说，任何有作为有德行的人都是具有强烈的学习精神和实践精神的人，否则他只能是无源之水，无本之木，就会很快地枯萎。教育工作者作为人类文明的传递者，作为千百棵小树苗的园丁，更应如饥似渴地从书本和社会实践中多多地汲取养料，“活到老，学到老”应该成为每个人尤其是我们教育工作者的座右铭。

写到这里，抬眼窗外，一排排高大的树木用连绵的叶枝攒成一顶顶翠绿的伞盖。清风摇动，发出簌簌的声响。尽管远处的夜空被霓虹灯映射成暗红色，但翠绿的树们仍然酿造出一片安谧而清新的氛围。我不禁吟诵起《敦煌词》来：“劲枝接青霄，秀气遮天地。郁郁覆云霞，直拥高峰际。”

人生当如树，不错！

（发表于1995年4期《特区教育》和1996年1月20日《芜湖晚报》）

在陆与海的连接处

来深圳三年多的感受可以说几天几夜道不尽，但也可以用一句话来概括，那就是：自己的生活位置落在了陆与海的连接处。

以前在内地家乡，周边区域有平原，有丘陵，有水乡，有山村，坐着火车跑来跑去，我始终游弋在长江黄河的怀抱里，异国离自己终归很遥远。来了深圳以后，感觉就是不相同了，总觉得自己生活在中国的边陲，生活在中国与外国的临界线上。平日有一半感觉来源自“海”，耳闻目睹的有一半是海外的信息。打开电视，一半是香港的；住的地方，隔几百米就是香港的山和水。走在马路上，既可看到中国古代宫殿式的建筑，又可看到麦当劳、连锁店、721便利店……更有那门前古希腊人物雕像群立的新王朝酒楼，熊谷组集团盖的亚洲第一高楼——地王大厦。生活方式也有许多不同，如衣服随意穿，没有流行色，只有“自己满意”色。国家公务员和教师的住宅是向政府申请的，不是单位分的。市住宅局一年分一批，按全家调进的前后顺序来，合情合理。一个住宅区就是一个小社会，各种社会服务一条龙，事事收费。消费水平分层次，百万富翁有百万富翁的花钱处，小康水平有小康水平的消费法，各取所需，谁也不烦谁。价值观与内地已有许多不同，既有传统的内涵，也有西方的有益成分，且五光十色，兼收并蓄。学雷锋的活动有时热火朝天，而股票市场也常常人头攒动。有人一方面挥金如土，另一方面大做善事。生活的多元多色彩代替了过去的所谓“黑白分明”。

深圳作为全国改革开放的窗口，作为南国大门的重要通道，它最先最快接纳了大海的八面来风。你在这里可以明显感到过去和明天的碰撞，传统与现代的消长，新生与陈旧的交替，时代与历史的变迁。你的呼吸既植根于黄土地，又延展到海外很远的地方。过去曾有句著名的口号叫“胸怀祖国，放眼世界”，当时不过是口头上说大话而已，现在才有了比较真切的感受。

位于陆与海的连接处，你还可以明显感到“陆”的稳固和“海”的波动。在内地，你所接触的面孔大都是固定的，透熟的，生活工作的时空往往是几十年一贯制，走在马路上随时可遇到熟人朋友，生活图景像是版画天天被复制。而在这里，生活固然有稳定的一面，但更有波动的一面，“南来北往的客”占据了全市人口的大部分，朋友的名片电话不时更换，跳槽的事几乎天天在你身边发生，马路上你很难寻到一张熟面孔。在学校里，一个班的学生竟然会分别来自全国绝大多数省份和地区，许多家庭都与地球上的这个角落或那个角落有联系。“南腔北调”得以真正体现。人们常称纽约是个“小联合国”，那深圳亦可称上是“小联合省”。

“陆”是因为稳定而显得古老，“海”则因为波动而显得年轻。在内地城市的大街小巷里，无不长期隐藏着许许多多古老的故事，像芜湖的状元坊、中山路、来复会、花津桥……一念这些地名就好像读出了沉甸甸的历史感。“我爷爷我奶奶”之类的口头文学在代代居民的口中翻版。秦砖汉瓦，唐诗宋词，乡土传奇，几乎浸透了每一寸黄土地。而在这里，固然也有状元坊、圣贤祠、首义馆，但流传的更多的还是现代的故事。异国新闻、经济动态、股市行情、社会花絮……几乎每天塞满了你的耳目，历史此时已成了隐士。

生活在陆与海的连接处，既立足于坚实的土地，又呼吸着新鲜的海风；既拥有山的凝重，又拥有海的腾跃。生活位置的改变使人的生命得以新的方式开始，从这个意义上说，人的一生得以延长成两生，岂不乐乎？

（发表于1995年8月3日《皖江商报》）

分　段

父亲已经离开我们多年了。每当想起他，心就好像进入了黄梅天气，又湿又闷透不过气来。

父亲是位旧知识分子，早年毕业于北京财经学院，写文章，办报纸，从过政，经过商，又办学校，抗战期间还在黄埔军校当过政治文化教官。杂七杂八的事干了许多，但骨子里仍然是个传统型的中国知识分子，弄到后来，只是两袖清风，只有一支笔。解放时他还开了个小书店。那时候，我便出生了。在我的记忆里，父亲留给我的印象是不苟言笑，总是忙着他的生意，不时写些地方史话一类的文章。因为家里兄弟姐妹多，大家在一起有得玩，对大人们的事并不过问，哪像现在的独生子女整天参与大人对话，家里有多少钱财都了如指掌。又因为家里书多，从小爱泡在书堆里，沉浸在书的世界。记忆中父亲高兴的时刻约在下午三四点钟，花几分钱买了一大捧烤山芋，剥开脆硬的皮，便是热烘烘的金黄色的芯，全家人津津有味地吃起来，父亲脸上此时才有些许笑容。后来我上了小学了，懂事了，经常看到税务局的人来家中催款，这才知道，因为家里吃饭的人有十几个，父亲肩上的担子太沉重。但当时这也仅仅是种模模糊糊的感觉。所谓“少年不知愁滋味”，此话确也。

后来公私合营，父母亲加入了新华书店工作，家里的生活略有好转，可接着遇上“反右”，父亲因为几篇“鸣放”文章再加上说不清的历史问题，被划为右派劳改。此时，全家如陷冰窖。当时兄弟姐妹六个有四个在读书，两个尚年幼，只靠母亲每月28元工资，这日子是无法过了。哥姐们只好辍学谋业。不用说，其景象是十分凄凉的。在那“以阶级斗争为纲”的岁月里，“一人犯法”即“株连全族”，所谓的“阶级烙印”使“犯事”的家属子女套上了沉重的政治枷锁，这也不行，那也不许可。母亲为子女的前途着想，要划清界限，与父亲离了婚。在当时的世风下，不甘灭亡的我们也都在学校或单位里表示要划清界限，站稳“阶级立场”。

这此后的20多年，中国政治上的狂风暴雨打击了许多家庭，真是一言难尽了。现在40多岁以上的人大多记忆犹新，而且都不愿再想，好像是心上的伤口，好不容易结了痂，还撕开它干什么？只是父亲出狱后曾多次回家要求复合，但全家人始终不敢答应，于是他摆了个书摊子谋生，直至1974年病逝。1981年政府为他平了反，但他已无从知晓了。

现在已经安居乐业的全家人每每谈及父亲，总是感叹唏嘘，内疚、自辩、悔恨、遗憾、抑怨……纠成一团乱麻，讲不清，理还乱。后来使我的心情稍为平静的是，是我忆起了儿时的一件往事。

那是一天晚饭后，父亲伏在一张旧的四方桌边写文章，我好奇地站在旁边看，那时我上了小学三年级，我看父亲写在稿纸上的文章一段一段的，便问父亲：“写文章为什么要分段?”记得父亲回答我说：“是内容上的需要。”

我又问：“那你怎么知道写到这里就要再分一段呢?”

父亲没有想到我这样问，吃了一惊，只是含糊地告诉我：“到时候你自然就知道了。”

我听了不再发问，但内心却有种恐惧：到什么时候我怎么才能知道分段呢?这以后好几天我一直闷闷不乐。

不久学校布置写作文，写第一篇时，我实在不知道该如何分段，又不敢问父亲，只好写了长长一段便收尾。老师看了也没有说什么，我的这种恐惧才慢慢消失。当然不久，我便自己学会了分段。

由文章的分段我想到了历史、社会、人生的分段。是的，每一段历史，每一段社会生活，每一段人生，固然与后面都有联系，但都有其特定的内容，或曰独成一段吧。这一段就有这一段的情节，凭凡人之力往往无法改变的。这就是了。

值得庆幸的是，改革开放写下了我们历史、社会、人生的崭新段落，它的上一段已经画上了一个又粗又重的惊叹号!

谨以此文能告慰父亲的地下之灵吗?我不知道。

（发表于1995年8月14日《芜湖日报》星期刊和1996年7月29日《深圳特区报》）

提醒前进

家住在滨河中学，南临滨河大道东端，北向深南大道，一住就是三年多。最近，有位三年前来过我处的朋友重新光临，突然惊讶道："哎呀，这周围变化真大呀！"

是吗？我一想，的确变化不小。滨河大道的东端，南面以前是一堆破旧平房和垃圾场，现在平房已被拆掉，盖起了立交桥和直通火车站的深圳河大桥，气势不凡。垃圾场不见了，矗立起一座漂亮的公寓。再说北面的深南大道，亚洲最高楼——地王大厦巍然屹立，对面的深圳书城、深圳发展银行大厦等好像变魔术似的一下拔地而起……

再由此推而广之，每年每月深圳及至全国有多少座新大楼、新厂舍、新立交桥平地耸起，有多少铁路、公路、高速公路、新航线往四处延伸，有多少新汽车、新彩电、新空调被送出，有多少新报刊、新著作面世……

在改革开放的春风劲吹下，谁也不能否认我们的生活在前进，仔细倾听一下匆匆而去的脚步声，好像感到有许多支雄壮的军队在前进！

但是有些人好像已经习惯了挑剔：这也是瞎搞，那也是胡闹，这也无药可治，那也江河日下……牢骚主义、平庸主义、享乐主义、“捞一把”主义等，也就成了他们给自己的“提醒”，岂不悲乎？

提醒前进，首先是提醒你不要失掉对社会、对他人、对自己的责任感，加快自己跟随社会前进的步伐，在不断给社会作创造作奉献的同时，不断地学习锻炼以充实和提高自己。“自信人生三百年，会当击水三千里。”人们老是埋怨全民素质不高，为什么不首先从你自己开始来提高素质呢？大河在滚滚向前，个人作为这河水中的一滴必须跟随大潮向前，否则就有可能逆游甚至被抛上河岸。

提醒前进，也是为了与落后以至腐败反动划清界限，蔑视他们，抛弃他们。大部队在前进，有逃兵甚至“叛兵”出现也不足为奇，但他们等于被自然减员下去，他们只是丧魂落魄的一小撮，为整个部队所不齿，而且他们的堕落不但无损于部队的前进，而且使大部队更加纯粹。贪赃枉法，巧取豪夺，杀人越货，挥金如土，醉生梦死……都是与社会和人类的发展背道而驰的，尽管也能快活一时，但终究逃不出历史的惩罚和嘲弄！

当社会前进的方向变得模糊不明时，提醒前进，往往意味着只提醒少数先行者。

当社会前进的方向变得明确时，提醒前进，则是对全体的人们。

“鹰击长空，鱼翔浅底，万类霜天竞自由。”前进为我们的生活描绘出一幅生机蓬勃、欣欣向荣的彩图。

然而同时，前进也是一种新陈代谢，是一种无情的竞争，有新生也有老死，有繁荣也有衰落，有光荣也有耻辱……所以要向您时时提醒：前进！

（发表于1995年9月23日《深圳法制报》）

沙暴袭来之际

5 月 29 日上午，我们正好在河西走廊中的明星城——金昌市金川有色冶金公司第一中学实验楼里参观。大概是十点多钟，天空忽然一下子暗了下来，接着便有人嚷着快看，我们不禁一起向窗外看去，但见狂风大作，好像无数脱了缰的野马冲出了厩圈，疾奔着，狂吼着，在地球上空肆意践踏，所有的树都被压弯了腰，绿豆般的沙粒劈劈啪啪地打在窗玻璃上，像一簇簇飞击不止的箭矢……

不到三分钟，窗外整个成了一个昏黄的世界，什么都看不见了，只有一片混沌的黄，整个世界都好像被这黄淹没了。

“怎么回事?”大家都惊问道。

“没什么，这是沙暴，一年没几次，没想到倒给你们碰上了!”公司总校的刘校长微笑着对我们说，“大家待在屋内就没事，一会儿就会过去。”

在这等待中，刘校长打开了他的话盒子。他说 1993 年有次大沙暴袭击了武威市。当时正逢学生下午放学，刹那间天昏地暗，飞沙走石，许多小学生被风吹得踉踉跄跄。由于能见度几乎为零，辨不清方向，共有25个中学生被吹到路边的水渠里，又被风压制得挣扎不得，结果竟被溺死，其情景十分悲惨。不过，那次沙暴以及今天这场沙暴到金昌市时，金昌市中小学生均在教室里上课，所以避免了悲剧的发生。

不知不觉间，沙暴好像减弱了它的淫威，我们来到了楼下大门口，只见沙暴的主力部队已经冲过去了，只剩下扫尾部队还在活动，大风还在刮着，天空依然昏黄，但周围十几米内的景物都可以看见了。走在操场上，风的阻力还不小，但人可以向前走了。

同伴们开玩笑地说："沙暴这么快就走了，太可惜，没让我们看个够。"我也后悔没用照相机摄下这一切，不过即使拍了，恐怕也是一片昏黄。

6月1日我们一行到达了敦煌市。第二天就在报纸上得到消息：5月29日晚5时许，沙暴到达了敦煌，"到5月31日为止，敦煌市因此次沙暴迷失方向而落入水渠中的8人中，有3人获救，5名小学生和学前班孩子溺水死亡；占全市今年播种面积一半的近5万亩棉花和3730亩林果受灾；沙暴还毁坏了2660座共798.5亩的温室大棚……"读到此，大家的心里沉甸甸的。早先在金昌市埋怨沙暴来得还不过瘾的同志，此刻心里一定有些愧疚吧。

不过令人奇怪的是，我们在敦煌的两天里没有看到一点灾迹。15万人口的城市仍然繁荣热闹，游客络绎不绝，好像什么都不曾发生。

在甘肃河西走廊穿行，你处处可以看到人与自然的严酷对峙与争斗，某地某时人胜利了，某地某时大自然逞着淫威，但是笑在最后的，应该还是人。现代科技的迅猛发展，不就有力地说明了这一点吗？

（原刊于1996年6月13日《深圳特区报》和1996年7月29日《芜湖晚报》）

水，水，水……

——掠过河西走廊

飞机临近了兰州上空，从舱窗往下望，一下子就惊呆了！无数连绵的山脉竟然全是荒山秃岭，像一只只瘦骨嶙峋的鸡爪，皮又白又老又干——世界竟是这样的吗？我的心头不禁涌起一阵阵苍凉。偶尔也可以看到一些山冲里有那么几排绿色的梯田和一小簇村落，可这不但未使人得到安慰，反而增添了一份沉重——这里的人怎么活？

回想一下南方的城市，车水马龙，高楼玉宇，绿树花园，你便会感到：在城市里，人们面对的是社会；而这里的人面对的是自然。面对社会，人们主要图的是发展；而面对自然，人们首先求的是生存。这样一比，人们的生活水平及质量差了一个大大的档次！

从兰州机场坐车到市区，约七十公里，沿途大都是黄秃秃的山冈，一座连一座，连绵逶迤，很少见到绿。单调，枯寂，荒凉……这些词语纷纷浮出你的脑海。偶尔看到山坡下有几户人家，都是长方体式的黄土屋，干得发白，所谓“干打垒”指的就是这个吧。山腰上还有一些零零落落的土窑洞，不知里面还藏有什么东西。难见动物，难见植物，难见色彩，难闻声响——一片可怕的连绵的黄色静止！

而这一切的根本原因就在于没有水！

据说，兰州市附近的24个县都是国家级贫困县，每年只下几场雨，又无江河湖泊，生命因此陷入了困境。

当汽车驱进市区，开始陆续看到绿了，有了商店，多了汽车，有了绿树小花，有了颜色声响……这世界好像又有了生命。接着是宽阔的马路，高耸的楼房，现代化的广告，花花绿绿的店面……而之所以有这一切，皆因有了黄河。兰州城正紧紧偎依着黄河，我们驶近黄河大桥时，俯视混浊而翻腾的黄河水，又一次感到千万年来人们称之为“母亲河”的含义。没有母亲的乳汁，哪有幼儿的生长？即使幼儿后来长成了参天巨人，其源头仍在于母乳的喂养。千百年来，人们把黄河誉之为中华民族的摇篮，真是恰如其分。

这时，我又忽然想到，这世界上几乎所有的城市都建在江、河、湖、海边，纽约、伦敦、巴黎、上海等无不如此。只要看看今天的长江两岸云集了多少城市，你就会想到，这么多城市首先要靠水活着。只要一日无水，这些城市的全部生命就会立刻枯萎。

后来，我们乘着小面包车，沿着河西走廊，尽情领略了大戈壁的风光，一千多公里的公路线跑下来，这种感受愈发强烈。整个河西走廊可以说是一个几千平方公里的沙石滩，寸草不生，只鸟不飞，渺无人烟，只有在有水源的地方才有一块绿洲，一座城市，而这样的绿洲城市，我们在一千多公里的行程中，也就见了不到十座，张掖是一座，武威是一座，历来便有“金张掖，银武威”的说法。

当晚在旅馆里看电视，忽然看到中央电视台的一则公益广告，意思是说人类如果不珍惜水的话，那么人类面对的最后一滴水，就是自己的眼泪。此话貌似夸张，实则不是！

（原刊登于1996年6月29日《深圳特区报》和1996年8月6日《芜湖晚报》）

徜徉于历史之中

踏过风吼马鸣的秦汉，穿越无数刀光剑影的日子，一座蜿蜒万里的长龙，将威权和雄伟勾勒得错落有致；一个长者用博大精深的智慧留下了穿透岁月的巨著《论语》。

涉过惊涛拍岸的唐宋，穿越无数铿锵豪放的诗篇，一位仰天长笑的“酒仙”把从天上来的黄河水酿成了雄壮的诗行；几多聪明绝顶的匠人，用开天辟地式的“四大发明”缔造了地球的新世纪。

跨过风雨如磐的近代，穿越无数悲愤洗刷的小道，一位刚毅而哀伤的大臣，用一把灼烧长空的烈火发出了虎门的怒吼；一个指点江山、激扬文字的巨人，用他那火山爆发式的呐喊，重塑着中华民族的灵魂。终于，在红灯高挂的古老而庄严的天安门城楼上，一个豪迈的湖南口音向全世界宣布：“中华人民共和国成立了！中国人民从此站起来了！”

迈进万马奔腾的当代，穿越人欢马叫的岁月，一位目光如炬的老人，画一个红圈召唤来神州大地一个个经济文化奇迹的崛起，加入WTO，申奥成功，神舟五号上天，胜利的捷报如春花飞扬。

徜徉中华民族的历史，我们感慨万千！

历史是一面镜子，可以览兴衰，鉴古今。它告诉我们：中华民族源远流长，尽管它的步履有时沉重，有时迟缓，但它总是像夸父逐日，顽强不息地追求着自己美丽的理想。身为它的子孙，我们感到了做一个中国人的骄傲，我们为自己的血管里永远响彻着黄河长江的涛声而心潮激荡！

历史是一块活化石，可以示教训，指方向。它提示我们：发展是硬道理，创新是一个民族进步的灵魂。妄自尊大，固步自封，妄自菲薄，安贫乐道，腐化堕落……曾经扑熄了多少新思想的火光！

只要我们坚持科学的快速发展，只要我们新一代青年都具备开拓创新的精神，“振兴中华”的宏伟理想就一定能在我们手中实现！

历史是一面战鼓，可以鼓斗志，激豪情。

想当年：“楼船夜雪瓜州渡，铁马秋风大散关。”

看今朝：“红军不怕远征难，万水千山只等闲。”

忆往昔：“无边落木萧萧下，不尽长江滚滚来。”

望未来：“大鹏一日同风起，扶摇直上九万里！”

“前事不忘，后事之师”。让我们沿着历史的足迹，朝着建设一个伟大、繁荣、强盛、民主的现代化中国的目标而继续奋勇前进吧！

（原载于2004年9月28日《深圳教育》报）

全凭老干为扶持

——怀念我的几位老师

大概是人年纪大了，常爱在心里播放往事的录像。每逢教师节，饮水思源，总是感慨万端，想今日事业略有所成，忘不了家乡教过自己的好些老师。且先记几位老师的二三事，以表情怀，并予纪念。

一、百般关爱的宛郁如老师

宛老师是我小学三四年级的班主任兼语文老师，中等个子，短头发，圆脸，一下子能看透你心思的大眼睛。她是安师大中文系著名教授宛敏灏的女儿，但我们那时小，不知道，只觉得她是一个称职的好老师。那时，我父亲被打成右派，又因抗战时期在江西黄埔军校担任教官等历史问题被捕。（改革开放初期均予平反）全家精神萎靡，经济困难。但是在那“以阶级斗争为纲”的极左岁月里，这些竟然丝毫没有影响她对我的关爱与重视，她让我继续担任班长和少先队大队宣传委员，跟以前一样关心教导我，这是多么难能可贵啊！她还跟我说：“你家里的事跟你无关。”这真像是三九寒天里送来一筐木炭，给了迷茫中的我莫大的继续奋斗的勇气和信心。如果没有她的开导和关爱，我很有可能就消沉下去。可见一位老师对孩子的终生发展有多么重要的意义！

后来，我们一直保持着联系。改革开放后，我因与一位文友合写历史小说，她还无私地把教授父亲亲笔写的有关史料借给我，使我受益匪浅。前些年，她还到深圳来探访我，看到我们生活美满，她开心地笑了，好像是为自己的孩子高兴一样。

二、幽默亲近的吴仲辉、唐宏秀老师

吴老师是家乡育红小学数学老师，中高个子，壮壮的，方圆脸，戴副黑框眼镜，像个学者。他才华横溢，上数学课幽默生动，常常在上课前结合学生实际，讲几个幽默段子，引得大家哄堂大笑，心情特别好，接着上起课来，学生个个生机盎然。他的教法也直接影响到我当教师后的教学，那就是要把激发学生的学习兴趣放在教学的第一位。

我成年后，还常与吴老师及他的爱人唐宏秀老师有联系，大都是谈谈生活与工作，他总是笑着脸，间或开上几句玩笑，很乐观，也大大鼓励了我们。我自 1991 年去深圳工作后，联系自然少了。多年后听到他因患癌症而去世的消息，心情黯然。今年暑假回老家探望他的妻子唐老师，大家觉得像亲人一样，谈起往事，不禁唏嘘不已。临别时，大家依依不舍，满头白发的唐老师泪流满面，这份浓浓的师生情真是化不开，浓如蜜。

因为我妻子的是在老家退休的，每年少不了续退休工资等麻烦事，而他们在老家政府里工作的女儿吴燕却代我们办理这些麻烦事，真叫人感激不尽。

三、因材施教的徐志纯老师

徐老师是我当年在芜湖一中就读时的初中语文教师，他是江苏人，中等个子，方脸，眼睛不大却充满情感。他思想开阔，坦率正直，跟学生交往像是跟老朋友一样，毫无掩饰。他先是单身住在学校里，房间里挂着当时秦怡、王丹凤、赵丹、王心刚等24位电影明星的照片，使我们感到十分新鲜和惊奇。爱美之心，溢于言表。在那个极左年代里，真是十分难得。初二时，他要求我们每周交两篇日记。我写了交上去，他大为赏识，并找我去谈话，说今后你可以每天写一篇，题材不拘，平时的所见所读所思都可以写，坚持下去，必有成就！还送了秦牧的著名散文集《艺海拾贝》给我。少年的我受到激励，从此一发不可收拾，每天一篇，他经常给上长长的批语，使我不断长进。不久，就在全市的中学生作文现场比赛中我荣获了初二组的第一名。中考时，我的作文又高达95分，第一名。

成年后，我们也多有联系，他总是当面夸奖我们好几个同学的才能，为自己的学生有所成就而高兴。我去深圳后不久，他曾来信说自己已退休，想到深圳来代课。我听说他的身体不大好，影响到课堂教学的效果，而深圳对代课教师的上课考核又特别严格，我估计他很难通过考核，这样反倒会刺激他，影响他的健康，把好事变坏事，就拖了下来，没想到不久就听说他因病去世了，我一时呆如木鸡，心中涌起阵阵悲痛。

四、绩优助生的翟大炳教授

翟教授是读我大学时的老师，安徽师范大学文学院一位德高望重的教授，中等个子，瘦削的脸盘，眼光深邃，很精干，一见到学生就十分兴奋，滔滔不绝。他专攻中国现当代文学史，成就显赫，至今已有几百万的文学评论及散文发表，有多部著作出版。如《艾青诗歌论及其他》，与人合著的《现代诗歌技巧与表达》《诗歌审美心理导引》《海妖的歌声——现代女性爱情诗论》等。他的文章涉及诗歌、散文、小说、音乐、舞蹈、戏剧、历史等多个领域，视野广阔，功底深厚，思维活跃，见解独特，鞭辟入里。他现在已有 80 多岁了，仍然笔耕不辍，深得人们的尊重和学生们的爱戴。他在社会上也一直享有很高的威望，曾任芜湖市政协副主席。

在课堂上，他是最受学生欢迎的老师之一。观点新颖深刻，分析问题一针见血，语言幽默有力，让学生大有所得。应该说他是大学教师上课的样板。我最喜欢上他的课，总是嫌下课铃声响得太早了。

他还有个最大的特点，就是一直热心为学生帮忙，对学生满腔热情，学生找他几乎是有求必应，解答问题那是家常便饭。他还帮助学生修改文章，推荐到报刊发表，甚至帮助学生找工作，找对象等等。他的桃李遍天下，许多学生都取得了非凡的成绩。他常说，希望自己的学生一步步走向美好的前程，并能超越他，青出于蓝而胜于蓝。

我是他长期重点“照顾”的对象之一。他总是激励我做出更多的贡献，并以身作则，奋斗不息。我的诗歌散文集《风雨花》是他给我写的序，评论全面深刻，为人称道。我的长篇小说出版后，他不顾炎夏酷热，为我写评论，在国内著名的《书屋》杂志发表，产生了较大影响。

总之，我总是感到自己很幸运，遇上了不少优秀、正直而富有才华的老师，在我曲折的人生道路上给了我极大的引导与帮助。同时，我也感到很欣慰，因为我像我的老师一样，给了我的学生以丰富的学识和正确的引导。我想，人类社会的文化就是这样代代传递，世世累增，益发光彩，不断推动着历史的前进。

清代作家郑燮的《新竹》写道：

新竹高于旧竹枝，全凭老干为扶持。
明年再有新生者，十丈龙孙绕凤池。

优秀的老师们呀，你们就是杆杆“老竹”，支撑起人类美好的明天！

（其压缩稿《老师的老师》刊载于2010年9月10日《深圳特区报》）

我的母亲是抗战老兵

——纪念中国人民抗日战争胜利 70 周年

我的母亲叫毕淑范，今年 98 岁。母亲一生坎坷，历经艰辛，含辛茹苦将六个儿女抚养成人，如今已近百岁，白发瘦躯，衰老卧床。没想到的是，她老人家在人生终途还得了一个国家级的荣誉奖——“抗战老兵”，可谓喜出望外，足可抚慰平生，一洗人生的诸多不幸了！做儿女的也深感欣喜，为母亲的完美结局而骄傲。

2012 年 2 月，国家民政部下辖“关爱抗战老兵公益基金”及其“芜湖心连心爱心协会”的胡才虎主任一行人来到我母亲家，向老人家表示亲切慰问，给她戴上了抗战胜利纪念章，赠送了慰问金，母亲十分激动，还打长途电话告诉了生活在深圳的我们。从这以后，“爱心协会”组织了多次慰问活动，节假日前来探望，赠送轮椅、羽绒衫、军大衣、背心、慰问金等，还赠送了“民族脊梁”的题匾和基金会发给抗战老兵的慰问信，母亲感到十分欣慰，没想到她青年时代参加抗日救国活动，竟在晚年获得了社会的肯定与赞扬！这些素不相识的同志竟多次前来热情慰问，使她在晚年感到格外亲切、温暖和幸福。

2013 年夏天我回芜探母，有幸遇上前来探望的爱心协会的四五位同志，我一再向他们表示真挚的感谢，还和他们和合了影，他们一再说，这是他们应该做的，叫我们后代深深感动。回想在“文革”期间，母亲抗战时参加黄埔军校和培训班的问题一再受到审查与歧视，令人十分忧愁沮丧，如今拨乱反正，恢复历史的真相，使人感到人间自有公理在，社会总有正义存！十分暖心。今天，我借本文见报的机会，向他们再次表示衷心的感谢和崇高的敬意！他们的崇高行为给今天的社会增添了新的感人的历史光辉！

新中国成立后，由于众所周知的原因，母亲很少提及她的过去，特别是在父亲刘芳棣因历史和“右派”问题“倒霉”后，更是噤若寒蝉。直到改革开放后，政府为父亲平了反，她才偶尔谈到过去。她的父亲也是我的外祖父是上海电车老司机。1937 年上海沦入日寇之手后，母亲正初中毕业，便去了糖果厂上班。家中有两位表哥是中共地下党员，经常约她下班后去聚会，跟她讲抗日道理，母亲性格开朗大方，并亲身感受到日寇的残暴和狠毒，很快接受了这些道理，就帮助他们从事地下工作。因为她是个小女孩，不引人注意，表哥就经常要她去送密信传情报，还秘密到法租界难民收容所教唱抗日歌曲等。我的外祖父考虑到她这样干太危险，就反对她跟表哥他们来往。母亲没有办法，就和几位青年女工秘密约定到延安参加抗日，她们不顾父母阻挠和日寇封锁，毅然离家出走。我的外祖父和外祖母忽然等不到女儿回家，万分焦急，外祖母天天在家流泪。外祖母去找表哥，表哥也不知道，但估计她们是到延安去了，外祖母才略为放心。他们直到一个多月后才收到女儿的来信。

再说母亲一行五六个乘船行至九江，被小贼偷去了钱财行李。只好下了船，在这无奈的时候，遇到一位先行到达的上海工友，建议她们去考设在江西吉安的黄埔军校，说国共已经合作，到哪里抗日都是一样，并给了她们一点路费。母亲她们那时太年轻，觉得他说的也对，再说去延安的路费也不够，便一起放弃了去延安。说到此，母亲叹道，如果当年去成了延安，那就会是另一种人生了！两位表哥新中国成立后一位在上海市政府当官，一位在北京当了大官。母亲在“文革”前曾到北京拜访他，得到他家的热情款待。

1939 年 2 月，母亲在江西吉安报名参加了中央军校（即黄埔军校 16 期）三分校 6 总队 2 大队战干三团。她说：“我是直接报名参加第二中队的，因为二中队专门是训练杀鬼子的，我要直接上战场杀鬼子。”她参加了列队、射击、野战等训练。训练很艰苦，但母亲很兴奋，成绩很出色，期盼着能上战场打鬼子。半年毕业后，还是被分到青年书店，母亲很失望，但还是接受分配。后来随父亲到了赣州，先继续接受培训，后到战时医院担任司药，参与救护了许多抗日而负伤的战士，任劳任怨，废寝忘食。开始看到鲜血淋漓的伤员很害怕，但是一想到他们是为国受伤，也就壮起胆，后来就是十分老练了。母亲还发挥她能歌善舞的特长，给伤员们表演，安慰鼓励他们，赢得了医院上下的一致赞扬与喜爱。母亲至今还懂得许多救护知识。1942 年 1 月，日寇飞机轰炸赣州，母亲便和医护人员一起指挥伤员群众躲到防空洞里。有一次，母亲刚刚最后一个躲进洞，炸弹就在洞前爆炸了，母亲险些遇难，但她毫无惧色。

父亲刘芳棣北京财经学院毕业后投笔从戎，在黄埔军校当了一名政治文化教官，曾任通讯少校，父亲是母亲的老师，母亲是父亲的学生。两人在黄埔便结识了。

1939 年 8 月，刚从苏联回国的蒋经国先生来到赣州主政。当时的赣南，是“前方的后方，后方的前方”，位置十分重要。蒋到任后，严禁黄赌毒，肃清土匪，采取一系列抗日利民的政策，要“建设新赣南”，逐渐收到突出成效。如他主持制定的《新赣南家训》，其中一段是：“甘心卖国当汉奸，辱祖辱宗害亲房。不论农工商学兵，都做堂堂好儿郎。政府机关去服务，多求进步图自强，牺牲个人利益为国家，放弃一时安乐为民族。男女老少受军训，全体动员拿刀枪。人人都是中国兵，个个都去打东洋。”又如中共赣州组织也可以公开地进行抗日活动。他的新政“也在国统区掀起一阵进步风潮，许多有志青年投奔赣南，遂使赣南有‘东南抗战后方的延安’之美誉。”（《江西抗日战争史》第 253 页，江西人民出版社）

他以三青团的名义，举办各种名目的干部训练班，亲自担任负责人，对各项工作都亲自过问，十分细致。我的父亲和母亲在黄埔军校毕业后不久被选聘到赣南的培训班。父亲继续担任教官。在培训班里，大家冒着朝雾，庄严升旗，踏着晨曦，跑步向前，每天上下午各三节政治军事文化训练课，晚上自习。蒋经国有时亲自上操场，看早操，对大家的衣食住行安排周到，还勉励大家，无论如何要学好本领，没有好的身体，没有军事技术，抗战是不行的。母亲貌美能干，追求她的人不少。有一次，蒋经国先生下到班里来，对我母亲说：“刘教官是大学毕业生，安徽人，人很忠厚，你可以考虑跟他结合。”母亲很敬重蒋先生，便害羞地点点头。蒋先生又安排了让父母接近的机会，他们走得越来越近，感情也越来越融洽。蒋先生还撮合了好些对，并自己做证婚人，在他的官邸花园里举行了集体婚礼，男的西装，女的白色婚纱，都是蒋先生亲自安排的。其目的也是为了增强团体的凝聚力。2002 年，我曾出差路过赣州，特地去城西花园塘一号蒋经国先生纪念馆去拜访，里面树木葱茏，玉兰花盛放，房舍优雅，琳琅满目。听我大姐说，当年父母亲就是在这里参加蒋先生主持的集体婚礼的，内心不禁十分激动！

1941 年我的大姐生于赣州，她回忆幼时，记得最为清楚的就是为了躲避日寇飞机的轰炸，全家经常转移，她躺在一只箩筐里，另一只装着行李，由勤务兵挑着行军，十分艰苦，但毫不气馁。

不幸的是，父亲早已去世，不然也能享受今日“抗战老兵”的殊荣了！抗战结束后，父母都脱离了军队，转到地方营生。这一段经历是他们一生中最光彩最舒心的岁月。遗憾的是，近几年母亲记忆力衰退，许多往事都记不住了，没能留下更多的材料，只是以前对大姐说过一些。

在“中国黄埔军校网”上有这样一段话：“人类军事史上，很少有一个军校像黄埔军校那样，在如此短的时间中，却那么大地影响了一个国家的历史。从东征北伐到十年内战，从抗日到解放战争，他们都是双方历史的主角。这群人就是黄埔军校师生。”2014 年 6 月“芜湖心连心爱心协会”在该网上动情地写道：“这是一个毕业后必将走上战场的学校——黄埔军校。生，是幸运，死，是选择，但却让无数热血青年前仆后继。在黄埔军校成立 90 周年之际，那些国难当头弃笔从戎者，如今很多已超过这个年岁。让我们年轻一代更好的学习抗战老兵的爱国精神，用热血致敬热血！……”

读到这两段文字，我们不仅心潮澎湃，我们为我们的父母有幸成为这所伟大名校的一员而感到幸运与骄傲！

今年5月下旬至6月，在我的家乡芜湖，在安徽师范大学和芜湖职业技术学院的校园内，分别举办了题为《抗战老兵民族脊梁》的图片展，以纪念世界反法西斯战争胜利70周年和中国人民抗日战争胜利70周年，由芜湖心连心爱心协会志愿者们历时4年多时间走访而收集拍摄的29名芜湖“抗战老兵”的图片在现场展出。我母亲苍老的大幅照片也挂在展栏里。我不禁十分激动，潸然泪下，自然想到，在我们民族和国家的危难时刻，不管你是什么人，只要你挺身而出，大义凛然，甘洒热血，你一定会赢得历史和人民的尊重，赢得鲜花和勋章！反之，那些中华民族的败类，如汪精卫之流，只能像秦桧夫妇一样，永远跪在英雄岳飞的脚下，被世世代代的中国人民唾骂！

祝母亲和千万尚健在的抗战老兵永远健康！祝已经离世的抗战老兵们永垂史册！

（发表于2015年第1期《安徽黄埔·统促会》杂志，此文还在网上广泛流传）

老来也上“朋友圈”

小杨不小，快五十岁，要抱孙子了。她是我们家的清洁工，小学毕业，四川农村来的。这天我忽然发现我的手机微信里有她要加入我的“朋友圈”的请求，感到很有趣，便问她是不是。她笑着说：“是我儿子弄的，我还不完全明白。”我不禁笑起来，便问她：“那你自己愿意吗？”“随便。”“那你会玩吗？”“马马虎虎。不懂就问呗。”

这一下子触发了我的感慨。据网上资料，仅国内微信注册用户就超过了9亿。那这么多的人是怎样学会使用微信的呢？在我看来，靠的就是到处讨教，互相磋商，反复操练。身为一个教育工作者，我看到中国古代关于教学的许多精彩论述都在这场规模巨大的学习活动中得到完美体现。如“三人行，必有我师”“能者为师”“不耻下问”“学而时习之”“学而不厌，诲人不倦”等等，到处可见。教育家们梦想的境界就这么不声不响地实现了。真是奇迹！

我学习微信的动力首先源自它有免费消息和语音通话，特别是出国旅游或与国外的亲人朋友同事，有微信联系可就方便了，只要能上网就能联系，多好！掌握各项微信功能，本人的主要“老师”就是读中学的外孙女和同事，一有不会的就去问，问懂了就反复练，直到熟练掌握为止。什么添加好友，发删信息，发照片，找资源，截屏，设立群聊，领发红包，做相册，上传至电脑，等等，都是这么学来的，时长一年半。相信年长人士的经历都差不多，不过，我们当然不能跟年轻人比。

关键是要不耻下问，你不关注不去讨教，可能永远不知道。外孙女有时发英文信息，我看不懂，就问她怎么办，她说，很简单。说着马上演示，用手指头按住该信息，便出现选择项，其中有“翻译”，一点它，立刻在信息下方出现了汉语译文。真方便！我跟着就学，果然好用。

要特别表扬年轻人和学生，他们是主要的老师，五十岁以上的人差不多都是他们教会的吧。有一次我遇到疑难问题，看到小区石椅上坐着个玩手机的年轻人，就上前讨教，他也倒热心地教会了我，我一再谢谢他，他好像无动于衷并不在意，可能在他看来我的问题实在是“湿湿碎”了。

（发表于2016年8月3日《南方都市报》）

绿道——深圳的美丽新名片

世界上不少国家和城市，都有闻名全球的独有的风景名胜，深圳作为一个几十年前的小渔村，有什么独特的魅力之处呢？以前，这个问题想都不敢想，可前不久，我却找到了一个答案。

那次，我偶尔经上步路从四川大厦往北走到市体育场去，有一两公里远。进了人行道，它足有三四十米宽（一般城市的人行道不过几米宽），使人惊叹！感觉焕然一新，好像是进了公园，两边绿树丛生，鲜花盛放。特别是靠里边十几米纵深，尽是各种各样的树，椰子树、榕树、木棉树、棕榈树、黄槐等等，还有许多说不出名的，高高低低，斑斑驳驳，幽静仙灵，遮挡了天空，间或有各色鲜花丛丛开放，姹紫嫣红，各具情态。这里仿佛是连绵不断的植物园！还有时而出现的各种雕塑，多是各色人物，嬉戏的儿童，热恋的情人，憨态的老人等等，造型夸张，开心幽默。道路是石板路，右手靠马路一边，也是十米以内宽的花丛树木，绿色连绵，许多地方看不到旁边的马路。间或还有各种形状和材料的凳椅，圆形的长方形的，木质的石头的，设计乖巧，形态各异，行人可随时在这里休憩。

最使人印象深刻的是，你根本就不觉得这里是人行道，而是走廊式的花园！跟马路没有一点关联，真是令人惊叹！以前乘车走过不知道，现在下来步行，才知道别有洞天！

更叫人高兴的是，在沿途一个路口边，看到了三块设计精美的宣传牌，介绍的正是这福田河绿道。

说这条绿道是位于深圳市福田区的一条滨水型城市绿道，北起笔架山北环路，南至滨河路，全长约 6.1 公里。途经的福田河为深圳河支流，南北纵贯福田中心区，串联了市中心区的两大公园——笔架山公园与中心公园，沿线波光潋滟，草木茏葱，鸟语花香，是城市中心区的重要生态景观走廊。

原来如此！这不是一时兴起，不是偶有作为，而是深圳打造现代城市生态美境的精心巨作！

后来在行走时特别注意，结果发现许多人行道多是如此，尽管长度、宽度不如它，设计上各有特色，但都是走廊式花园。如我所看到的皇岗路、福强路人行道等等（恕我一向简出）。为了证实这一想法，便上网去查，一查才知道，原来深圳的绿道建设已取得惊人成就！在深圳绿道网上得知，深圳已建成由 2 条区域绿道、2 条滨海风情线、1 条城市活力线、3 条滨河休闲线、16 条山海风光线组成的“四横八环”绿道网络体系，总长约 2000 公里，市区域的绿道主线总长约 285 公里，支线总长约 18 公里，已实现全市平均每平方公里有 1 公里绿道。市民 5 分钟可达社区绿道，15 分钟可达城市绿道，30—45 分钟可达区域绿道，为市民提供一个低碳出行、休闲游憩的绿色空间。网上同时有大量各处美丽的图片佐证，令人惊赞不已！深圳本来公园就全国最多（900 多个），再加上多处绿道，真正成了花园式城市！这也是深圳人民最满意的地方之一！难怪深圳尽管人口密度全国第一，科技工业发达，但仍然是空气质量“全国十佳”城市之一！

为获得具体印象，看看2号绿道：

主线由东莞大岭山森林公园进入深圳市西北侧，途经罗田森林公园、老虎坑水库、车丁坑、洋涌河、五指耙水库、东方林果场、长流陂水库、七沥水库、凤凰山森林公园、铁岗森林公园、羊台山公园、西丽湖度假村、塘朗山—梅林森林公园、笔架山公园、银湖森林公园、洪湖公园布心森林公园、仙湖植物园、梧桐山国家级森林公园、园山风景区、三洲田、马峦山森林公园、大小梅沙、葵涌度假村、金海滩度假村、东江纵队司令部旧址、雷公山、咸头岭沙兵遗址、下沙、南澳、西冲、东冲、七娘山、桔钓沙、天后古庙、青少年度假营、金水湾度假村、锣鼓山郊野公园、大鹏所城、打马坑水库，至排牙山，沿滨海岸线进入惠州市。

线路全长约233公里。其中生态型绿道约76公里、郊野外型绿道约110公里、都市型绿道约47公里。今天，在节假日，深圳人集伴骑单车走绿道，已成为一大时尚。红树林绿道，盐田绿道等等，都是市民平时休闲的好去处。

那么外国有没有绿道呢？

绿道的概念来源于欧美国家，意思就是与人为开发的景观相交叉的一种自然走廊。它是一种线型绿色开敞空间，通常沿着河滨、溪谷、山脊、风景道路、铁路、沟渠等自然和人工廊道建设，内设可供游人和骑车者进入的景观线路，连接主要的公路、自然保护区、风景名胜区、历史古迹和城乡居民居住区。但是，目前没有资料也无人知晓国外是否有如深圳这么大规模和成果的绿道。我跟一些经常在国外旅游的同事朋友交流，说了我的这一想法，他们完全同意。

特别令人振奋的是，7 月 23 日，第 19 届国际植物学大会就将在深圳拉开帷幕。深圳市政府决定，今年，深圳各区将建成 74 个花漾街区、128 个街心花园，通过各种形式的花卉景观美化街区环境，同时设置植物名牌，要打造为“世界著名花城”，为此制定了三年行动计划，花漾街区和街心花园则是打造著名花城的重要落点。绿道，将缀上彩花，深圳将成为一座举世无双的美丽缤纷的大花园！

（原载于 2017 年 8 月 3 日微信公众号“长安文学社”）

为什么现在会风好了？

前些日子，我们全区退休教师讲师团在某校大礼堂里举行说课比赛赛前指导讲座，有三四百教师参加，礼堂里坐得满满的，花花的一片。我和两位老师发了言，连续用了三个小时，奇怪！会风出奇的好，一直没有什么人讲话，静静的，又没有人打瞌睡，这可是难得看到的好现象！新现象！以前，不管什么会，省里的市里的区里的单位的，成人的孩子的干部的群众的，总有人在下面讲话，有时候嗡嗡作响，连成一片，弄得会议主持人心烦意躁，非要发火批评才能安静下来。

散会后，我们吃工作餐，聚在一起说起这个问题，都很高兴，觉得会风好了，大家文明程度都提高了。不料，李老师笑着说："你们不要高兴得太早，你们没看到许多人都在看手机啊！"

是呀，仔细回想，低头看手机的还真不少，好家伙！现在有了手机，关闭声音，想干什么就干什么，多方便啊！接发短信，传递信息，上网查询，欣赏影视，玩弄游戏，有的玩呢！又不影响任何人，太好了！现在人不是怕开会，而是希望开会了，而且会开得时间越长越好。负责会场器材设备的小宋在一边插嘴道：

“现在开会纪律普遍的好，跟以前大不一样了，不过，每次开会我都要把学校的 wifi 关起来，不然的话，玩手机的更多，不过多数人现在都买了流量，难不倒他们。”唯一害怕的是，如果会议主持人强令所有与会者都得把手机收藏起来或上交集中保管，那就挖了老树的根了，那就难保开会没有人讲话打瞌睡了！

说是高科技改变了我们的日常生活，你还不得不信。朱老师颇有感慨地说：“以前，我就怕陪老婆逛商场，现在不怕了，待在一边，掏出手机，打开流量，想干什么就干什么，而且，时间越长越好，省得一段视频还看不完。”大家听了不禁哈哈大笑起来。我想想说：“现在妙就妙在不怕等，不管等什么，等飞机，等候车，等朋友，等家人，只要打开手机，时间一下子就过去了，真要好好感谢伟大的科学家发明家！”

不过话说回来，这样开会的效果是不是一定很差呢？从我们随后开展的说课比赛活动来看，绝大部分老师还是认真掌握与执行了说课的要求，交出的说课稿大都遵循了规定的套路，也就是说，会议的效果还是挺好的，成功的，尽管有许多人在底下玩手机。如此看来，问题的关键是，会议发言的质量是否高是否有用。如果高或有用，他就不会玩手机或者偶尔玩一下；如果差或者无用，那就不能怪人家老玩手机了。退一步说，即使是玩手机，会场还是静静的，总比开会浪费时间或讲话打瞌睡好。

（2017 年 5 月）

“火车”行，必有我师焉

火车上的旅客来自四面八方，各行各业，各有所长，各有所知，形形色色。坐火车长途旅行，只要你有心跟人交谈与请教，你就可以获得许多新鲜的知识，对许多问题有了比较全面的思考。真是“火车”行，必有我师焉！

此次夏天从深圳到北方S市去办事，就先后共遇到了四位“老师”。第一位“老师”是安徽江南一个搞运输鸡的中年农民，七谈八谈，就学到了怎样识别土鸡和洋鸡的知识。常常看见顾客在市场上寻求买土鸡（农家自养的鸡），卖鸡者也常常自夸卖的鸡是真正的土鸡而不是洋鸡（养鸡场集体养的鸡）。那么，它们外表上最显著的区别是什么呢？这位农民兄弟告诉我，就看鸡的喙是否被磨秃磨短，被磨的就是洋鸡，而仍然是尖而弯的就是土鸡。为什么呢？我又好奇地问。他告诉我，因为洋鸡是许多鸡集中在一起养，容易争吵，一打起架来，就用尖而弯的喙互相啄，那是死伤一片，所以在它们小的时候养鸡人就用工具把它们的喙磨秃磨短。真有趣！这以后去买鸡就不会上当了。

第二位“老师”是一位小姑娘，一谈起来，我们还是安徽A

大学的校友，当然我是她的师兄了。她今年大学刚毕业，23岁，是学英语的，到深圳亲戚处打工，忽然接到家里发来的电报，说她考安徽省公务员录取了，这就积极赶回去报到。我有些惊奇，怎么录取的？有没有“背景”？她告诉我，她没有任何“背景”，考完后就到深圳打工，已对此不抱任何希望。不过，她报考的是省公安厅的公务员，管外籍人士的户籍，比较偏门，而且她的口语很好，结果竟然如愿了！这使我对公务员考试有了全面的理解，固然有不少舞弊的“丑闻”（揭发得好），但是多数还是比较合理的。而且，我还得知，我的侄女今年也凭本事考上了市里的公务员。

回程的路上先遇到山西煤矿的一位基层干部。这是第三位“老师”了。我就好奇地问他，前些年，山西的矿难惊人，最近好像少了许多，是什么原因。他就告诉我，一是把许多形形色色的私人煤矿按价全部收归国营企业，好加强管理；二是对各级干部实行年薪制，一年下来没有发生安全事故，工资兑现。相反，则照标准扣，严重的还要蹲大牢。这一来，矿难大为减少。他还感叹地说，不管什么难题，只要政府下决心干，总是能解决的。我连连称是。

第四位“老师”是深圳的一位女医生。话题自然就谈到了当下医患关系紧张的问题。这位医生很为感慨，她举了一个例子。某医院接受了一个自杀未遂的女青年，立即组织抢救，活了，但是这位女青年在病房里乘人不在的时候，又跳窗自杀了。家属非要咬定是医院的责任，要大额赔偿，医院认为不是自己的责任，但出于人道主义，同意给个几万元，但家属不肯，天天到医院大门口闹，弄得医院无法正常上班，只好满足家属的要求。你说，这医院该怎么办。还有，因为现代医疗水平和生活水平的提高，医院的工作负担大为增加，例如，新增加了大量的以前闻所未闻的各种开刀手术，医生常常在手术台上一干十几个小时下不来，护士经常是连夜加班等等，而相应的待遇却跟不上来。很多医生护士都不累得想干了。而对这些，媒体都忽略了，只是完全站在患者一方，批评医院。当然，我听的是“一面之词”，但是，因为它不易在媒体上得到，所以觉得十分难得，值得省悟。

“火车”行，收获真不少。

（原载于2017年9月13日微信公众号“在线作家”）

心底那根柔弦

医患关系紧张的症结在哪里？

我自己有了一段亲身经历，似乎找到了答案。

那天，我去离家不远的市内 w 牙病医院去看牙。心里首先不高兴，去年我一颗臼齿很痛，便到这家医院去看，一位中年男医生说，已经烂了一半，要拔掉。我答应了。于是动了手术，本以为打麻醉针很痛（以前就是这样），很紧张，谁知这次么几乎没有感觉，医术又进步了，很高兴！牙拔了以后，医生嘱咐十天后再来，我答应了。

十天后，我又去了医院，医生检查后，不断清洗牙腔和上药，弄了 30 多分钟。医生好像带了两位女实习生，一边滔滔不绝地教导她们——好为人师吧。最后医生对我说，两星期以后再来。我嘴上答应了，心里却想，哪有这么麻烦？牙拔过了就没事了，再洗一次就行了，还要来第二次，还不是想多弄几个钱！以前我拔了牙顶多再回医院检查一次，所以第二次我就不去了。

没想到，一年后，牙又痛，对着镜子检查，坏了！又一个臼齿烂了一半，就靠着上次被拔去的牙齿的位置。我气了，上次拔牙倒拔得好！又连累了一颗！

我不想再找那位男医生，换一位瞧瞧。接着，给我派了一位中年女医生，个子不高，戴着口罩，只看到眼睛大大的。我把病历交给她，责备道："去年我在你们这里拔了一颗牙，这倒好，旁边的一颗牙又烂掉了！"

我看到她的脸色红了，这反倒是我不好意思了，因为这不是她的错。她打开病历本仔细的看起来，结果是如释重负："你看，那位医生叫你还要去一次，可你没有去，上面再没有记录了。"

"那算什么！我以前拔了牙，也没有反反复复地再去呀。"

"那不一样，你以前拔牙是什么时候？现在你的年龄大了，免疫能力差了。"

"啊！"

"当时你要是再杀一次菌，这颗牙就不会像今天这样了。"

"啊！原来如此。"看样子我是错怪人家了。

"下面你看这样好吗，先检查一下，再看看用什么办法，能补的话尽量给你补。"

"好好好。"我连忙答道。觉得这位医生真不错，态度和蔼，实事求是。

我躺在治疗椅上，两位护士围上来，这位女医师对她们说，这位老人家年纪大了，你们的动作一定要轻一点，慢一点。

她这一说，我顿时觉得心头一热，顿时觉得这位女医生真是好样的！仿佛感到那位女医生内心里有一根柔弦奏出了亲切动人的声音，使你感到美丽和温暖。我立即意识到，那根柔弦就是情理合一的善良，人与人之间沟通合作的最重要的桥梁。医患关系之所以出了问题，应该说所有人群之间的关系出了问题，就是某一方甚至双方缺少了善良或者善意不够，从而形成误解、矛盾直至冲突。如果一方能坚持以善良待人，常常能感化对方，从而形成和谐友好的关系。这位女医生就是这样！当然，另一方也需是通情达理的人。

培根说得好："我认为善良的意思就是有利于别人的幸福，希腊人把它叫做'仁爱'，用'人道'一词（如现在这样用它）来表示，分量上太轻了一点。我把善良看成一种习惯，一种人性。这是最大的美德与人格，是神赋有的性格；没有它，人就是一种忙碌的、有害的、罪恶的东西，并不比寄生虫优越。"

当战士们冒着风雪巡逻在边境线上时，当千万个义工奔向受灾现场时，当学生们去福利院为孤寡老人们演出的时候，当地铁车厢里青年人为老人让座的时候，你一定会感到他们心里的那根柔弦在鸣响，奏出了美丽动人的声音，但愿，你心里的那根柔弦也被拨响，准备为他人为世界做些什么……

（原载于2017年9月13日微信公众号"在线作家"）

“文革”前芜湖一中的四季校景

芜湖一中是一座百年老校，清代是江南中下游一带有名的书院。五四运动前后，当时的大名人严复、苏曼殊、高语罕、陈独秀、恽代英、蒋光慈等都曾在这里任教或讲学，著名教育家刘希平曾任校长，大名鼎鼎的北伐独立营营长曹渊烈士、中共早期领导人之一的王明等曾在这里上过学，学校名气很大。

新中国成立后进行了重建。它立在城东郊一座小山头——张家山上，到处都是绿树花丛草地及池塘。山头被碾成一块长方形的大平地，东、西、中三座教学大楼成品字形排立，西边还有巍峨壮丽的科学馆夹在中大楼与西大楼之间。各座楼之间都由林荫石头道连结，一排排枝叶繁茂的法国梧桐树像是古代私塾里侍立的老仆，陪伴你读书，使你的心绪一片宁静。俨然，它成了一所花园式学校。更令人久久不忘的是它四季的风景。

春天里，校园山坡上的桃树开花了，粉红色的，一簇一簇的，一片一片的，像从天空中落下的一片片粉红色的云彩，真是“桃之夭夭，灼灼其华”！三个两个的学生有的坐在草地上，有的靠在树枝上，有的轻轻地走动，人像是在彩云间读书，心情像春风一样飘逸，如入仙境一样。树丛间不时传来清脆悦耳的鸟鸣声，嗡嗡的蜜蜂和彩色的蝴蝶在树林里飞来飞去，清新的空气吸到鼻子里，全身顿感一阵清爽。

山坡下是市郊区花农队的玉兰花园圃，满树洁白的玉兰花尽情绽放，一片灿烂，风姿秀丽，打动你的心房。春风阵阵，浓郁的花香弥漫了整个校园。明代文征明《玉兰》诗曰：“绰约新妆玉有辉，素娥千队雪成围。我知姑射真仙子，天遣霓裳试羽衣。”既写实又浪漫。

早读时，校园里书声琅琅，那时候，早读也可以由个人在室外择地读书，有在教室里读书的，也有三三两两在草地上看书的，也有上百个在桃林里朗读的，清亮的书声随着清风花香传向四方。现在想来，这实在是一条难得的人性化的决策。可惜的是，桃林和花圃“文革”中就被改为麦地了，后来又改为房舍了，但它永远美丽在这些学生的终生记忆里。

春天里，学雷锋做好人好事，参加社会公益活动，五四青年节听励志报告等等，有许多德育活动都搞得热气腾腾。1958 年，学校被定为安徽省重点中学；1960 年，学校光荣地出席全国群英会。这以后，学生的思想学习热情更高。即使是 1962 年以后开始强调阶级斗争，贯彻阶级路线，而清澈单纯的学生们仍积极地做着上面布置的一切。

如果这时你要在校园里作画，不论你从哪个角度取景，都是一幅幅绚丽的充满诗意的水墨画，就像画家吴冠中笔下的画面一样。

夏天里，远看整个学校像一个绿色的大花冠，枝叶浓密，绿意葱茏。蝉声高叫，此起彼伏，一直不停，不时提醒着你的注意，好像它们成了夏天的代言人。桃树林西坡下的游泳池里，学生们在上游泳课，池里不时掀起一簇簇浪花，一阵阵笑声。初中的女孩子无所谓，三三两两穿着各色鲜艳的泳衣高高兴兴，跑来跑去；高中的女生们穿了泳衣，总觉得不好意思，就是两手抱胸扭扭捏捏下了水池，也窝在一起活动，害羞地互相取笑，胆大的几个互相往对方身上拍水，成了别致的一景。

树阴下、草地上坐着躺着靠着一堆堆备考的学生，有的背诵，有的互问，有的沉思，有的遐想……愉快的暑假即将来临，但应对放假前的大考却是不容懈怠。那时候，分数对每个学生来说，同样是极其重要的。每个班上都有学霸，但言行都很小心，怕惹来麻烦。追赶的人也都是暗中使劲，期望考后能够来放个卫星。

特别是1959年，安徽高考录取率为全国第二，芜湖一中居全省第三位，放了一颗高产卫星，引起轰动。不过后来上面强调反对白专道路，也不便多张扬。在低年级看来，高三年级很神秘，特别是高三在考前一个月停课复习，大家都是在一旁悄悄地仰视。学校领导在学生大会上说了，一切都要为高三学生让道，比如下课挤着上厕所，看到高三学生要让他们上前，引得学生哄堂大笑。

夏天的校园像一幅幅色彩鲜艳的油画，充满了生命的活力。

秋天时，黄绿相间的梧桐叶铺满了林荫道，脚踩在上面，簌簌地响，仰望天空，湛蓝湛蓝的，特别广阔高远，令人心怀为之澄静。这时，你会觉得整个世界就是一首遥远而甜蜜的歌曲，人最好就在这歌曲里永远沉醉。

校运动会总是在十月召开。课外活动的时候，各班都在加紧准备。操场上厉兵秣马，龙腾虎跃，打篮球的，踢足球的，练跑的，练跳高跳远的，个个精神抖擞。一些俊男美女，举手投足之间更显得青春亮丽，吸引了许多悄悄的爱慕的眼光。每人心中都有几位偶像，只是藏在心中，不好意思明说出来。这是那个时代特有的拘谨。

有意思的是，重点学校的学生，平时在学习进步方面的竞争是很激烈的，拉开了一定的差距，而到了体育竞赛中，人人都处在新的起跑线上，开始另样的竞争。所以，不论谁走进操场，都会感到青春的气浪灼人。那些其他方面较弱的体育尖子，难得有了一展身手和扬眉吐气的机会，锻炼更加卖力。高二有位同学特有劲，本来校运动会没有撑杆跳高这个项目，他却悄悄练出了一身好功夫，硬是要求体育老师增加这个项目，学校研究同意了，他自然成了这个项目的冠军。

秋天的校园像一幅幅飘逸生动的水彩画，闪烁着青春的灵气。

冬天时，白雪覆盖了校园，绿树们个个戴上了白绒帽，身上镶上了一道道银边，像是一个个和蔼可亲的圣诞老人在迎接你。课余间，不知谁领头，学生们打起了雪仗，银白色的雪团与清脆的笑声一起在校园里飞舞。上课铃声一响，立即休战，个个赶紧拍打掉身上的雪花，溜进教室，也有个别的学生迟到了，被罚站在教室门口……

常是瑞雪飘飘的岁末，校园里灯火点点，在冰天雪地里散发出团团暖意。先有学校学生会文艺部组织的全校文艺节目汇演在学校大饭厅举行，各班都拿出精心准备的节目争奇斗艳。那时候，校学生会在学校里可是管着半壁江山，学生日常的校园生活基本都由它管。广播、墙报、各项学习文体比赛活动、卫生清洁等等，都由它安排。故而，许多学生干部锻炼出一定的管理才能。据说，民国时，学校有学生自治会，权力更大，包括管理学校的食堂和住宿。

平时学习紧张，具有文艺才能的学生很少有表现的机会，校文艺会演可是出彩的好机会。在这里，你等于重新认识了一些同学，他们身上久藏不露的亮点令人惊叹。还有，只有这样的文艺演出，俊男美女们才有了化妆的机会，当然比平时显得美丽动人，给大家留下久久难忘的美感。

校文艺演出后第二天又有各班召开的迎新晚会，学生们自己策划主持，大家凑钱买来瓜子、花生等食品，邀请老师参加。最开心的项目是击鼓传花，被罚的人都要表演节目，实在不会表演学个狗叫猫叫也可以。歌声笑声暖和了校园寒冬的黑夜，使人感到集体的和谐和温暖。

冬天的校园就像是一幅幅意境深远的版画，透露出岁末的祝愿。

可是这样的图景自1965年以后就成为历史的绝版了。当年的学生们如今已是六十多岁以上的老人了！

“未觉池塘春草梦，阶前梧桐已秋声。”

岁月的脚步就是这么飞疾而无声！

（原载于2018年5月11日“长江树A新浪博客”）

带队赴英夏令营学习记事

它不是镣铐，不是牢房，却能囚禁你的身心。

——题记

2002 年 7 月 24 日，星期三

昨天我和英语老师李芳，带我校高一学生 20 余人，由 EH 旅行社安排，到英国度夏令营，主要任务是在伦敦附近的 A 小镇的学校学习，同时利用周末到一些著名景点旅游。

刚刚接到校长的派遣，我这个副校长非常高兴，因为年岁大了，有出国的机会当然不能放过。谁料到后来竟是喜愁交加，弄得我一直想提前回国，其间一波三折，一言难尽！

昨天早上 7 时，我们在深圳 HG 口岸出境大厅集合，去香港国际机场。12 时飞机起飞，今天上午 7 时多到达伦敦，一共 7 个多小时，够快的。9 时许，在机场出口处乘大巴到 A 小镇的欧克贝姆学校。

一切都是这么新鲜！在车上，我们兴致勃勃地观赏沿途风光，大都是田园景物，在阳光下照射下，色彩鲜明，轮廓清晰，草地、山坡、牛羊、树木、鲜花、池塘、庄稼等，组成一幅幅不同图画。我心里一再拿它与中国的自然风景比较，想找出两者之间的差异，最后得出的结论是，中国的自然风景多是水墨画，景物之间的界限没有这里的鲜明，而这里却十分清晰，像油画。不知大家是否认可这点。

车子进了学校大门，我们下了车，到办公室休息，由校方接待。几条长方桌上放了许多小点心，巧克力、蛋糕、糖果、饮料等等，可以随便吃。不少学生就不客气了。大概是每年寒暑假都要搞类似的学生活动，校方已习以为常。

校方B——一位西装革履的中年英国人，与我们旅行社的联络员吉米站着说话，安排有关事项。吉米是中国人，四十岁左右，高个子，瘦瘦的，很能干的样子。李芳老师有时也插话，只有我，不懂英语，听不明白，干站着，像个呆瓜。

吉米带大家到学生宿舍去，条件还不错，如国内重点中学的水平，只是宽敞一些，六人一间。待大家安排好，下午一时许到学校食堂吃中饭。食堂很大，共有七八百平方米，管理员有十来人，大叔大婶型。伙食很好，是十分丰盛的自助餐。除了烤肉是一人发一大块以外，其余的应有尽有，随你吃，各种西式面包、点心、鸡蛋、牛排猪排、蔬菜水果等等。开始吃觉得食欲很旺。吃多了，就觉得口里净是甜味，有些腻了。

饭后到接待室，挺整洁，桌椅放得很随便，三边靠墙都有，中间有四张小圆桌，配有一些椅子，随便坐，墙上的画像动漫，整体有点像国内幼儿园教室里的布置。接着开大会，吉米和李芳老师讲了学习、生活的安排和纪律要求，我也插不上嘴。后来，李芳老师一再要我讲一下，我便讲了几句，向大家强调一下要注意安全纪律。然后，让学生打长途电话回国报平安，那时候没有手机，会议室有一部电话，大家轮流打。接着学生到教室去参加英语分班测试。我就在会议室休息。没事干，会议室倒有不少杂志报纸和宣传材料，花花绿绿的，可惜我像文盲一样看不懂，只能看看图画猜测它的意义。李老师也跟学生去了，我连个说话的人都没有。

下午参观学校，很新奇，没想到校园很大，上万平方米（不包括足球场），含中小学。现在是暑假时间，英国学生都不来，学校就办各国学生的夏令营，增加收入。学校绿化很好，到处是树木花丛，教学楼，办公楼，实验楼，图书馆，食堂，礼堂，应有尽有，网球场，篮球场有七八处，特别令人惊讶的是足球场，面积有四个一般足球场大，像辽阔的大草原。一打听，原来是英国某个著名足球俱乐部的训练场地，很希望那天能看到这只著名的足球队训练。

后来我们到镇上去，街道不宽，商店不多，房屋大都是两层楼，墙面大多是石头墙，人行道是石块路，跟以前看过的英国小镇风貌差不多，而且好像一直是这种样子，没有变化。天有些冷，大家都去买衣服，运动服、羊毛衫等，东西很贵。我们回学校走错路，绕了一圈。晚上住在学校学生宿舍，头脑里过电影，心里为语言不通发愁，难眠。

7 月 25 日，星期四

大概是为了激发大家的兴趣，今天集体到 Hex 乐园玩一天。上午 9 时出发，学生不要我敲门喊他们，晚归已 6 时。

乐园与中国的相似，有过山车、海盗船、游船等，也有英国特色，如设有鬼谷，很吓人，我没有进去，因为怕做噩梦。接着发生的一件事令人深思。

我看到有个英国小孩与别的孩子打闹，你一拳我一脚，我很好奇，站在一边观看，看这怎么收场。突然，来了一个中年男子，好像是孩子的父亲，他上去把孩子拉开，没有说一句话，只是把孩子拉到远处一个僻静的角落里，严肃地跟孩子谈话。这使我感到惊奇，要是在国内，我们的一些父母肯定冲上去帮孩子吵闹了或者训斥自己的孩子！

而这位父亲很冷静，很有教育经验，不当面打骂，也不当面训斥，而是待孩子冷静下来慢慢谈，这样的效果肯定好。值得我们的父母们仿效。遗憾的是，不知那位父亲具体谈了什么，学不到。

又看到一些阿拉伯女人，穿着黑长袍，戴着面巾，只露出两只眼睛，有些恐怖，大家怕惹麻烦，躲着走。

晚上，把我们一起安排到住到小镇西边住宅区的一户人家里去住。两层小洋楼，很精致，外面大树、草地、秋千、座椅，很优雅安静。屋内设置很讲究，好些房间，装潢富丽，颇有贵族色彩，像我们在英国电影里看到的一样，也使人想起《简爱》作者夏洛蒂·勃朗特笔下的桑菲尔德庄园，有些伤感。

二十来个学生住在二楼，男女各一间，双人床，墙上有装饰画，看了很舒适。我住在二楼里面一间小屋里，好像是储藏室，但收拾得很干净，有十来个平房，长方形，朝东有一面窗，往外看去，正是大门口。有些累了，就睡觉了。

7 月 26 日，星期五

今天学生上课，我和李芳老师逛街，去了火车站，很小，很随意，像个小商店，你根本想不到。一想到要在英国等 20 多天，语言不通，无处去，无人交流，太无聊了！后悔了，想提早回，因此，我请李老师到学校打长途电话给吉米，可是吉米说大家的返程飞机票早已买好，不好退等等，不过话也没有讲死，说想想办法。

下午我在住宿人家（姑且称为“家”了）客厅里坐着看报纸和电视，可惜都看不懂，没有中国台，尽是外语的，我就像文盲一样，只能看看画面，真气人！

晚上也如此，很焦急。出门来看看周围环境，周围都是类似的小洋楼，很雅致，美丽，整洁，楼南面有浓郁的树木、碧绿的草地和古雅的长木椅，很幽雅，很寂静，甚至给人清冷的感觉，好像少时读《小石潭记》的感觉一样，很少看到人。

最大的亮点是女主人吉蒂，她三十余岁，丰满美丽，又黑又大亮眼睛，中等个子，穿的是白底绿花连衣裙。据说是演员，使人想起莎士比亚作品中的女主人公，美丽而多情。她早起为我们准备早餐，牛奶、鸡蛋、各式麦片、点心、烤肉、巧克力、面包等等，真是丰盛！我们吃得都格外香甜。她早出晚归，不易见面，见我们时比较矜持，只是点点头。可惜语言不通，所以无法交流，不然可以了解到许多有趣的情况，太可惜了！李老师倒不时和她交流情况，令人眼馋。

学生的作息时间表印出来了，早上 7：15 分起床，8：00 在“家”早餐，8：45 到校上课，一直上课到中午，1：00 在校吃中饭，下午 2：00 多种文体活动（包括听讲座），5：15 到接待室集中，6：15分在校吃晚饭，晚7：00回“家”自由活动，10：30睡觉，11：00熄灯。

总之，很轻松，学生也很乐意。有些具体的事李老师做得了，不需要我烦神。

不知不觉已过去四天，今天到小镇上跳蚤市场买酒杯，看衣服，人不多，很冷清。看带来的《南方周末》报，洗澡洗衣服。心里还抱着一线希望。

7月27日，星期六

继续交涉提早回国！中午在学校接待室跟妻子马庆翠通电话。吉米说，他去交涉了，不过要到6日才有消息，那就是十天！

很不高兴，度日过年。

没办法！中午回“家”休息，下午干什么呢？三时半离家，从家到学校要从镇里走到镇外，要走两三条马路，20分钟左右。在镇里可看到十来家店铺，有水果店、理发店，日用品店等，都很小。还有一家私人博物馆，里面大约七八十平方，放着帆船模型、刀剑、烟斗、战利品一类的东西，满满的，像是海盗的战利品。店铺彼此有间隔，不像我们这里的商店密集排列，人也很少。

最大的惊喜就是居民们特别爱花，家家户户大都是两层小楼，而门边窗边都簇拥着鲜花。有的是栽在门边墙边的，有的是盆栽挂起的，有的是栽在木栅栏里的，红的黄的紫的蓝的，一团团的，衬以绿叶，非常鲜艳，赏心悦目，而且感觉它时时盛开，四季灿烂！

穿过两三条马路就到了镇郊，路边有一个很大的公园，中间是大块的草地，约有四个足球场大，周围是树木，浓阴蔽日，树下隔三差五设有好些长长的木座椅，十分幽静安详。公园里人很少，偶尔可见四五个老年人坐在座椅上休息，几对年轻的父母带着孩子在草地上打羽毛球、做游戏，一群年轻人笑着说着走过，大部分时间是空无一人。

小镇的最大特点就是安静，清闲，人很少，声音很少，哪有中国那么忙碌热闹！我经常坐在这里的座椅上看书，好在带来了一本《古文观止》，可慢慢咀嚼，好消磨时间。

虽是炎夏，但并不烦热，气候宜人，特别好睡。

7 月 28 日，星期日

平地起波浪，有了矛盾。早上我未去学校，留在在客厅里看电视，打算到 10 点多钟去学校。平时抽烟我大多在室外吸，但是时间长了，屋内又一直无人，我就忍不住在室内抽了。不料，中午在学校吃饭时学生何笑西悄悄跟我说，不能在屋里抽烟。再问他，他就躲开了，显然有人告状，被他偷听到了。心中不爽。好在中饭后，李老师小声对我说，不能在“家”里抽烟。还说，早上要送学生上学去，是领队职责。这肯定是校方有意见，我只能点点头，心中大大不快。

吃完晚饭回“家”去，大门又加锁，我的钥匙打不开，学生还未回来，进不了门，显然是主人不高兴了。

啊，我想起来了，刚来的那天晚上，我在小储藏室里关着房门抽烟，忽然听到铃声大作，不知发生了什么事情，我开门出去看，学生们也出屋来问，大家都有些紧张，问个不停。李老师连忙给房主吉蒂打了电话，回话说可能是有人在抽烟，烟雾报警器报警了，要赶快散去烟雾。我这才知道储藏室里安了这玩意，国内好像还没有这玩意，虚惊一场！因为我早已打开了门，烟雾散去，所以铃声也就平息了。是不是今天早上在客厅里抽烟，被主人知道了，主人生气了，是我不好。

我只好往学校去找学生，在途中遇到美丽的吉蒂，我很高兴，忙用手势比划钥匙打不开门，她懂了，就和我一道回“家”开门。有美女同行并帮助解决问题，我感到心里美滋滋的，很兴奋。可惜的是，我只能跟她默默地走着，说不上一句话。淡淡的月光洒在水泥人行道上，留下了她美丽的倩影。

奇怪的是，大门未锁，原来是“误会”一场。我与吉蒂点头告别，心里恋恋不舍，不能用语言交流，还能做什么呢？

回到储藏室，我还是觉得有些不对劲。讨厌的是，没法与对方交流，只好“误会”下去。而且，学生平时在“家”，校方也要求尽量用英语对话，这一来，我想找学生聊聊都不行，怕影响了他们练习英语。真没办法！

这样子又想早些回国了，但仍无消息，吉米就是有意糊弄我，或者不愿承担退票造成的经济损失，心情不快。晚饭前在校办门口遇到吉米，他很客气，说一切问题都可解决。不过要等到星期一才有消息，我就晓得他是说得好听，在敷衍！

7 月 29 日，星期一

早上跟学生一起去学校，就想玩玩计算机，好不容易进了计算机房，一间教室大，沿三面墙摆了二十多台电脑。我好高兴！可惜几乎全是外文网，不懂。我试着搜寻，还好，找到了搜狐网，上了，尽是中文，好像是遇到了亲人！还找到了“深圳之窗”，看到外国足球教练米卢回国的消息，有众多评论，有的不公允，有的还实事求是。不料，屏幕一下子黑了！机子出故障了，只好罢手。这计算机房就是星期一至星期五每天早上开放两三个小时，经常坏，比我们学校的设备和使用差多了。看来在这方面，他们并不先进。

接着，就到学生上课的教室转转，从窗子往里看，教室跟我们的差不多大，学生只有二十余人，墙壁上贴满了各色各样的图文，动物啦、花草啦、景物啦，像小学生图文展览。教师主要是跟学生进行主题性对话，边问边答边笑，大家都很轻松。我觉得，这对提高学生的英语口语水平，应该是卓有成效的，这也是来夏令营的主要收获吧！

下午一时，全体集合乘车去附近的一所中等城市购物，城市面貌一般，比深圳要差，街面比较脏，食品袋、矿泉水空瓶、冰棒棍子等，扔得到处都是。商品较丰富，各色人种都有，比较热闹。没买东西，到处看看。街道中间有座椅，我是坐了好一会，看人。

晚上回来突然下大雨，未带雨伞，所以淋雨，学生在雨中打闹，无忧无虑，到底是群孩子，他们的快乐也感染了我，难得开怀大笑一下。回家在客厅看了一场香港电影，广东话，三位女侠，打来打去，摸不着头脑，情节多有荒诞之处。吉蒂在，忙来忙去的，像风一样飘来飘去，也像在你的心中飘。我在客厅与何笑西下了两盘国际象棋，有些生疏了，但处处想杀着，结果是我赢。至10时正好睡觉。

上了床，想到提早回国的问题未解决，心中不快，只好尽量克制，度日如年！因语言不通，好像是在蹲监牢。不过一算，已经过了一周，去掉五分之二，心里略好过一些。

7月30日，星期二

学生有事做，上午上课，下午一节课后搞活动或体育锻炼，打羽毛球、打篮球、游泳、手工制作、画画、弹琴等等，快乐得很。我上午又了进学校计算机房，看了一会新闻，腻了。便找到“中国游戏中心”，想下围棋，既练脑，又消磨时间，真好。可是按要求下载后，却不能使用，真倒霉！我连忙找到李芳老师，请她去问，才知道学校电脑限制阻截一切游戏软件。无奈，只能再看看体育新闻，有关米卢，还有报道太原——温柔之乡，北京的后花园，一到周末，北京的大佬们便乘车去那里快活逍遥，声色犬马，看来不假。

后听说第三四节课在学校礼堂有一场戏剧讲座兼演出，我动了好奇心，便找到学生一道去看看。礼堂较大，像国内的小剧场，座位呈弧形，大约有20排。我有意坐到后面，开始台上有位女教师在做报告，打出幻灯片，可惜我都看不懂也听不懂，很沮丧。又出来一位男教师在一边配合，做动作表演，我也不懂，只觉得很滑稽。倒是身边的学生引起了我的注意，有两三对外国男女学生在座位拥抱接吻乱摸，嘻嘻哈哈的，不过才十四五岁。真是太不像话！国内很多人听了一些所谓精英的黑心宣传，认为外国中小学教育都比中国好，是快乐学习，不像中国学生死读书，完全是胡说八道，欺骗民众。这倒真是“快乐”啊！难怪外国学校里学生打胎是家常便饭，这样能把书读好吗？只有鬼相信！我是根本都不相信的！书山有路勤为径，学海无涯苦作舟。老祖宗讲了几千年的真理，有人就是不信！他就是相信外国的月亮比中国圆！

这倒提醒我，要给我们的学生打预防针，千万不能跟这些孩子学。

下午回"家"等了半天，下大雨，好在带了课本来备课。因机票不好改而心情不好。不过，晚上听李芳老师说香港机场方面要我们提交提前回国的理由，可能有所松动，心里略安。便与学生何笑西下了两盘国际象棋。

7月31日，星期三

好歹有个去处，上午继续到学校玩计算机，看《深圳商报》《高考新闻》等等。

下午在家备课两小时，即到学校会议室，仍看书。晚6时，大家纷纷来此开会，商议明天到伦敦游玩一事。忽然有李老师电话，我有点紧张，果然是吉米的电话。李老师转告我，我可在7日提前返程回国，不过，要我们亲自带证件打的到机场去办手续，一问，打的到机场要279英镑，近3000元人民币，来回就是6000元人民币，开什么玩笑！我有些犹豫了。李老师不吭声，我知道她是不希望我提前回去的，可又不好说。

晚上吉蒂要在家里拍电影，来了摄影师、演员等人，有七八个，不要我们旁观，要我们一起回宿舍或者是待在客厅里。真遗憾！我们真想看看他们怎么在鼓捣！没办法，我和几位同学在客厅看电视，是007，斗来打去，不懂英语，但能看出点意思。

8月1日，星期四

今天坐大巴到伦敦，很兴奋，看看这座世界著名的大都市，忘了孤独烦闷。

早上，6：15敲学生住宿的门，然后大家一道去学校，大巴停在校门口，每人发一袋食品，有牛奶、面包、巧克力和矿泉水等。上车后，开了两个半小时才到，停在一个汽车站，很一般，不过旁边就是著名的泰晤士河，没想到现在就在眼前！水发黄，河道不宽，两百米左右吧。

我们排队登船，乘船游览，两岸风光古朴，有一些三四层楼高的房屋，欧式建筑，灰暗色的，没有想象中的现代化的高楼大厦。船上也有不少外国游客，其中有两个六七岁小女孩特别可爱，像芭比娃娃一样。

下船看双塔桥，万人旋，觉得跟以前在图片上看的差不多。步行至国会大厦、皇宫，金碧辉煌，十分气派雄伟，令人惊叹！塑像很多，四处草坪。在国会大厦对面马路，我们看到几十位静坐示威者，打着横幅标语，可惜不识字。在国会门口，我们跟卫兵合影，跟骑兵合影，很高兴。在国会广场，举行了小规模的阅兵式，是专门吸引游客的。后沿海德公园去停车场。看到一些行为艺术家，一女子穿着绿色镶边连衣裙，却把全身包括脸部都涂成银色，样子很吓人；卖艺人玩走钢索；青年人玩蹦极等等，五花八门。在这里，崇高与平庸，宏伟与低俗，美丽与丑陋，幽美与杂乱，一对对反义词描绘着这个多彩的世界。

继续坐车，到大英博物馆，里面的藏物惊人！太多太多！好像把全世界的艺术品尽收囊中，光中国部分一下午都看不完。心里自然想到，当年大英帝国在全世界疯狂掠夺，现在应该让“物归原主”才是，可是谁又有这个力量呢？

印象最深的是古希腊雕塑，什么胜利女神、大卫、维纳斯，还有古埃及的东西不少，石像、石棺、壁画等等。我们只是走马观花，匆匆浏览，又不懂英语，想看文字说明都不认识，这倒节省了时间，导游只给了我们两个半小时。

然后到伦敦图书馆，太壮观了！根本没有想到它的内部结构，里面是一个大苍穹，像很大很高的蒙古包，贴着包壁是一圈圈叠加的棕红色木栏杆，栏杆后面是一圈圈高大的图书架，须仰视方可见。我们看到了马克思曾在这里读书的座位，用红绒绳拉的栏杆围住，小时候上语文课就知道，令人起敬和感叹！确实，水泥地上被磨了两个长长的脚印，不是虚传！好像现在网上有人说这是假的，是骗人的，完全是别有用心！因为我们是亲眼看到的！

想买纪念品，但东西太贵，一块小橡皮要一个英镑，10 多元人民币，舍不得买。

这里来参观的人很多，中国人到处可见。不少外国女孩穿肚脐装，看多了，就觉得很俗气，不美。路走多了，很累。坐大巴返回小镇。

按说我一人可 6 日提早归国，数数只有五天，心里轻松多了。这些天天天吃西餐，很不习惯，胃天天在抗议，实在受不了！甜食太多，尽管我很喜欢吃甜食，但太多太甜也受不了，非常想念中国的炒菜，色香味俱全，就是青菜豆腐汤，也是梦寐以求的美味！幸好，我带了 10 包榨菜，每餐吃一点，还能安慰一下肠胃。没想到一周后学生也受不了啰，一包榨菜一拆开，大家蜂拥而上，一下就抢光了。

8 月 2 日，星期五

今早照例去学校上网。遇到李老师，说起 6 日赴机场办手续回国的事，她有些激动，说身体不舒服，不想去。她也有五十来岁了，个子不高，圆脸，短头发，有点胖，从早到晚忙于照顾学生，生怕出事，够辛苦的了，所以我也不好勉强她。她不去，我担心语言不通走不成，还是等吉米来再说。一会儿吉米来了说，航班未定，待定下来再联系。你看，又变卦了，唉，只好叹一口气。又来了许多新学生，好些国家的，据说是学音乐的。

想到很快就要回国了，我就抓紧时间拍照，带来一部照相机，将房间、教室、建筑物、风景一一拍下来。中午吃饭，又是冷饭冷菜，西方人的肠胃真的比中国人强，吃冷的根本不在乎，而我们就不行。记得昨天在伦敦，胃直冒酸水，直到在轮船上喝了一杯热咖啡，胃才好受多了。这里也有热咖啡，尽管不喜欢喝，还是赶紧喝，果然喝下去好受了一些，人还是困倦得很，于是，吃完饭我便回家了，肚子疼，瞌睡，好像是感冒了，一直睡不着，可到了下午三点钟，竟迷迷糊糊着了。

醒来四点多钟，便到学校去计算机房玩电脑。有位老外突然打手势要我出去，我去找来李老师当翻译，一问才知道要我换房，住到别处去。我想换换也好，多体验一点英国人的生活，答应了。不过遗憾的是，再也看不到美丽的吉蒂了！

然后到学校食堂吃了饭，回家来收拾好行李便在客厅看电视等候。没有什么好节目，足球赛也不好看。想再看看吉蒂，用手势跟她打个招呼也好。可是左等右盼，不见人影。好不容易等到10时许，来了两个老外青年，开车来接我去新居。

新居在镇公园东面的教堂附近，好像是学校拥有的仓库，堆了许多乱七八糟的东西，书、文具、生活用品等等。里面有个小房间，已收拾干净，十来个平方。北面有小窗，往外看去，是个小广场，周围是商店和住家，地上铺着都是灰色长砖，中间有一座大木亭，四围有木椅，坐着三个小青年，两男一女，在小声说笑。看样子，在这里再不会有孤独感。

换了环境，一时睡不着。不能抽烟，出去抽又很麻烦，只好忍了。我又想起了吉蒂，她的艺名叫什么？演过什么电影？正在拍什么电影？她的父母在吗？她有丈夫和孩子吗？为什么只见她一人？这些本来可以通过交流而获解的一些问题，却因为语言不通而永远成了谜，悲哉！

我又想，为什么要我搬走，而学生还在原处，是不是吉蒂要我走？心里十分苦涩。怪的还是语言不通，如果我们能够交流，特别是向她多多表示我们师生的谢意，那岂不能和谐相处？也不知道想的对不对，也许我是瞎想，更睡不着了。

8 月 3 日，星期六

今天又是度日如年，上午起床后了解了一下新环境，出房门，是一间客厅，有两只大沙发，面对面放着，可以聚在一起开个小会。出了客厅，就是走廊，原来这也是住家。这里可能是教师住宿。

到卫生间刷牙洗脸，然后到学校去，李芳老师看到我，很关心的样子，要看看我的新住处。我便带她来看。然后，我们上街逛逛，礼拜天，人较多，有点气氛。后来又到学校去上网。

中饭后，回到新“家”，可能有点感冒，睡得昏昏沉沉。下午四时，吉米来了，竟然请我喝酒、抽烟、聊天，很是意外，后来想想，是不是因为换房怕我不高兴。有六七位外国教师也来了，有的也来喝酒，好几位唱起歌，可惜我听不懂。其实，我非常想与他们交流，了解英国老师的工作生活情况，跟国内也有个比较。可惜只能通过吉米互相问候介绍一下。他们呢，比较矜持，客气一下就算了，仍旧玩自己的。

是不是该责怪自己年轻时没有认真学英语？是！可是，我在中学一直学的是俄语，1977 年从县城考上大学中文系时，已有了家庭，没有精力去学英语。当然如果下决心去学，还是可以的。后悔晚矣！

后来，吉米邀我去楼下抽烟。抽完烟，已是五点多钟，我要到学校吃晚饭，分手了。

饭菜很难吃，好在还有两三天便要回国了，受罪的日子即将结束！

看了章含之的《随风飘逝的岁月》，很伤感，48 岁丧夫的她，竟成了孤儿！人生实在缥缈可悲，一切都将随风而去。我好像不能看伤感的书，一看就久久不能自拔。

要是在伦敦唐人街买些中文书就好了。

到英国整整 11 天了！回国进入倒计时，3——2——1！

8 月 4 日，星期日

学生开始都很听话，不敢造次。可是时间长了，熟悉了，胆子也大了，与其他国家或地区的学生产生一些矛盾，发生一些争执，也是正常。我帮助李老师分别处理了与波兰女孩、瑞典男孩发生的争吵，主要办法就是劝解加纪律约束了。还有一起争吵令人深思，就是章萃梅等女生对几个香港小女生很有意见，说她们背叛老祖宗，早早入了英国籍，一招一式都学英国人的，气得要打她们，被我们劝住了。还得跟他们讲，要求同存异，要讲宽容，这是大胸怀。

白天继续在学校上网，去了一趟超市，很无聊。抓紧时间照相。李芳老师不知怎的，丢三落四，掉了一筒胶卷，又丢了本子。是不是我要回国搅乱了她的情绪。

晚五时许下大雨，吃完饭赶紧在校园里与我们的学生集体留影，后赶回来。带了《古文观止》来，慢慢嚼，读司马迁写李陵文，很悲伤。不知不觉已是半夜。外面房间有学校的英国老师们，他们看电视、聊天、备课等等，一直悠着。

古之大文豪，皆孤苦伶仃之人，或家贫，或情丧，或遭挫，或受难，淤积于心，不吐不快！此乃天意也。

司马迁在《史记之太史公自序》中说得好："昔西伯拘羑里，演《周易》；孔子厄陈、蔡作《春秋》；屈原放逐，著《离骚》；左丘失明，厥有《国语》；孙子膑脚，而论兵法；不韦迁蜀，世传《吕览》；韩非囚秦，《说难》《孤愤》；《诗》三百篇，大抵贤圣发愤之所为作也。此人皆意有所郁结，不得通其道也，故述往事，思来者。"

中国如此悠久的历史，中国如此精彩的文化，房间外面的这些英国老师们知晓吗？恐怕没人知道多少的。这就是夏虫不可以语冰，悲哉！

不过，反过来，英国文化也有它的光荣骄傲处，英国人同样认为我们不知晓，从而傲视我们啊。

8 月 5 日，星期一

终于可以回家了，归心似箭，阳光作伴好还乡！

可没想到峰回路转，竟一波三折，差点陷入绝境。

早上，到课室，在走廊里看到李芳老师正与吉米说话，两人神情严肃。后来我一了解，才知道吉米因为家中有急事，需请假数日，不来了，也不帮我联系回程了，简直如陷冰窖！出钱请人送到机场也不行，找不到人愿意，就是要你自己走，明天下午四时吉米只送我到附近镇，然后要我一人去乘大巴再赴机场，简直是开玩笑！商议一下，还是无法解决！

决定到接待处，打电话给国内的 EH 旅行社联系，还好，电话接通了，那边还有人上班，我尽力抑制自己的不满，质问他们为什么在我提前回国问题上一再出尔反尔。李老师情绪比较激动，也打电话质问，意思是生活上照顾不周，唯一的联系人吉米也请假了，学生思想波动云云。

EH 要我们找附近的一位领队金小姐联系，是他们旅行社的，就挂了电话。我只好继续打这个金领队，可就是打不通，是不是打的方法不对，准备找人来问。正这时，来了一个年轻的中国人，他说他是吉米的助手，微笑着跟我们说了一通，说是他们已经改变了主意，决定明天派人送我到机场，还不要的士费，这就去联系的士。真是特大喜讯！半个小时就改变了主意！

看来，有时候靠讲理是无用的，是我们向 EH 旅行社发火起了作用，它毕竟是靠我们客户赚钱的。究竟内幕如何，只有天知道了。

尽管不知道这喜讯会不会兑现，心绪还是顺了一些，到公园里坐了一会，调整一下心态。后来又到学校去上网。再吃中饭。本欲下午跟学生一道去划船，不料天下起雨来，去不成了。中午又没有喝到热咖啡，食物全是冷的。肚子难受，只好回家睡觉。睡不着，起来看《古文观止》，然后去超市买东西。

算一下，在英国已经待了14天，除了出去看景点之外，其他几乎没有什么意义。上帝保佑，明天返家。

但愿不要再出岔子！

学生情绪尚可，可能跟我们打电话向旅行社发火有关，午饭后有学生在学校黑板上用粉笔写了打倒英帝国主义、不准排华反华、假民主假自由等标语。李老师慌忙来告诉我，实在没有想到今天的青少年学生也有强烈的爱国情结！好在英国人不懂，赶紧叫李老师带学生去把标语擦了。还要跟学生讲道理，你们的想法没错，只是不适宜公开表达，我们这次是来学习的，不是来搞斗争的。

半个月的生活有喜有忧，有得有失。总的来说，是利大于弊，得大于失。未能去剑桥和曼联看看，还是担心学生怕出事，不然可以乘闲暇去漫游周边几个城市了。

8月6日，星期二

气愤之极！又是山穷水尽！

8时早餐时等吉米助手来，始终未见人。9时许人来了，说准备去机场，打的所需286英镑（两千多人民币）他们付。我准备开路，在操场上跟李老师谈了一个多小时，交代一下，安抚一下，毕竟是我提前走了。后到计算机房，学校一位领导B来了，只是打个招呼，匆匆就走了。我心中很是疑惑，毕竟是我——带队的领导走了，总得说几句吧，怎么就走了？

11时，我和李老师去校接待室找吉米助手，不料他要我们赶紧与国内的EH旅行社联系，心中顿感不妙。遂给EH打电话，竟说英国机场又不同意改签，而且不可改变，走不掉了！

真他妈的开玩笑！已讲好了一切，只等上机，没想到最终不行，糊了我整整十天！我气不过，立即再跟 EH 打电话，EH 说要跟英国机场打电话，结果又与附近的金老师打电话——我心中一团漆黑，可能是他们怕付这个 286 英镑！还是为了钱！为什么出尔反尔？金小姐在电话里解释说他们没有改签飞机票的经验云云，支支吾吾，真不知这里面是什么名堂！

在一边的学校领导 B 和吉米助手相视一笑，我感到耻辱，不过好在我们的表现不卑不亢，没有留作笑柄。

不管怎样，你总得接受现实，还要在英国待 7 天！我长长叹了一口气。

好在中间还有两次外出旅游，那还有五天！时间太宝贵了，这五天还的利用起来，不然回国后就太忙了。

从今后，上午上电脑房，聊天，下午备课，晚上看书，不然怎么得了！想给家中打电话，可一时又没有。看吉米回来怎么说！

还是晚上难熬，书看完了怎么办！全程还有三分之一的时间，难熬啊！

有些学生很有个性，值得一记。如席驷柏，胆大心细，能干大事。有次，两位女生慌慌张张从房间里跑出来，大叫“蜘蛛！蜘蛛！”小席立即奔进房间，到处翻，一下子发现了，立即脱下鞋子打，两下三下就把蜘蛛打死了。还有一次，女生们在一起商量怎么报复外国女生。章萃梅说，晚上偷偷溜进她们卧室，掀开被窝，装鬼叫吓唬她们。小席说，这样太便宜她们了，干脆把洗手间里的纸篓子一起泼到她们床上，够厉害！

8月7日，星期三

自昨天中午到现在，时间难熬，每分钟都在想着回家的事，心情不快。吃晚饭时，才好一些。想到明天（8日）要去皮特镇，又会有收获，心稍安。明天过去，胜利就在望了。10日下午还要去剑桥市。

我的自制力一向可以。昨天下午咬牙备课，耽误的时间太多了，备了两课书。今天下午又备了两课。还有课改规划没有写，心里有些焦急。还有几天时间就写规划吧，材料未带，写多少算多少吧。

上午上网，就记得深圳中学今年有21人考取清华北大，真牛!

到目前为止，我一共只用了70英镑，很节省啊。

买衣服：14+7=21　　买羊毛衫：11

莎士比亚遗址门票：6.5　　买酒杯：0.5

食品：5　　电话卡：5

给孙女买书：3.5　　零用：6

8月8日，星期四

今天心情稍微平静，主要是白天到了皮特镇，看了古堡，下午又乘大巴去了英国中部瓦维克郡埃文河畔斯特拉特福市，这里是莎士比亚出生地，收获很大，不虚英国此行。如果我提早回去了，也就看不到了。所以万事都有两面，这样一想，先前没能提前回国的懊丧也就消失了许多。

先说古堡，完全跟在英国电影小说中看到的一样，雄伟坚固，巍然屹立。没想到的是，里面中间是一座广场，有草地，有树木，有方台，四围厚厚的城墙肚子里竟然是一层层的楼房，有六七层，里面功能齐全，万物齐备，好玩！

记得最下面一层是马厩和各种工匠（铁匠、木匠、纺织匠、衣匠等）的作坊，各种工具都有，还有监狱；再往上一层是厨房和工人们的住处；再往上一层是华丽典雅的接待室、餐厅、办公室；再往上一层是一般将士的住地；再往上就是古堡主人及家属们的住地及生活娱乐区；再往上就是艺术品收藏室展厅等，富丽堂皇，琳琅满目。城墙垛上有各种防御工事，不让进了，在城墙角进口处可以窥见垛里有大炮、枪支等武器。这真让我们大开眼界！知道古城堡原来是这么回事，再读莎士比亚的有关作品就有了感性认识。

再说莎士比亚的老家。特拉特福市街道不宽，但商店很多，花花绿绿，游客也很多，摩肩接踵，显得十分繁华，有家中国鲜花商店招牌上写着“五月花”，令人眼前一亮。

莎翁老家临街，一长排的两层楼。现为莎士比亚博物馆，要买门票，6.5 英镑。大厅很华丽，墙上陈列着有关作家的生平介绍和各种照片，精彩部分是进入莎翁的老家，从窄窄的木楼梯上了二楼，长长的一串房间，房顶比较矮，旁边有门一道直通，每间房十至二十平方米不等，有仓库，厨房，客厅，卧室，特别是有间卧室，据说是莎翁母亲生他的地方。所有陈设都比较简陋，床、桌子、板凳、农具、用品等，都是陈年老货，相当于中国旧时农村里的殷实人家。一连参观了十几间房才结束。在出口处，我在留言簿上写道：“向心仪已久的世界文学巨匠莎士比亚致敬！”没想到这位令人敬佩的大作家家境如此平凡！而他的作品却如瑰丽辽阔深邃的大海一样，给人以巨大的美感和震撼！

英国前首相丘吉尔曾说："我宁愿失去一个印度，而不愿失去一个莎士比亚。"在丘吉尔看来，一个伟大作家所带来的精神上和文化上的巨大贡献，远大于一个富饶的殖民地所带来的物质财富。因为物质财富可以失而复得，而精神财富是无法仿造的，无比珍贵的，无法替代的！

可惜在博物馆里看到的中国游客远没有我在街上看到的多！李老师和学生们也不知逛到哪里去了，是不是有点身在宝山不识宝。

后乘大巴返回，约6时半才返回学校，吃饭洗澡回家，已是8时。写点日记，并读长篇小说《长翅膀的绵羊》，感觉一般。

8月10日，星期五

今早起来，心情轻松不少。已经是10日了，在这只能睡三晚了，真得抓紧时间，继续备课。这里洗衣服成问题，要到公共卫生间，不像在吉蒂家那么方便。天又下雨，早晨很凉，如果有风，则使人会感到是秋天了，一天之间温度变化很大。昨天忙于备课，中午跟国内家里通了电话，告诉她们即将返回深圳。

今天在学校得到好消息，我们将于13日1时乘飞机回国。

早上7时半乘大巴出发往伦敦，比原计划提前了10个小时，好事。吃完中饭后，我们乘车去剑桥市参观剑桥大学。

学校在康河旁边，没有围墙。校门口是大片绿草地，我们在康河上乘船航行，沿河边观看校园，河水碧绿，清波荡漾，河面不宽，也不相等，一般是二三十米吧，两岸花草茂盛，金柳拂水，青荇漂游，十分幽雅，可见到草地远处的楼舍，多是四五层高，很古典精致。河边有一块巨石，上面刻着中国诗人徐志摩的杰作《再别康桥》第一段，有学生不禁朗读起来：

轻轻的我走了
正如我轻轻的来；
我轻轻的招手，
作别西天的云彩。

遥想当年，中国是天灾人祸，国弱民苦，徐志摩自然把此当做人间天堂，而如今这样的景色在中国实在是太普遍了。

需要说明的是，《再别康桥》中的“康桥”是指剑桥大学，剑桥大学是英国也是全世界最顶尖的大学之一。英国许多著名的科学家、作家、政治家都来自于这所大学。剑桥大学也是诞生诺贝尔奖得主最多的高等学府。

校园是不能进去的。我们沿河游览完，就来到市内，这里有好些漂亮的马路，许多商铺装饰典雅，很繁华，游客很多，很多导游举着各色旗子领头走，这里更像是旅游景点，而不像大学。我问一个学生，将来是否想考到这里来上大学，学生笑着说，到时候再说吧。好像容易得很，我们都笑了。

不料下起大雨，我们匆匆赶往停车场，就返回了。

8 月 11 日，星期六

今天有些焦急，抓紧时间写学校高中新课改规划，无奈心绪不宁，压着自己写。下午逛了一下小镇，东面还有不少街道和商店，看到了镇政府，很安静，像家旅馆。遂回到学校吃中饭，和李老师讨论临别送学校什么礼物，觉得还是买大本邮票纪念册好，轻便又高雅。上了争鸣网站，内容很多，意见也对立。

主要的问题是语言不通，如果能同他们交流，日子不会这么难过！所以可想而知，一些老人跟随子女来到国外，语言不通岂不是活受罪？

8 月 12 日，星期天

今天是在英的最后一天，心态轻松，上午上网，下午在家写材料，进展较快。还和李老师一道去向学校领导和老师们送了邮票纪念册，他们很高兴。晚上在学校食堂吃饭时，他们送来一瓶酒，我们举杯庆祝夏令营学习顺利完成，表示衷心感谢。

屈指算来，我们从 2002 年 7 月 23 日离开深圳到 8 月 13 日早上返回，共计 22 天，其中旅游活动一共 5 天，17 天用于学习，时间够长了。

最大的收获是旅游和对英国学校的一般了解，最大的痛苦是语言不通，而时间最终还是结束了一切！

所有的一切都永远地留在回忆里。

再见吧，A 小镇！

再见吧，我们在英国留下的一切足迹！

2016 年 10 月整理于深圳，2019 年 10 月下旬改定

（原载于 2020 年 2 月 25 日中国作家网）

Part 02　雨巷茶座

C H A N G J I A N G L I U

应该全面理解恩格斯的话

恩格斯说过："如果说只有以爱情为基础的婚姻才是道德的，那么，也只有继续保持爱情的婚姻才合乎道德。"然而，恩格斯又认为这种以爱情为唯一基础的婚姻只有在共产主义社会才能实现。他在同篇文章中又写道："结婚的充分自由，只有在消灭了资本主义和它所造成的财产关系，从而把今日对选择配偶还有巨大影响的一切派生的经济考虑消除以后，才能普遍实现。那时候，除了相互爱慕以外，就再也不会有别的动机了。"（《家庭、国家，有制的起源》）

我们说，社会主义是共产主义的初级阶段，当然也需要用共产主义思想来作指导。因此，社会主义的爱情、婚姻也要求男女双方必须以真挚的爱情为基础来建立家庭，这无疑是正确的，但问题是：社会主义社会虽然消灭了资本主义的生产关系，但它在经济，政治、意识形态等各方面都留有"旧社会的痕迹"，特别是我国生产力水平本来不高，三大差别又严重存在。也就是说，"今日对选择配偶还有巨大影响的一切派生的经济考虑"，不但没有消除，反而严重存在。因此，社会主义的婚姻制度尚不能摆脱经济、政治诸因素的束缚，不能以爱情为唯一条件；再者，个体家庭仍然是社会经济的最小单位，夫妻双方还有赡养老人和抚养子女的责任和义务。因此，社会主义的婚姻制度尚不能做到充分自由。也可以说，它是一种不完全的“以爱情为基础”的婚姻制度。这就要求夫妻双方不仅有爱的权利和自由，同时还负有爱的义务和爱的道德。如果我们不顾今天生活的实际情况，硬要去实践超越社会阶段的“理想”爱情婚姻制度，那就必然要践踏社会义务和社会道德，必然要损害别人甚至社会的利益，也就必然表现为纯粹个人主义的要求。

而且，“现代的性爱”，“是以所爱者的互爱为前提的”。也就是说，现代婚姻应以双方幸福，而不是以单方幸福为前提。如果只顾自己幸福，而不顾对方幸福，甚至损害对方幸福并给对方造成痛苦，显然是与恩格斯的教导相悖的。那些借口“个人幸福”的陈世美式的自我辩护，实质上恰是维护自己卑劣的个人要求的挡箭牌。

我们还应当看到，古今中外一切美好高尚的爱情都是具有高尚动人的道德力量的，双方都充满了自我牺牲的精神。无论是文学作品中的梁祝、宝黛、罗密欧与朱丽叶、冯晴岚和罗群，还是生活中的燕妮与马克思、许光达大将夫妇等等，都成了人们长期讴歌的对象。罗曼·罗兰曾经说过：“爱情，当它是自我牺牲的时候，的确是人间最神妙的东西。但当它只是对于幸福的狭隘追求时，它就是最无聊，最欺人的。”读到这样的话，刘流们应作何感？

因此，我们在理解恩格斯的话时，要全面理解，不应是断章取义的，甚至歪曲了原意。决不能把这段话作为“离婚”的依据而加以引用。只有在真正理解了恩格斯的这段话后，才能真正理解现实中的爱情与婚姻生活的实质。

（原载于 1983 年 11 月 1 日《安徽青年报》）

世界总是笑纳英才

世界冠军意大利队邀请中国足球队赴意参加世界杯大赛前的热身赛。巴西、英国、法国等足球强国的青年队来我国参加“中国青年报杯”比赛，令国人心头颇多欣慰之感。再看中国足坛天空，去年“五·一九”的苦风愁云似已悄然遁去。这不禁使我想起美国作家霍姆兹的一句名言：“世界总是放开双手，准备笑纳英才。”

山穷水尽，身处逆境，首要不可丧志，同时不得怨东怪西，只有埋头苦干，潜心磨砺，总会“柳暗花明又一村”！罗曼·罗兰说得好：“只有把埋怨环境的心情化为上进的力量，才是成功的保证”。这也是古今中外一切成大业者必备的基本功。假如五·一九后，中国足坛从此萎靡不振，嫁“败”于人，嫁“败”于物，甚至一味抱怨“中国足协全年经费不够付一个外国教练的工资”“外国有多少多少足球场，多少多少足球运动员”“中国足球队员是‘食草动物’，外国足球队员是‘食肉动物’”，从而裹足不前，那么，只能永远处于“山穷水尽”的境地，自消自灭。

可喜的是，事实恰恰相反。广大中国足球健儿、有关领导和教练卧薪尝胆，哀兵上阵，排除万难，变中求进，终于在艰苦的条件下杀出一条血路，使国人依稀可见中国足球运动的新前景！换言之，如果中国队不是在今年好手如林的尼赫鲁金杯赛中取得亚军并战胜亚洲劲旅南朝鲜队，如果中青队不是两番打入世青杯决赛圈，不是在去年世界青年大赛中战胜英格兰、巴拉圭劲旅而进入前八名，那么，意大利世界冠军队是绝不会想起来向中国队发请帖，世界青年冠军巴西队、欧洲青年劲旅英国队和法国队也不会来登北京工人体育场的门槛。

可见，要逞强，必自强。“社会要看到辉煌的成绩，才能承认你的天才。”中国女排也是在拿到世界冠军以后，才得到国人的青睐和外国人的刮目相看。由此想到往届长城杯赛，不少人埋怨强队太少，而看不到自己的实力不强，岂不悲哉！

伟大的作曲家贝多芬说得好：“卓越的人的一大优点是，在不利和艰难的遭遇里百折不挠。”尽管今天中国足坛初现曙光，但与冲出亚洲打入世界杯决赛圈的壮景相比，我们仍处于不利和艰难的处境之中，仍在创业的阶段。我们衷心祝愿中国足坛健儿自强不息、艰苦奋斗。要坚信：世界总是放开双手，准备笑纳英才。

（发表于1986年5月24日《体育报》和5月20日《球迷》报）

路的遐想

我常常想，地球上的第一条路是谁走出来的呢？这可能没有答案，最早的原始人头脑里是没有“路”这个词语的。他们仅仅是为了去采野果，去狩猎，去寻山洞过夜——为了生存吧，才在地球上踩出无数小道。按照现代社会关于路的概念，这些小道既不可通汽车和自行车，又不便与人行走。但是，就人类行走的目的——求生存发展而言，它们也可算地球上最早的路了。

为了无数个大大小小、形形色色的目的，人类开始走路。走呀走，竟走过了一个世纪又一个世纪，这些足迹或这些路连接起来，也就形成了人类的文明史。就一个人而言，把他所走过的路连接起来，就构成了他一生的生命史。可作为一个政党来说，特别是作为一个领导社会和民族前进的大党来说，它所走过的路。不仅构成了它自身的历史，而是牵动着整个社会和民族的历史，其意义就更重大得多。

中国共产党就是这样一个政党，它已经有了 68 年的光辉历程！它从南湖红船走出来的时候，领头的正是一班社会政治精英。毛泽东、李大钊、陈独秀……“问苍茫大地，谁主沉浮？”

他们怀着改造中国与改造世界的雄才大略开始上路。其队伍不断扩大，也不断地淘汰，不断地更新。从南湖走到广州，从广州走到武汉，从武汉走到南昌，从南昌走到井冈山。然后是25000里大河激流、雪山草地，终于从延安走上了天安门。“38年过去，弹指一挥间。”一个动乱黑暗腐朽的旧中国，也随之走进了一个独立、繁荣、富强的新中国。

“路是人走出来的”，中国文化革命的主将鲁迅先生的这句话，是对领路人最深刻的歌颂。

然后又开始了40年艰辛而曲折的社会主义建设历程。特别是1978年党的十一届三中全会以后，开始了社会主义现代化建设的新长征，更是率领着一个初步繁荣富强的中国，走向为世界多做贡献的宽阔大道。

68年的风风雨雨！有多少次，暴虐的山洪把道路冲断；有多少次，黑暗的荆棘把道路阻挡；有多少次，严冬的寒雾把道路遮掩，但路仍在顽强地向前延伸。在路延伸的两旁，巍巍山峰，矗立起一座座庄严而高尚的纪念碑；滔滔江河，演奏起一支支激烈而雄壮的进行曲；簇簇鲜花，绽放了一篇篇美丽而动人的故事！

六十八年的路几乎贯穿了中国的整个20世纪，而且将继续贯穿下去。

世上的路可谓多也，唯独这条路与中国人民的命运、中国社会的命运紧紧相连！与中国的昨天、今天和明天紧密相连！

（原载于1989年6月29日《芜湖日报》）

也谈“文化沙漠”与“沙漠文化”

读了2月28日刘伟同志的《“文化沙漠”与“沙漠文化”》一文，很多同感，也触发我的思考。深圳并非是“文化沙漠”，这是一切有识之士所公认的，但为什么又总给人一些“文化沙漠”的感觉呢？除了观念上人们对“文化”的理解应赋以时代的新意识以外（刘伟的文章对此已有精彩论述），还有一个原因，就是深圳的文化缺少历史感。

众所周知，中国五千年的文化主要集中在一河（黄河）一江（长江）流域，深圳又是一个仅有11岁的年轻城市，所以深圳文化中缺少历史感也是合乎情理之事。翻翻内地的报刊书籍，尤其是一河一江流域的，你就会感到其中的许多文章浸透了历史意识。无论是立论立意构思，还是例证修辞标题，常常是气贯古今中外；而在深圳的报刊书籍中，你不容易读到这些东西或看到这种意识的浮现，故而给人一种“浅薄”之感，尤其是一些娱乐性文化，往往如浅水浮云，不能给人以深刻的印象和沉甸甸的感觉。

努力在深圳文化中增加历史厚度，并不是一味要求复古，更不是说要以古人的观点来看当今世界，而是要为我所用，推陈出新，化腐朽为神奇。君不见，现在许多工业化的国家都善于从中国古代文化中汲取有用的东西。如在日本的企业界，中国的《三国演义》几乎成了经典之作；在美国的军界，中国的《孙子兵法》就被列为必读之作；即使在商业文化中也是如此。如日本丰田车的广告：“车到山前必有路，有路必有丰田车”，就是为人们所乐道的“古为今用”的佳例。中国的台湾亦是如此。且不谈林语堂、梁实秋等大家的著作，就是琼瑶的爱情小说，也颇多闪烁着中国古典文学的光采。如果我们的深圳文化一味追求西方的商业娱乐文化，而忘掉了自己民族优秀的文化传统，岂不是“丢了西瓜捡了芝麻”？

其实，外国文化中有许多优秀的东西，古典的、近代的、现代的。这些年的改革开放引进了外国文化中许多优秀的成分，被广泛使用，如思维科学、行为科学、人生哲理、教育方法、现代艺术等等。但这些，在深圳文化中也缺少有力的灵活的表现。深圳人以年轻人为主，历史文化的功底当然比不上前辈人，尤其比不上前辈的文化人。在这方面，有必要读一点历史，学一点古代文化。现在中央倡导“二史一情”教育，对年轻人是一次很好的补习机会。如果我们大家能努力学到一些优秀的传统文化，并推陈出新，我们深圳的文化一定会显得既成熟又年轻，既厚实又新颖，“文化沙漠”就会芳草如茵。

（发表于1992年4月4日《深圳商报》）

衣食足则知荣辱

古代齐国贤相管仲曾道：“仓廪实而知礼节，衣食足则知荣辱。”说出了一个近似马克思主义“物质决定意识”的真理。但另一方面，精神对物质也有反作用，所以要物质与精神一起抓，两手硬才行。这一点当然不必苛求管老先生了，读罢最近一系列新闻，笔者深有此感。

《命运》走向《新世界》

先说物质决定精神吧。随着我国经济的迅速发展，人民尤其是沿海地区人民生活水平的提高，高雅艺术开始走向民众。中央歌剧院最近来广东演出的20多天里，受到了城乡各阶层人民的热烈欢迎，戏票成了抢手货，令人有“曲高和众”之叹。上海文化系统体制改革成功，文化单位逐步走向市场。政府靠从卡拉OK歌舞厅征收的税款，设立了文化发展专项基金，每年可用资金1500万元，对近百个文化项目提供资助和奖励。其中有一项是每两周举办一次免费音乐会。

社会赞助文化教育事业的善举越来越多，如著名的霍英东先生捐赠500万元兴建广东文学中心。上海证券交易所每年无偿向中央乐团提供250万元以上的资助。在签约仪式后的音乐答谢会上，中央乐团意味深长地演奏了贝多芬的《命运》和德沃夏克的《新世界》，这实在具有文艺走向新天地的象征意义。联想到国内长篇小说畅销，“港台明星热”降温，深圳人年均购书款全国第一，秦始皇兵马俑2号坑3月1日开掘等好消息，那种“市场经济要冲垮高尚文化”的担心者大概可以释怀了。

卖人肉和猪儿天天过年

衣食足后，也有不少素质低的人不知荣辱，甚至以耻为荣，以荣为耻。报载四川巫山县城有卖人肉的，某记者决心去探个究竟，到了农贸市场，果然发现了一个醒目的广告牌，上书“上乘人肉，绝味蛇肉，可口驴肉，美食马肉”。记者问老板，老板娘说人肉卖完了，每份50元。记者大吃一惊，忙拉住一位工商人员间究竟。才知道人肉是从医院里搞来的新鲜胎盘。记者说应该制止，那工商人员借口医院有责而匆匆逃走。“卖人肉”纯是耸人听闻，以引起广告效应的“噱头”。

还有消息说深圳的养猪业兴旺发达，“猪老板”只要天天到饭馆酒食堂去收剩饭剩菜，这猪饲料就足够了。

这些猪饲料都是好饭好菜，甚至有许多人都没吃过的山珍海味，只喜得猪儿天天享受美味佳肴，胜似天天过年。

衣食足则知荣辱，理应人人如此，但愿人人如此。

（原载于1993年3月6日《深圳法制报》）

合情与合理

世界上的事情是复杂的，在日常生活中常常遇到这样的情况：合情的事不一定合理，合理的事不一定合情，使当事人常常处于两难境地。能把一件事处理得合情合理，是很难得的，可以说是生活中的一种艺术，人生的一种高境界。

据《上海法制报》10 月 25 日载，上海公民苏晓钧在外地民工病危的情况下，以私人名义向医院作出为病人承担医疗费的担保书，而被法院判决偿还 6 千元医疗费。此事在社会上引起很大反响，可谓是“合理”而不“合情”的典型事例，也是“好人吃亏”的典型事例。可喜的是，上海超天集团总裁曹建华先生闻讯后，主动表示愿意承担苏晓钧的这笔赔偿费，还发表了自己的意见，认为在此案例中，法院、医院、苏晓钧这三者有的依法有据，有的情有可原，有的精神高尚，都无可指责。但客观地讲，判决结果会被人误解为“做好事吃亏”，这样对树立良好的社会风尚有负面影响。我们办企业的宗旨是取之于社会、用之于社会，在为社会主义物质文明作贡献的同时，也为社会主义精神文明添砖加瓦。因此，我们向苏赠款，是对苏的高尚行为表示理解，也化解一下法与情之间的矛盾，让人感到做好事不吃亏，为树立高尚的社会风气尽一点绵薄之力。

曹先生真是做得合情合理，说得也合情合理，令人敬佩！

企业家能如此，当官的更应能如此。据说，前纽约市长拉瓜迪亚（1882—1907），就很“合情合理”地处理过这样一件很棘手的事。

那是一年冬天，气候酷寒。拉瓜迪亚开庭审讯犯人，其中有个衣衫褴褛的老妇，被指控偷了人家面包。老妇也承认了此事，不过她说她一家人正在挨饿，没有办法。拉瓜迪亚说：“我不能不处罚你，因为法律是一视同仁的，必须按法判罚10元钱。但是——”他从口袋里掏出10元钱说，“我给你10元钱交罚款”。他又对法庭上的众审判员说：“我还要罚每个人50分钱，从我开始，因为在这个城市，竟然有人要靠偷面包来填肚子！”结果收齐47.50元，拉瓜迪亚将这些钱交给了那个老妇，算是对她的接济。

拉瓜迪亚可谓是资本主义社会里的开明人士。他和曹建华先生一样，其做法给我们很多的启发，但其中重要的一条是：在“情”与“理”发生矛盾时，一是要有坚定的法律观念和法治意识，决不能以情枉法，以情代法；二是要有人道主义精神或曰为人解难的互助精神，并努力使这种精神在社会上发扬光大。只有这样，才能使我们的社会变得安定美好。

（发表于1993年11月23日《芜湖日报》和1994年2月23日《深圳法制报》）

春江水暖鸭先知

一年之计在于春。春节过后五光十色的大量社会信息，有许多大致预报了这一年的蓝图，且让笔者这篇“春江水暖鸭先知”为您略加勾画。

第 11 名和 1.3 万多家

数字有时是最美丽的图画。据有关资料透露，中国大陆去年出口额为 917.7 亿美元，进口额 1039 亿美元，外贸总额约为 1956.7 美元，世界排名第 11 位。欧洲权威金融杂志《欧洲货币》日前公布了金球 500 家大银行 1993 年排行榜，我国有 5 家银行入选，其中中国银行名列 11 位。这就表明，在党的改革开放春风催动下，我国的经济实力持续迅速增强，取得了举世瞩目的成绩，今年这个好头还会持续下去。

又据报载，全国股份制企业累计已多达 1.3 万多家，股本总额为 2086.32 亿元，上市的股份公司至上年底已达 221 家，境外上市的 6 家，全国证券登记机构 81 家，全国股东人数已有 2500

万人，这就从一个侧面说明会主义市场经济的大潮正涌动不息。尽管近期的沪深股市仍扑朔迷离，但从另一个角度看它正是走向成熟时的曲折。谁也不能否认前进中的问题。如随着经济的迅速发展，债务案件不断上升，拒不还债的现象日益增多，有关方面已在呼吁立法，看样子，要使社会主义市场经济顺顺当当运作起来，今年还有大量的举措要出台。

科技大发展和大学生新动向

这两条消息读来令人振奋。一是中国科学院院长周光召最近透露中科院“三步走”的战略计划，第一步是“八五”计划后两年，加快结构调整，集中优势打几个重大战役；第二步是“九五”计划期间，形成良性机制，支持中国高科技产量进入国际市场；第三步是下世纪初进入国际先进行列，“成为在国际科学前沿拼搏、具有国际先进水平的基地”。科学技术是第一生产力，中国科学院是中国科技的“龙头”。“龙头”狂啸，腾飞自然在望。

二是《半月谈》今年第3期载，前不久北京社会心理研究所对北京12所高校1000名大学生调查，其中93.8%的学生上课出勤率保持在70%以上，从事经商、打工、家教等课余创收活动的仅占6.6%。这表明，先上山（攀登科学高峰），后下海，已成为大学生的明智选择。其原因在于改革把知识的价值纳入了市场经济的轨道，重新坚定了人们对知识价值的信仰，同时也促使青年一代认真思考社会主义市场经济对自己成才的新要求。

出门安全和民工潮

一段时间内，“在家千般好，出门路路险”，成了人们的共忧。车匪路霸，心狠手辣，严重干扰了社会生活的正常秩序。现在好多了！自去年 12 月 25 日以来，全国各地公安，武警等纷纷出击，给车匪路霸以沉重的打击。仅深圳市就抓获了罪犯 500 多人，缴获枪械 50 多支，凶器 300 多件，赃款赃物 300 多万，可谓大快人心！现在群众普遍感到出门安全多了。

但对广大公安战士来说，和平建设时期最繁忙。一个热点问题解决了，又会冒出新的热点。这不，春节还未过完，民工潮又呼啸而来，公安战士又要协助铁路部门“理顺”这汹涌澎湃的人潮。据有关部门统计，春节后的 40 天春运里，华东六省一市的铁路客流量将达 2150 万人，是春节前的两倍。初四以来，上海火车日均客流达 13. 1 万人，其中大多数是民工。另一个大热点是广州火车站，报载春节后 11 天时间内，该站到达的民工就逾 90 万人，2 月 19 日该站全天下车人数近 20 万人，创开站以来最高下客记录。各有关方面正全力以赴。学者们测算，在中国现代化进程中，中国农村将有 1. 2 亿剩余劳动力从土地上分离出来，春节期间，跨地区流动的民工总量超过 1000 万人次。大多是年轻人，他们的命运，他们的奋斗，将对迈向现代化的中国社会产生巨大影响。关于这个问题，《中国青年报》近日连续发表了《中国农村剩余劳动力调查报告》，有兴趣的读者不妨细读。

（原载 1994 年 2 月 27 日《深圳法制报》）

社会需要三颗心

近有学者撰文比较中西方体制不同，其中谈到东方民族重国家和家庭，西方民族重社会和个人。此点令人深思。当今我国随着社会主义市场经济功能趋强，我们也需大力加强社会的职能。君不见，现有许多人已完全脱离“单位”，成为“自由人”，他们的思想行为规范主要靠社会来制约。

精神文明功能主要表现在有凝聚力、热力和向上力，社会需要三颗心，那就是“爱心”“责任心”和“热心”。

爱心：关于儿童村和压岁钱

只要人人都献出一点爱，这社会就会变得更美好。近日来，大量义举善举勇举爱举纷纷见诸报端，令人有目不暇接之感。这里还可举出典型两例：一是1991年报纸曾报道，武钢钢花中学教师胡曼萍出于爱心，先后收养了20多个孤儿，并四处奔波为这些孩子找到新家。今年3月8日《中国青年报》又推出新篇，说是在她的爱心感召下，许多人主动赞助，帮她建立了地球上第一所以双亲健全的家庭形式抚养幼儿的儿童村，收养了30多名孤儿，仅武汉地区就有100多对夫妻前来报名要当孤儿的父母，还有不少人定期寄款。孩子们激动地唱道："我们要告诉天下，我们的爸爸我们的妈妈，是最好的爸爸妈妈。"

二是贵州省一位74岁老人把新年前准备好的压岁钱捐给了希望工程，然后送给外孙一个烫金的捐款证书，作为一份特殊的压岁钱。事情见报后引起强烈反响，该省许多青少年纷纷把自己的压岁钱投入了捐款箱。让爱心在孩子们幼小的心田上萌发起来，这是多么有远见的举措啊！

责任心：国旗不是白色的

责任心是爱心的理智表现。前不久，有报刊载文说，甘肃陇西靛坪小学的国旗因被"风吹雨淋日晒多年"，竟给小学生们造成了"国旗是白色的"的错觉。北京羊坊店学校中学部的学生们闻讯后，立即捐出自己的零用钱，支援贫困地区的学校买国旗，并写了一封感人的信。信中写道："我们的心是沉甸甸的。……这难道是同学们的责任吗？这难道与教育条件的落后无关吗？你们那里的条件比北京差，可想不到差到连买一面国旗都非常困难的程度。我们多么希望这种状况能尽早地改变啊！"读了这封充满高尚的责任感的信，谁会怀疑这些中学生将来定是社会的中坚力量呢！

又闻，浙江东阳市有个横店小镇。近几年，乡镇企业蒸蒸日上，横店集团成了中国第一个由国家批准的乡镇企业集团。富起来怎么办？其总裁徐文荣先生认为，集体积累一是要用于扩大再生产，发展高科技项目；二要为提高社会生活质量和人口素质而投资文教事业。他力排众议，一下子拿出几个亿建设娱乐村、度假村、文化村和横店大学，令人刮目相看。

热心：中国足球怎么啦

一直“让我欢喜让我忧”的中国足球一周来更是新闻迭出，令人目不暇接。先有海埂春训 12 分钟跑测试，普遍使中国甲级队教练队员食不甘味，夜不安寐。按理说，12 分钟跑的标准不算高，许多业余体育爱好者都能达到，何以令这些中国足坛的“天之骄子”们大惊失色，这很值得我们思考。

再有亚洲足联秘书长维拉潘称，中国足球队和辽宁足球队于“泰王杯”“亚俱杯”期间涉嫌参与赌博。晴天霹雳，震得中国足坛领袖们一愣一愣，赶紧“上调下查”，不敢怠慢。施大爷断然否认“这是无中生有”，辽宁远东足球队全体教练、队员也签名具结以示清白。清者自清、浊者自浊，事实真相终将大白于天下。

但无论如何，驮载着亿万球迷殷殷期望的中国足球队员们该明白他们身上的责任！

还深圳市足协、深圳足球俱乐部等单位共同将于 6 月份举办所谓的“深圳欧美足球大赛”。逆流而上，志可嘉，其情也殷。但细想之下，颇觉其中蹊跷。一则，7 月份美国世界杯鸣哨在即，AC 米兰队那些足坛大腕儿们会远涉重洋，莅深竞逐这项还远不出名的比赛吗？二是巴西达伽马队队员大多是 70 年以后出生的，会不会又是一支青年旅游团？虽主办者信誓旦旦，但前车之覆，后车之鉴，我们的心悬着呢！希望这次比赛不会又是“失去的只是美元，得到的将是整个闹剧”。

中国足球的起飞，也是一个巨大的社会工程，需要全社会的热心支持。球迷们将深情既往，自不待言，而我们的组织者、决策者该做些什么，请不要让我们失望！

（原载于 1994 年 3 月 20 日《深圳法制报》）

回眸应看小於菟

“无情未必真豪杰，怜子如何不丈夫，知否兴风狂啸者，回眸应看小於菟。”（於菟：古代楚人称虎）这是鲁迅先生为他儿子写的诗，谁能不爱自记的儿女？谁不期望自己的子女“成龙成凤”？问题是光爱不行，还得把子女培养教育好，全社会也都要来关心孩子们的健康成长，因为孩子不是父母的“私产”，而是国家和民族的未来。

《较量》激起千层浪

孙云晓在《黄金时代》发表的《夏令营里的较量》一文，激起巨大的社会反响，被全国 80 余家报刊转载，有的报刊和不少学校还为此展开了大讨论。该文用许多具体事例介绍了中日两国孩子在令营里的不同表现，引起了人们的深思，例如中国孩子病了即回大本营睡觉，而日本孩子病了却硬挺着走到底；日本家长来看看就走了，只把鼓励留给发高烧的孩子，而中国家长来后却在艰难路段把孩子带上小车。尽管后来又有文章批评该文内容有失实之处，但我国当代少年儿童（尤其是城市中的）身上存在的一些弱点，却是大家都承认的事实。如独立性差、心理脆弱、懒惰、自私等。子不教，父之过。父母的溺爱是这些弱点形成的根源。北京清华附中的学生在讨论中指出："是谁在我们幼年时就准备了不见风雨的温床？是谁把我们泡进了蜜罐？是谁为我们铺好了一条阳关大道而不见一根荆棘？大概正是你们的这些爱，造成了一代人的软骨病！"中国的家长们老师们，应该反思自己了！

但愿不做"方仲永"

宋朝大文学家王安石写过一篇脍炙人口的《伤仲永》，说有神童方仲永5岁能赋诗，其父便以他为摇钱树，带着孩子到处给人家赋诗讨赏，结果，方仲永成年后，"泯然众人也"。

这几天，又爆出一条新闻，浙江省缙云县白六乡有个农民的孩子叫吴士龙，今年8岁。他3岁才能走路，6岁才会说话，可他上了一个月的小学，竟能畅读小学五年级的语文课本和运用加减乘除法，还能熟识初一年级英语单词，学校无法教他，他父亲便带他来到杭州。经新闻媒介报道后，吴士龙受邀来到杭州中华外国语学校初二读书。很快，他又觉得课程太浅，因此，学校将根据他的智力，制定特殊的教育计划。社会上又有许多人向孩子伸出援助之手，无非是想帮助小士龙早日成为祖国的栋梁之材。显然，小士龙比方仲永幸福得多，但愿他能得到大家的正确引导，将来为祖国创造奇迹。

贪财爹娘“杀”了儿

《扬子晚报》载，灌南县一乡村中学初一年级有位品学兼优的学生叫王晓芹，其父王志华是位个体工商户，一心想着赚钱致富。他认为女儿迟早是“人家人”，不如让她在家做家务，当帮手，便不让她上学，逼她去学校讨回上学期预交的书本费。王晓芹去了但不忍心弃学，便空手而归。父亲便破口大骂，自己去学校讨费。王晓芹绝望了，便喝农药自杀，她在遗书中写道：“我要读书，我活着不能读书，只有死后再去读书！”

这样的父亲应该受到法律制裁！

万里寻女慈父心

近些年，社会上拐卖妇女儿童事件屡屡发生。最近报刊上又披露了一个典型事例，去年 7 月 21 日河南（南阳）石油勘探局干部贾春明的 6 岁爱女贾非突然失踪，显然，又是人贩子作恶！

“非非，你在哪里？”千百人的呼唤传遍了南阳，传遍了河南，直至全中国，中南海也被惊动，李总理的夫人也给贾春明写了一封慰问信。从此，贾春明这条硬汉子踏上了漫漫寻女路，他奔波数万公里，遍及全国 18 个省 300 多个县市，4 次昏倒在异乡的土地上。其妻杨凤英，素以女强人著称，不到一个月，瘦了 22 斤。在寻女的过程中，贾春明发现了一些被人家收养的孩子，便千方百计地帮助他们找到自己的父母，他还与他所知道的全国 900 多位失去孩子的父母取得联系，互相帮助寻找。可叹茫茫中国，寻子如大海捞针！这些人贩子可以说是杀害祖国明天的刽子手，制造人间悲剧的祸首，真是“不杀不足以平民愤”！

21 世纪的竞争说到底是人才的竞争，21 世纪中国强大的希望寄托在今天的少年儿童身上，但愿所有的父母都担负起育子成人的光荣重任，但愿全社会都来关心帮助孩子，坚决依照《未成年人保护法》，狠狠打击一切伤害孩子的罪行，但愿我们的孩子都好学、健壮、勇敢、活泼！

（原载于 1994 年 4 月 3 日《深圳法制报》）

我拿“投资”赌明天

用宝贵的青春去奋斗，争取美好的明天，固然不错；但要真正“赌”得美好的明天，从现在就积累和投入物质的实力和文化的智力，则更为重要。

引进外资，借鸡生蛋

改革开放以来，尤其是近几年来，大量外商外资涌进我国辽阔而迷人的市场。据报载，北京驻外商团已达5000多家，涉外高级写字楼供不应求；上海一家家中外合资银行相继开业；深圳的外商投资企业已达8000多家；在武汉、北海、烟台、苏州，几乎全国所有大中城市，都有洋老板涉入。1993年外商直接投资中国达到258亿美元。西方公司在中国的投资已超过了在世界上任何一个国家的投资，如麦当劳在中国开的连锁店，刷新了这个快餐帝国的所有记录；花王化妆品公司在中国组成了18000人的推销网络；日本八佰伴集团计划本世纪内在中国建成1000家超级市场；耐克公司每月在中国生产200万双名牌球鞋等等。既使外商获得了应得的利润，又大大促进了中国经济和社会的发展。

呼唤大众的投资意识

搞现代化建设，光靠外资不行，更要依靠内资。最近，全国各地出现了百姓踊跃购买1994年国库券的热潮，这就是大众投资意识开始觉醒的表现。《光明日报》载文称，1978年全国城乡居民储蓄存款余额仅为210.6亿元，而到了1993年已达到14764亿元，增加了约70倍。可供居民选择的金融商品也大量涌现，国库券、企业债务、股票、基金等伴随着一系列金融新名词一齐涌来，使习惯于将钱存银行的老百姓眼花缭乱，因而出现了不少因缺乏投资意识而被扭曲了的现象。例如在世界各国备受大众青睐的"金边债券"国库券，在中国反倒不被看好，一些效益差的企业发行的信用度很低的"垃圾债务"反倒受宠；沪市的股民中，90%为投机的短线客，这也是世界各国股票市场上不多见的。广大人民群众应补上市场经济知识这一课，经济职能部门要多为群众提供投资咨询服务。只有这样，才能将"好钢用在刀刃上"，国家百姓都受益。

人才投资更为重要

明天的竞争说到底是人才的竞争。因此要拥有美好的明天，就必须舍得在培养人才上投资，即在科技、教育、文化上投资。《中国青年报》的一篇文章说，山西灵宝市五亩乡的农民张双旭和贺根锁致富后，积极投资教育，并摆开了擂台赛。先是贺根锁出资55万元建一所学校，张双旭得知后，也拿出66万元，改建本村小学。于是两人举行了建校比赛，经过几个月的加紧施工，两座新校园拔地而起，两人的义举赢得上下一片赞扬。

另外一些事例却引人深思。报载湖南临湘市永丰村的小学残垣断壁，摇摇欲坠，无人问津，村民们反倒集资在其附近建了一座雕龙画凤的“东庙府庙”，凡捐赠一定数额钱款的人，名字均可刻在高耸于庙门口的“功德榜”上。恕笔者不敬，这样的“功德”应改称“缺德榜”。

你为明天“投入”什么？是每一个人都必须实际上也正在作出回答的问题。

（原载于1994年4月10日《深圳法制报》）

为激流勇进者鼓

改革需要在不断的自我否定和自我完善中前进，这是当今中国社会发展的主潮。

15 万年薪招聘总经理

春节过后，南京商界爆出一大新闻：向来默默无闻的二轻商场在报上登出启事，以 15 万人民币的年薪招聘总经理。该商场地处新街口黄金地段，却因经营不善，年年亏损。启事登出后，有 26 人报名，结果 43 岁的鼓楼百货店副经理庄仲平中标。这位富有朝气的中年人上任后放了三把火：一是彻底改善购物环境，使之充满现代气氛；二是把价值 100 多万的积压商品低价大甩卖，收回 30 多万的现金；三是对内部机制大动手术，实行聘用制和层层奖惩承包。结果改名后的“海峰商场”开业当天的营业额相当于原来的五六倍，形势大变。至于 15 万年薪，庄仲平一再表示他绝对不拿，他说，“我并不缺钱，我只是想趁年富力强，干一点事业。”以高薪招聘总经理，举才唯贤，打破了由上级委派国有商场领导的传统做法，这一点，比用高薪招聘本身具有更深刻的意义。

饮食文化呼唤改革

《中华周末报》载文《洋比土好——饮食文化的误区》中道：在北京开洋荤，汉堡包、比萨饼、肯德基应有尽有。北京的洋快餐店，有的已成为世界上获利最丰的餐馆。其实，肯德基与中华八大菜系中数百种鸡的烹法相比，味道差多了。至于比萨饼比不上中国的门钉肉饼和京东馅饼，加州牛肉面比不上北京炸酱面，汉堡包和热狗比不上天津“狗不理”包子，是许多人的共论。那为什么中国特色的快餐业发展不起来呢？比如“狗不理”包子，其历史可与美国的建国史相媲，做工讲究，肉馅按一年四季和人体需要的变化搭配比例；高汤打馅，拌以香油；上好的精面粉老酵半发面；外形整齐美观。为什么不敢拿出来较量较量？上海的“荣华鸡”倒有几分“龙骨”，敢于向“肯德基”挑战，扬言“肯德基”店开到哪里，“荣华鸡”店也开到那里！但愿中国的快餐业都有几根“龙骨”，不过话说回来，外国快餐店销售的优质服务和卫生环境倒是要认真学一学。

给 21 世纪怎样的世界

去年 5 月 2 日，外国专家局在北京人民大会堂举行了一次不寻常的授奖仪式，由美国“全美烧伤受难者基金会”主席哈里·盖纳向中国神医徐荣祥教授授奖。盖纳先生郑重宣告：“徐荣祥先生的烧伤湿润暴露疗法及湿润烧伤膏是烧伤治疗技术上的一次革命。”徐教授的这一发明已轰动世界，他曾赴泰国在电视上为伤者医疗，一位烧伤面积达 85% 的病人萨曼经他治疗后，7 天就能下床闲逛，实为举世绝技。1993 年 11 月，徐教授作为全国青联委员、国家有突出贡献的专家受邀参加在美国西雅图召开的亚太经济合作会议，他说自己的最大理想就是把中华民族的财富——中国烧伤创疡新学献给世界。他还说，江泽民主席在与克林顿会谈时说到我们要给 21 世纪留下一个什么样的世界，我现在正思考这个问题并准备用行动作出回答。

（原载于 1994 年 4 月 24 日《深圳法制报》）

真的，假的，硬的，软的

中国之大，无奇不有。改革之策，须雷厉风行，须动真格，决不能让假的、软的乘虚而入，坏了大体。

真的——正气歌唱遍神州

以往，这似乎成了定律，一旦跨进机关大门，便如踏上了“永久牌”红地毯，仕途任你走。然而，这种定律开始打破，报载青岛市果断推行党政机关违纪辞退制，以促进党政机关的精干、廉洁和高效。去年岁末的一天，对该市工商局黄岛分局某副局长来说，是个“黑色星期六”，因为贪污公款，他黯然地接过《辞退通知书》。该市近两年来，已有55人被罚出机关干部队伍，其中处级干部约占8%。

近期见报刊多唱“正气歌”。4月12日，鞍山市女工程师白雪洁见一暴徒刀砍男孩，挺身搏斗，被砍20多刀，受了重伤，正气撼动钢都。4月23日，深圳宝安区沙浦头群众自觉围堵偷摩托车的罪犯，追使罪犯翻车摔伤被捉。新华社长篇通讯《母爱动中华——各地捐助白玉兰母子纪实》称，朝鲜族妇女白玉兰收养孤儿杨思佳，为其治病倾家荡产，积劳成疾，一个多月来，全国各地捐款多达14万元。真就是善，就是美，追求真善美，社会才能变得光明美好。

假的——冒名合资几时休

近年来，境外的一些不法分子，披着“外商”的外衣，打着“合资办厂”的招牌，大肆进行诈骗活动，给企业和国家造成了无法弥补的损失，带来了极坏的社会影响。如上海瘪三郝伟民，混到香港后借了10000港币，领取了XX投资有限公司的执照，便以港商身份回内地投资，仅仅一年间，便套取内地多家银行贷款及企业的资金1000多万人民币，花天酒地。一些“外商”，名为“合资”，实是推销陈旧过时的设备；还有的搞“名义合资”，尽管企业本身只需向“外商”付出一定的手续费，却因减少了交给国家的税金而使国家蒙受重大损失。据《羊城晚报》载，近来，广州、武汉、沈阳等市陆续注销了100多家名不符实的“合资”企业，假的总是与丑、恶连在一起，令人愤慨!

硬的——绿茵场阴转多云

令国人沮丧的中国足坛终于在改革中推出一系列“硬”举措，先是海埂基地甲级队球员的体能测验，接着是把甲A联赛推向市场。4月25日，中国足协终于决定，任命原国奥队领队戚务生为国家足球队执行教练，“洋教头”施拉普纳改聘为技术顾问，戚务生负责制定训练计划、选拔队员，安排比赛阵容和奖金分配，可谓亡羊补牢。同时，全国甲级足球联赛以全新的面貌唤回了广大球迷。中国足协常务副主席王俊生对此感到四个满意：准备工作做得好，观众十分踊跃；运动员很投入（如上海、四川、山东、大连气势咄咄逼人）；进球率较高；裁判水平有所提高。有识之士皆有同感。

软的——“红包”里包什么

红包里包着什么？《光明日报》载文称，看病送红包，这已是公开的秘密，红包玷污了洁白的医疗事业，以致呼和浩特市市民竟把医生列为“你最讨厌的人”中的第二位。北京天坛医院纪委对此事进行调查，众多患者一方面否认送了红包，一方面又说：“想买个安全”。山西省一位6岁小孩做心脏搭桥手术，其父送礼金1500元，这相当于他家半年的收入。也确有不少医生拒收，北京著名神经专家赵雅波就拒收了病人送的劳力士金表。但愿“赵医生”越来越多。送红包的问题，以及假冒、回扣等“软”问题，都是待攻克的“碉堡”。

（原载于1994年5月1日《深圳法制报》）

天行健，君子以自强不息

古人云："天行健，君子以自强不息。"但愿每一个国人都能以这句古训为座右铭。

北京：万众瞻仰国旗升空

"五·一"国际劳动节清晨，全国劳模代表和十几万来自全国各地的人民群众，怀着虔诚的心情聚集在天安门广场上。五点一刻，晨曦初现，庄严的五星红旗在雄壮的国歌声中徐徐升起。他们的心中充满了自豪感，更充满责任感。前一天，江泽民主席在上海参加了群众歌会，结束时与几万群众同唱《歌唱祖国》，其志其情激荡神州。

这两条新闻使人联想到前不久的一件事，路透社向世界播出一条新闻，说"马家军成了世界田径的抢手货"，伦敦国际马拉松赛和欧洲田径巡回大奖赛的组织者们，都非常希望包括欧文斯奖得主王军霞在内的马家军，能参加他们的比赛，并为之感到荣幸和自豪。西方人为何前倨后恭？其道理很简单：实力唯上！发展经济，增强实力，才是强国的根本之路。

工人：在市场经济中重新定位

《新世纪》杂志今年第 4 期发表文章，提出了令人关注的一个话题：工人在改革中是受益还是受损？文章认为，改革开放给包括绝大多数工人在内的社会各阶层都带来了显著的实惠。没有人能否认，这十多年的受益超过了以往的三十多年。当然，效益好的企业，受益很多；效益差的企业，相对较少。这就产生一个新问题，如何通过深化改革，使工人真正成为企业的主人，更出色地发挥主力军的作用。报载，上海灯具厂的全体职工最近合资买下了该厂的所有权，生产积极性大为提高，这是一个令人鼓舞的新迹象。

宗庆后：让“娃哈哈”成教育明星

最近，《光明日报》介绍了风靡全国的儿童营养娃哈哈的开发人宗庆后的事迹。1987 年，宗庆后从杭州市上城区邮电路小学校办产业经营部起家，7 年创造一个经济奇迹：他创办的杭州娃哈哈食品企业集团公司的经济效益位列全国校办企业之首，1993 年产值已达 6 亿元，利税 2. 7 亿元。7 年来，宗庆后大力资助教育，把上城区 33 所小学改建一新，拿出几百万元出来改善教师福利，至今资助教育经费达 2657 万元。真希望中国能出现更多的宗庆后。

大学生："60 分万岁"可以休矣

早就有人感叹：美国的中小学生学得轻松，而大学生则如逆水行舟，不拼命学不行；而中国恰恰相反，中小学生的书包是越来越沉重，大学生呢，则"60 分万岁"。为改变这种状况，国家教委最近推出了《关于进一步改革普通高校招生和毕业生就业制度的试点意见》。其思路是：从招生开始，通过建立较高的收费制度，改革过去大学生由国家包经费包分配的做法，同时相应地实施奖学金、贷学金制度，鼓励学生发奋学习，并指导帮助学生毕业后去参加劳动力市场的就业竞争。总之，要建立起"大学生上学自己缴纳部分培养费，毕业后多数人自主择业"的新机制。今年全国将有 37 所学校进行改革试点，其中大多数为国家教委所辖。

（原载于 1994 年 5 月 8 日《深圳法制报》）

细胞·驿站·港湾

家庭是社会的细胞，生活的驿站，人生的港湾。今年是“国际家庭年”，5月15日是“国际家庭日”。建立一个美好、和谐、温馨的家庭，几乎是每个地球人的愿望，也是现代文明的重要内容之一。

重视家庭生活质量成为新时尚

报载北京市的“我家十大新闻”征集活动，在短短几十天内，就收到了1585个家庭的来函。在整理出8000多条新闻中，排在第一位的是，家庭生活环境和条件尤其是住房条件得到明显改善，生活水平提高，占总量的30%。排在第二位的是“家庭成员有了新成就”。排在第三位的是“家庭成员注重和睦氛围，追求家庭温馨”。排在第四位的是“家庭文化追求多样，业余生活充实丰富”。可见现代家庭意识正在走进千家万户，民主意识和平等观念正在增强。

一位妇女在来信中兴奋地写道：一向墨守成规的丈夫竟然去

搞了“开发”！大儿子刚上两年班就跳槽！小儿子功课不错，不上普高竟上了职高，这就是典型例子。

姐妹同病不同运

近来全国许多报刊刊登了哈尔滨市一对患病姐妹的故事。两姐妹因遗传均患有“肌肉萎缩性硬化症”，此乃不治之症，然而两人在家中的遭遇却迥然不同，令人感叹不已。妹妹包俊华的丈夫熊俊君得知诊断结果后，冷若冰霜，竟说花钱给她治也没有用。包俊华住院后，每时每刻都需家人来做人工呼吸，但熊俊君从未出现过。不仅如此，熊还提出离婚，不让包看到朝思暮想的小孩，以致包俊华卧床不起，气息奄奄。

相反，姐姐包俊清的丈夫得知诊断结果后，仍决心砸锅卖铁要为妻子治好病，他四处寻医找药，还搀扶妻子到北京游玩，他既要上班，又承揽全部家务和照料妻子的事，每天从凌晨一直忙到深夜。包俊清因此病情得到控制，她真正得到躲避风雨的“港湾”。

蒋子龙谈有家爱家的真谛

作家蒋子龙于 5 月 4 日在《南方周末》发表《也谈“家庭年”》一文，文中谈到离婚率全球上涨，孤儿寡母与日俱增，流浪汉雪浪滚动……定一个国际家庭年，就能阻挡世界这一新潮？可叹不少现代人至今认为家庭对人的根本贡献是解决食色性，传宗接代，有天伦之乐，实质谬也！

家庭应反映出人的本质要求：自由。这里应有阳光、空气和水，须臾不可缺少。因为没有家庭，人类照样可以找到解决食色欲和传宗接代的方式，但是没有家庭，人将无法找回相应的自由，不论社会发展到哪个阶段，社会的宽松也不能与家庭的轻松画等号。这才是人类有家爱家的真谛所在。

新婚狂庆和白发人的 S0S

《中国青年报》载，5 月 8 日是所谓的黄道吉日。这一天，婚礼进行曲响彻长春市，该市共有 4000 对新人步入洞房。最大的赢家是谁？客曰：餐馆，婚纱店，婚庆公司……酒席最少十桌，多则百余桌。一官房屋的副处长女儿出嫁，各路人士为其准备了 12 辆轿车。固然，生活水平提高了，婚礼热闹一些也未尝不可，但盲目上档次，互相攀比，只能给新的小家庭带来沉重的负担和矛盾。

另一方，据《北京青年报》载，我国的“白发浪潮”已发出了求救信号，我国农村现有 7000 多万 60 岁以上的老人，绝大多数生活在最低的水平线上。老龄家庭的增长，是一种必然。1990 年全国人口普查，我国 60 岁以上老人已增至 1.01 亿。现多数老人需要子女赡养，这也是宪法规定的公民义务。然而，不少老人的各种权益正在受到侵犯。这种状况应该引全社会的重视，解决老人问题已迫在眉睫。

联合国重新划分年龄标准

据报道，联合国卫生组织将人的年龄段重新做了划分：18 至

44 岁的为青年，45 至 59 岁为中年，60 至 74 岁为年轻的老年人，75 至 89 岁为老年人，90 岁以上为长寿老人。这一标准的划分说明了现代人类及家庭生活质量普遍提高。

（原载于 1994 年 5 月 15 日《深圳法制报》）

时代的呐喊与历史的回顾

社会总是螺旋式地向前发展，人类和社会在前进中，总是要不时地回头，重新审视自己走过的路，从历史中汲取信心、力量和智慧。

焦裕禄，神州大地仍在呼唤你

5 月 15 日是焦裕禄逝世 30 周年纪念日，焦裕禄纪念馆落成暨焦裕禄铜像揭幕仪式，于这天在河南省兰考县焦裕禄烈士陵园举行。中共中央政治局常委、书记处书记胡锦涛等同志为纪念馆剪彩并为铜像揭幕，成千上万闻讯赶来的群众怀着崇敬的心情前来瞻观纪念馆，300 多名外地客商也慕名前来参观。令人告慰的是，如今的兰考县，近年来工农业总产值递增量已达到了 32.6%，粮食产量连续 4 年跨入全国“百强县”，农民人均年收入人已达 609 元。人民将永远怀念这位为群众鞠躬尽瘁、死而后已的“父母官”。在今天反腐倡廉的斗争中，人民热切呼唤有更多的焦裕禄式的好干部。联想到长篇电视剧《包青天》如今风靡大陆，令人感慨万端。

李幼鸾，病榻上的英雄赞歌

5月11日，西安医科大学附属一医院一群年轻的医护人员意外获悉，她们正护理的一位普通老妪李幼鸾，竟是她们自幼崇拜的影片《英雄儿女》中主人公王芳的生活原型。当年，17岁的李幼鸾从西安女子中学毕业后即参加了抗美援朝战争。在风烟滚滚的战场上，她弹着单弦，敲着大鼓，满怀激情地为战士们演唱，成了前线将士最喜爱的阵地“百灵”。在一次庆功会上，她巧遇了自己已失散的亲哥哥。著名作家巴金根据这一事实创作了小说《团圆》，后来的电影《英雄儿女》即根据此小说改编。1953年8月，李幼鸾戴着3枚军功章回国，当一名普通干部，直至1991年退休。消息从医院传出后，在西安社会上引起强烈反响，人们怀着激动的心情纷纷前去医院探望她，场面非常感人。

包办婚姻沉渣泛起

前进中不能回溯的是那些陈旧的腐朽的事物，但仍然有些人将过去的“痈疽”当作“宝贝”，而且花絮繁多。深圳某游艺场内诸“神鬼”逼游客问卦以勒取钱财即为一例，而河北城市某村的倒退更令人瞠目。报上描述的场面是：很漂亮的两层楼内，几十个农民觥筹交错，杯盘狼藉。酒足饭饱后，即开始交换有男女儿童生辰八字的红帖子及定亲礼品，新人是不到两岁的儿童。该村每年要举行几十次甚至上百次这样的订婚仪式，而且以后竟然有90%的“新人”们真的成了夫妻！这种植根于封建历史上的包办婚姻，竟然在相当富裕的现代农村里发生，实在是现代社会的悲剧！而受害者则是无辜的青年一代！法律应该毫不宽宥地加以制裁。

（原载于1994年5月22日《深圳法制报》）

少年雄则国雄于地球

近代著名政治家文学家梁启超在1900年写了脍炙人口的《少年中国说》一文，至今已近百年。值六一儿童节来临之际，重读此文，使人更感培养新世纪主人的重要。

看社会知国情增强爱国心

历时4天的全国中小学爱国主义教育现场会于5月18日在上海举行，对中小学生进行爱国主义教育具有战略意义。全国在校中小学生约1.75亿，他们是跨世纪的一代，是21世纪中国现代化建设的主力军。上海作为开放的国际大都市，既有众多的现代化企业、重点建设项目等，同时存在交通堵塞、住房紧张等困难问题。上海市政府、教委把这些活的国情，作为向青少年进行爱国主义教育的具体教材。许多学校组织学生参观杨浦大桥、东方明珠电视塔、开发小区、新上海居民样板房，也参观西区老城的陈旧房屋，使学生们既看到了光明的前途，又看到了自己将来肩负的重任。一些学校还结合土地批租、引进外资等开放举措，组织学生学习考察、进行个案分析，使学生真正理解什么是有中国特色的社会主义。上海的做法得到了中央和各地代表的一致赞扬。

少年英雄曲和学生自我管理日

河南洛阳市最近分别授予洛阳九中学生雷海龙和陈振锋“见义勇为好青年”、“优秀共青团员”光荣称号，号召全市青少年向这两位徐洪刚式的少年英雄学习。

4 月 26 日下午，雷、陈两人返家途中发现一歹徒在抢一女青年的手提包，遂骑车追赶。当追至一小巷时，歹徒的 3 名同伙突然窜出，将陈打昏。雷海龙奋勇与两歹徒殊死搏斗，不幸被击中头部而光荣牺牲，用自己的鲜血谱写了一首英雄歌。摇篮里摇不出千里马，北京崇文区打磨厂小学大胆改革，推出了“学生自我管理日”的新举措。每逢周二，这所小学门口就挂出两块黑板，一块提醒同学们注意今日是自我管理日，另一块写着：“老师请放心吧，我们能管好的。”这一天，除教师授课外，其他一切活动均由学生自己管理。这样做，既培养了学生的自主能力，也提高了学生自我教育的效率。

5 月 20 日：中国学生营养日

尽管我国人民生活水平普遍提高，但由于众多家长不懂营养知识，使营养不良成为我国中小学生身体状况差的主要原因之一。据全国 1991 年调查，男生营养不良率城乡分别高达 44. 44%

和35.78%；由于膳食过量造成的肥胖儿童，城乡男生分别为3.06%和1.73%；缺铁质贫血的城市男女生分别为37.58%和38.64%；以1985年中日两国12岁年龄男生抽样比较，我国学生比日本学生平均矮7.2厘米，轻8.9公斤。究其具体原因，有：误以为“精品”营养高，乱吃补品或零食；膳食结构不合理，如早餐马虎、午餐随便等。为此，我国将每年的5月20日定为“学生营养日”，并在去年和今年提出了两个口号：营养主要来自日常膳食；营养贵在全面、均衡、适量。希望所有家长和全社会都来重视孩子的营养问题，这也是关系到国家未来的大事！

必须严办“老乞丐”式的罪犯

另一方面，我们不能不看到，当前，迫害、侵犯甚至残害少年儿童的事实还不断发生，如滥收童工，拐卖儿童，教唆犯罪等，读来令人发指！《现代家庭报》近载《老乞丐惨无人道》一文便是典型一例：南京市新街口一老乞丐带一断腿哑巴儿童在乞讨。当一位民警走过时，该童突然哭着扑上来抱住民警的腿不放，老乞丐立即叱骂拖走孩子，孩子又挣脱出来。该民警察觉其中有诡，便带他们去派出所查询。那孩子竟写出一段血泪史：“我叫王路，是被这个老头骗来的，他弄断了我的腿，割了我的舌头，带我上街去要钱，我要回家！”在铁的事实面前，那老混蛋只好认罪。对这些丧尽天良残害儿童的罪犯，法律应严惩不贷！

（原载于1994年5月29日《深圳法制报》）

一个地球一个家

1994年世界环境日（6月5日）的主题已确定为“一个地球一个家庭”，其含义十分现实，在地球这个大家庭中生活着无数个小家庭。大家庭——地球的生态平衡，是所有小家庭生存、发展、美满的最重要前提。皮之不存，毛将焉附？

地球的子女该想着家

我们不能不忧心忡忡。地球，这个大“家”现在就像一个被扎了许多针眼的气球一样，危机四伏：臭氧层已被破坏，热带雨林锐减，野生动物在哀嚎，沙漠在无情扩张，海洋河流被污染，垃圾堆积成山，农药污染农作物和土地，酸雨在增加……火山、地震、热浪、旱魔、洪水、海啸核武器……猛增的人口，土地面积萎缩……

人类再不能执迷不悟了！1992年在巴西召开的世界环境保护大会，172个国家的代表达成了共识：人类必须保护自己生存的家园——地球。全球的生产方式、生活水平、消费方式、消费水平，必须限制在地球承受力的限度内。此次会议通过的《21世纪行动议程》，提出全人类行动纲领，包括有效利用水资源，提高能源利用率，保护森林，保护土地资源，保护生物多样性，管理好大气和海洋资源等。

人们啊，若不保护好地球这个大家园，你将成为无家可归的孤儿！

还淮河以清白

到1994年底，豫、皖、苏、鲁共119家企业将被关、停、并、转，目的是减轻淮河污染的重负，这是5月24日在安徽蚌埠召开的淮河流域环境保护执法现场会上，国务院十部委与四省领导协商的成果。近年来，淮河流域的水污染十分严重，近50%的河水失去使用价值，一些地区用污水浇田，使粮食减产和农作物含毒，鱼虾产量锐减，沿河人民饮用水恶化，严重的危害经济发展和人民生活。此次政府采取断然措施，是对地球大家庭的一大贡献。

水，也许比黄金更珍贵

目前，我国的北京、上海、广州等城市严重缺水，情况堪忧。在深圳，供水量与需水量相差百分之20%，比广州市还严重。而且近30年，每年的用水量还在以25%的速度递增。专家认为，这个缺口只能通过节水和利用海水等办法来解决。现在的问题在于浪费现象严重。在一些工地、学校、工厂、机关，自来水放任长流。还有20%的自来水从破漏的管道中流失，而青岛、北京同样严重缺水，但青岛的人均用量只有深圳的1/3，北京自来水的重复利用率是深圳的两倍，达60%。

人口，高悬的达摩克利斯之剑

世界人口过速膨胀，已成了悬在人类头顶上的一把达摩克利斯之剑。据统计，目前中国人口为12亿多，世界人口为56亿。预计到2000年世界人口将增至60亿，而地球容载人数的极限，社会学家认为是100亿，生物学家认为是80亿。按现在的增长速度，人类到了2030年就会突破60亿。那时必将产生巨大的灾难。这绝非耸人听闻。

我国的计划生育尽管已取得很大成功，但形势仍然非常严峻。如在南方沿海地区，"超生游击队"比比皆是。令人欣慰的是在一些文化素质较高的城市，比如上海、天津等人口已出现负增长。据统计，上海比预期增长人口少生600万。这不仅大大减轻了社会压力，而且取得了惊人的经济效益。其中仅抚养费一项就为国家和家庭免掉了1200亿元的开支，这些钱可造90座杨浦大桥。

（原载于1994年6月5日《深圳法制报》）

稳定需要……

经济要上，教育要热

6月11日，中央某位领导同志写信给“中国效益纵深行”活动指导委员会，指出提高经济效益是保持稳定的基础。只有效益得到真正提高，我们的经济发展才会避免大的起伏。改革才能真正有宽松的环境，我国的综合国力才能得到真正保证。希望“中国经济效益纵深行”活动的同志们能进一步调查研究，宣传深化改革、提高效益和保持稳定的内在关系。

六月十四日，党中央国务院在北京隆重召开了全国教育工作会议。党和国家主要领导人均出席了大会。江泽民总书记在讲话中指出，在我们这样一个有近12亿人口、资源相对不足、经济文化相对落后的国家，你靠什么来实现社会主义现代化建设的宏伟目标呢？具有决定意义的一条，就是把经济建设转到依靠科技进步和提高劳动者素质的轨道上来，真正把教育放在优先发展的战略地位。近来，报纸上不断发表了许多地方重视教育的新闻。

如大连市在市中心黄金地段无偿提供 2.3 万平方米地皮，兴建五栋 31 层的教师大厦，今年年末将全部竣工。该市中小学教职工的住房基本解决，此种消息读来令人振奋。

严打犯罪，保障治安

要维护社会稳定，必须狠狠打击一切犯罪活动。令人注目的浙江千岛湖抢劫故意杀人案近已结案。在此案中，共有 32 人遇害身亡，其中 24 人为前来大陆旅游的台胞。如今案情大白，罪犯吴黎宏、胡志瀚、余爱军三人于 3 月 31 日晚 6 时 30 分驾驶摩托艇，靠上“海瑞号”游船。登船后，先用猎枪、斧头胁迫，将全艇人赶进底舱，后又采取欺骗手段逼迫旅客交出财物，再以后引爆炸药，放火烧船。一手制造了这起罕见的特大惨案。杭州市中级人民法院依法判处吴黎宏等三人死刑，大快人心！

一方有难，八方支援

受今年三号强热带风暴的影响，广东省 6 月 8—9 日普降暴雨，局部地区降下特大暴雨，江河水位急剧上涨。湛江、茂名、阳江、肇庆、佛山、广州等六市 23 个县受灾。受灾农田 795 万亩，受灾人口 809 万。44 万人一度被水围困，受伤 684 人，死亡 58 人，全省直接经济损失 58 亿元。灾情发生后，当地政府和有关部门立即组织群众投入抗洪救灾。驻广东的陆海空三军和武警部队共出动 7100 多名官兵奔赴救灾第一线，被洪水围困的 44 万人已全部脱险，救灾工作正在紧张进行中。国务院国家防汛总指挥部对此十分关心，国家主席江泽民致电慰问抗灾第一线的居民。

维护统一，反对分裂

近时期，台湾的头号当权者李登辉跑到中美洲一些国家和南非自吹自擂，收买一些人支持台湾“重返联合国”，并肆无忌惮的连续在岛内外散布分裂祖国的言论，攻击谩骂中国政府。李的所作所为引起海峡两岸中国人的严重关注和广泛批评。

岛内外舆论认为，李登辉的这些言论是“以真面目示人”。岛内一位专栏作家批评说：“民进党过去一贯宣扬的‘台独’理想，不再是民进党专利，如今倒是国民党所谓的‘务实’做法。”香港一家报纸刊登署名文章批评李登辉“梦呓连篇，是在篡改历史”。大陆专家学者也批评李登辉与日本某作家的谈话录，希望海内外的中国人尤其是海峡两岸同胞严重关注其论调，并告诫该领导人“不要让自己成为外国侵略势力手中对付自己祖国和自己同胞的一个工具”。

（原载于1994年6月19日《深圳法制报》）

立善法于国则国治

宋代大改革家王安石曾说："立善法于一国则一国治。"随着社会主义市场经济的确立，政府制定并实施各种相应的法律制度就益发显得重要。对每个公民来说，都有一份学法用法护法的责任。

智力成果得到有力保护

改革开放15年后的今天，知识产权这个词于国人已不陌生，我国的知识产权保护起步虽晚，但现已具有高水平的法律制度和完备的执法体系。我国保护外国企业在中国的注商标专用权，已得明显成效。以保护智力成果为己任的中国专利局，已经成为世界上最先进、水平最高的专利局之一。仅以版权而言，中国音乐工作者版权协会才成立一年多，就收到各家使用音乐作品者支付的250万元使用费。目前该会已将8万多元分配到3万多名音乐创作者上。版权行政管理机关打击侵犯版权行为的斗争也从未停止过。如今年4月，广东省版权局联合公安，工商部门进行了大规模清查，收缴非法翻版盗版的制品 24 万多件。当然这一斗争还是长期的艰巨的。报载春风文艺出版社的《布老虎丛书》最近频频被盗版，已引起有关方面的重视。

奖励举报有功人员办法出台

6 月 17 日，在最高人民检察院召开的新闻发布会上，公布了今年 1 月至 4 月各级检察机关查办贪污贿赂特别是领导干部以权谋利贪污受贿、执法人员执法犯法徇私舞弊及法人犯罪等案件方面取得的新进展。据统计，共侦查各类经济犯罪案件 19298 件，其中贪污贿赂 12239 件，比去年同期增多，而且要案数量大幅增加，犯罪的县处级以下干部有 518 人，还缉捕了 360 多个（不少是百万元以上）携款潜逃的重大案犯。这些案件中，群众举报的占 80%。

高检还公布了《最高人民检院奖励举报有功人员暂行办法》，据此法，高检对 13 位举报大案要案的有功人员，共奖励 11. 9 万元，并决定将此项制度长期坚持下去。

希望工程起诉香港《壹周刊》

据《中国青年报》载，6 月 15 日中国青少年发展基金会副理事、秘书长徐永光，在结束了与香港律师就《周刊》诽谤该会和希望工程一事诉诸法律解决的会晤后，向记者发表了讲话。

徐说，中国青基会“诉诸法律解决”的态度是坚决的，这主要是考虑到《壹周刊》1 月 21 日发表的那篇带有明显诽谤性的文章在港台及整个海外华人世界，造成了相当严重的影响。希望工程自实施以来。数以万计的香港同胞以“血浓于水”的感情先后捐款达几千万元，解决了13万多名贫困孩子的读书费用，该工程从上到下的工作人员对每一笔捐就都认真负责，一一落实，整个管理严谨透明，并欢迎社会监督。《壹周刊》的报道失实，已使希望工程在海外的筹资受困，现在必须依据法律恢复希望工程的声誉。

AC米兰队比赛出场费打折扣

近几年，我国邀请国外球队来华比赛，经常被对方以“李鬼”冒充“李逵”，使我方蒙受重大损失。今年我有关方面均吸取教训，运用法律手段来维护中方利益。据《中国体育报》6月18日载，请AC米兰队来华比赛的深圳上林范酒店总经理李树臣透露，按赛前合同规定，AC米兰队应有8名球星来华比赛，并且上场满45分钟。中方还曾致电意大利总理、AC米兰足球俱乐部主席贝鲁斯科尼，AC米兰队也作出积极的努力，但最终未能全部履行合同，几名球星未能来华。因此，中方按合同规定扣除了对方的部分出场费。李树臣还认为，尽管组织这次比赛取得了成功，但中方在原则问题上不能让步。

（原载于1994年6月28日《深圳法制报》）

点球启示录

如果说地球上有那么一刻，能经常吸引和刺激地球上最多的人，那么这个瞬间只能是足球赛中的点球。

一

点球，是对进攻者的保护，是对突破者的厚爱。人生需要进攻和突破，社会需要进攻和突破，世界需要进攻和突破！

唯进攻，唯突破，人生才有光彩，社会才会前进，世界才能发展。

点球，是对拼搏精神的褒扬。拼搏是人“竭尽其能”时的超常发挥。唯这种超常发挥，才能实现对量变到质变的临界点的突破。人生、社会和世界，常常在这超常的“一击”中获得“质变”，获得成功，获得升毕，获得光荣！

这，就是点球神秘而伟大的艺术魅力的哲理内核。

二

点球，是对公平竞争的秩序的严肃维护，是对严重阻碍合法进攻和扼杀拼搏精神者的严厉惩罚。罚令如山倒，没有一丝一毫协商的余地。一个人的“违法”，往往会导致全队的失败、无数球迷的悲痛和整个国家的沮丧，真可谓“一失足成千古恨”！

唯如此，才能真正使众人引以为戒！

三

耐人寻味的是，判罚点球与判定最终取胜是有很大区别的。

如果仅因为守方在禁区内的“犯规”而直接判进攻者获胜，那也是欠公道的，欠完美的。因为完美的成功应源自奋斗者自身的卓越努力，而不仅仅是靠对方的失误。不过，点球毕竟给了进攻者一个容易取胜的良机，一条通往胜利的捷径，一座能证明你的能力的舞台。

应该感谢点球的发明者，他想出了一个多么公正而巧妙的方法啊！

四

在平局情况下的点球决胜，又有了新的意义。它意在打破均衡格局，是对平庸的挑战，对竞争的歌颂。“棋逢对手，将遇良才”，固然可圈可点，但人们更愿意以成败论英雄，于是就有了这一瞬间的决斗。

五

奇妙的是，在点球决胜中，攻门者的心理负担，要远远大于守门员的心理负担。除了技术技巧上的考验之外，更重要的是心理考验。

沉着否？果敢否？机警否？攻门者将在几秒钟内交出这份答案。而且这张答案只有两种成绩：满分或零蛋。不论你是马拉多纳或吴群立，还是一个不知名的射手，在点球决胜中均要接受同一样试卷的公平考试。

正因为点球决胜在短短一瞬间决定了球员、球队、球迷、人民乃至一个国家的大喜或大悲，其两种结局又有着天壤之别的反差，所以它极具有戏剧性，极具有悬念，极好看，好像炸弹爆炸前的一瞬间。

也正因为如此，攻门者的心理负担苦不堪言，这是人类天生的弱点，也是人格的一个标志。

六

奇妙的另一面是：对守门员来说，扑点球失败，却是正常的，无可指责；而如果成功，则能获得加倍的功绩和光荣。

这是否在提醒人们：世界是宽容的，社会也是宽容的。一个人在生活中，只要能竭尽所能，只要你放出了你的那份热，那份光——尽管你没有取得成功，对你也无可厚非。

因为“球”近在咫尺，防不胜防，天意难违，人的力量毕竟有限，其失败也自然能得到谅解与理解。何况人的一生都要饱尝类似的失败，无论是伟人、普通人、幸运儿、倒霉虫。

但如果你有了超水平的发挥，超越了客观的制约，以非凡的灵智和技能扑出了点球，获得了“偶然”的成功，你也就超越了现实，超越了命运，当然也就赢得了超越平常的成功和光荣！当然也就得到了尊敬和仰慕！

七

人生渴望进攻，渴望突破，渴望拼搏，渴望公平竞争，渴望超常发挥，渴望战胜考验，渴望超越，渴望光荣……

而足球场上永远上演着的“实现渴望”之战斗剧，给了在平庸中挣扎的人类以无限的慰藉和鼓励！

（发表于1994年6月25日《深圳法制报》和1994年7月5日《芜湖日报》）

实力=技+力+智+心

茶座掌柜李春根按：（观来茶座之球迷，多位性情中人，高谈阔论，慷慨激昂，但今日刘人云先生却与众不同，要“冷静地分析一下”，果然那题目就是一道颇为冷静的数学等式。）

绿茵场上，龙腾虎跃，鹿死谁手？万众悬心。强队兵败于弱队，“热门”变成“鱼脯”，好猎手中了冷箭，平庸辈中冲出“黑马”，预测者纷纷大跌眼镜，众球迷个个喜悲无常，“足球是圆的”也就成了解释胜负原因的遁词。

其实，冷静地分析一下，胜负仍是有规律可循的。纵观前两轮的比赛，除了“运气”这一偶然的因素外（对胜负的影响率应不超过20%），决定胜负的主要因素仍然是实力。而要评析一支球队的实力，应从技、力、智、心四个方面加以综合分析。

“技”，指球队的技术力量，是四因素中的主要因素，如马拉多纳的中场送球，罗马里奥和克林斯曼的破门得分，罗马尼亚队的快速反击等，均为上乘技术的体现。

“力”，指球员们的体力，欧洲球员的充沛体力是他们最大的本钱。

“智”，是战略战术的运用，这主要取决于教练的运筹帷幄，一场能赢的球赢不了，人们指责该教练也是有道理的。

“心”，指球员的心理因素，包括稳定、冷静、自信、顽强、团结诸多方面，非洲球队此次在这方面表现出的不足，与德国“坦克”的坚韧沉静，堪为两个极端。

如巴西队对美国队，技术上巴西队技高“几”筹，明显占优；力量上巴西队先被罚一人，略显劣势；战略战术上，美国队做了精心准备，组成了“血肉长城”，而巴西队未出新招；心理因素上，美国队众志成城，巴西队却略嫌急躁。所以这场比赛巴西1比零小胜的结局十分合理。

如果我们将“技术”定为20分，其他项目定为10分，给这两个队打分，就看得很明显。

队名	技	力	智	心	总分
巴西	18	8	7	7	40
美国	10	9	8	9	36

有时候，在两个队综合实力相当的情况下，“运气”这一偶然性因素起到关键性的作用，如比利时对德国，应判给比利时的一个点球，裁判未看见没有吹，结果使胜利的天平倾向德国队，此谓“天亡‘比’也”。当然，如果两队实力差距拉大，弱队运气再好，也不可能取胜，如果要把“运气”折算成分，它不应超过10分（为20%）。

至于比赛快结束时的“黑色三分钟”内进球，好像是偶然的，实际上也是综合实力的必然反映，最起码的一条是失球者一方精神松懈，这便是“心”力不足的表现。

有趣的是，一个球队的综合实力不是固定不变的，而且每一场比赛时都有变化，如球员技术发挥是否正常，战略战术是否对症下药，球员心理是否优秀等等。也正因为如此，也才有了北京队战胜 AC 米兰队、沙特队战胜比利时队之类的“神话”；也正因为如此，“足球是圆的”才有了合理的依据；也正因为如此，绿茵场上才有了无穷无尽的悬念，足球也才有了其倾倒亿人的不朽魅力！

李春根评：（看来刘先生是位做学问的人，纷纷扰扰的球赛，却能从中探研出一些规律，且如剥竹笋，有条有理，层层深入，听君一席话，本掌柜胜看一年球，欢迎今日牛郎明又来。）

（发表于 1994 年 7 月 12 日《深圳特区报》和 9 月 23 日《球迷》报）

世界杯与高考

绿茵吧台：人类似乎真该有个能够宣泄情感的地方。这不，那位神情凝重的先生，刚来吧台时还独斟独饮，可受几首球歌的感染，竟也在用脚趾“悄悄地”打着节拍，继而，他端起一杯浓浓的红酒，深沉地告诉吧友，家里那个临近高考的孩子正在挑灯夜读，他呢，则感慨延延……

巧不巧，令人牵肠挂肚的世界杯后面就是“几家欢乐几家愁”的高考。

年年高考孩子考不上，年年高考又逼孩子去高考；年年考不上断肠碎心，年年又捡起破碎的希望为孩子加油。骂也不敢重骂（怕孩子损失更多的脑细胞），打又不能下手（生怕他要耍赖不干了），气只能对鬼出（对老婆不敢出），恨只能揪自己的头发（摔水瓶无济于事）。可怜天下父母心，可悲天下父母心！为什么做父母的就不能死了这份心！

看世界杯竟然有与孩子高考一样的感觉。中国队届届世界杯冲不进，又届届盼中国队去冲；届届冲不进悲伤欲绝，届届又捧起渺茫的梦想！骂又声音有限，打更是“违法乱纪”；摔碎电视机，只能帮助商家销售；跳楼自杀，范志毅们又看不到。可叹中国球迷心！为什么球迷就不能绝了这份情？

没有中国队的世界杯好像没有盐的佳肴。

没有中国队的世界杯好像穿西装没打领带。

中国人，你活一辈子有多少个“四年”？

中国球迷，如果一辈子都看不到中国队冲进世界杯，那只能仿老祖宗陆游那样，临死前痛吟：

死去原知万事空，但悲不见“出亚洲”！

高考不取，是因为你孩子的基础不牢，能力不足，心理欠佳，你没有“从娃娃抓起”。

同理，中国足球也没有神丹妙药，还是伟人说得好：要从娃娃抓起！

（吧主耿伟结语：恰值“世界杯”，家有高考孩子的“球迷”有多少？他们的双重心理负担谁能化解？难得的是这位先生在观看法兰西烽火时，在期盼后辈金榜题名时，还想着中国足球。）

（原载于1998年6月23日《深圳特区报》，压缩稿发于1998年6月19日《深圳商报》）

深圳团的“小气”

我从芜湖到深圳，至今已近10年，谈到对深圳人的印象，有一件事使我实在难忘。

去年暑假，我参加了《特区教育》杂志社组织的教师旅游团去九寨沟，在成都一家上档次的火锅城吃四川火锅。那天，楼厅里排满了几十桌，恰巧是北京、上海、深圳和当地的四个旅游团成员，近三四百人。

饭局开始，一片热气腾腾，觥筹交错，吆喝连天。老板请来歌手，一位男中音唱起了《祝酒歌》，唱得不错。众人齐叫好鼓掌。这时，几位小姐手捧鲜花来到四个团的席间，要人们买花献歌手，从深圳团开始。

四个团不断有人买花上台给歌手。花是50元一束，价格不菲。接着又换了好几位歌手，唱得都不错。每唱数曲，小姐们又要人们买花献花，大家仍是照买不误，而且形成了一种默契，先是深圳，再是北京，再是上海，最后是成都。无形当中相互较上了劲，谁也不甘示弱。

歌唱完后，台上的主持人把四个旅游团大大表扬了一番。然后说下面还有一个压台戏，即摸奖，50 元一次，一等奖为彩电，二等奖是熊猫娃娃，三等是小小纪念品。接着，一位光彩照人的小姐捧着一个红纸箱来到台中央，笑容可掬。

这时，一向带头的深圳区反倒无声息了！北京、上海区接连跳出几位好汉上台摸奖，尽管摸的都是三等奖，但仍喜笑颜开。接着成都区又有几位好汉跳上来摸，有位大款似的人物一下掏出了 300 元摸 6 次，结果得了 6 袋子的饼干糖果。最佳战果就是有位先生掏了 200 元，得了个熊猫娃娃。如此热闹几番，深圳区就是没有动静。这时，邻桌们的闲言碎语开始随着火锅香飘了过来：

“深圳人真小气！”

“越有钱越抠！”

“看他们样子真窝囊！”……

真难听！叫人坐不住。于是笔者上了洗手间，穿越邻桌时，指桑骂槐式的嘲讽真是“为你送行”。回到桌位，我实在忍不住了，便向同行们发问：“我们深圳人怎么啦？”一位“老深”说：“这不明摆着骗人的钱哪！再怎么说我都不干！”又一位“老深”说：“刚才我为他们算了一下，到现在摸奖已骗到了两千五百元，除去 200 元成本费，净赚两千三百元！”

笔者“啊”了一声，也学着在心里鄙视他们，也就平静了。

“摸奖”闹了 40 分钟，深圳团仍然不介入，宠辱不惊，置身度外，恍若无人。但我对深圳人的此次表现充满了敬意。

（原载于 2000 年 2 月 20 日《芜湖晚报》和 2020 年 12 月 30 日百度网）

角色的错位

为人者，很重要的一点是摆好自己在社会中的位置；位置摆得不好，或者摆得不正，常常会酿出令人想象不到的错误。

近来常听说住宅小区的居民与住宅管理处发生矛盾的事，而造成矛盾的最常见的原因，往往是住宅管理人员认识的“错位”。居民掏钱买了住宅，理应就是住宅区的“主人”；物业管理部门是居民们聘用的管理者，是服务于业主的后勤部门。然而，有些物业管理处却摆出“管居民”的架势，把居民当作“下属”“被管理者”，把自己自作“主人”，随心所欲，任意提高收费标准，不理睬住宅区居民的困难和意见，颐指气使，结果是居民意见纷纷，与管理处的矛盾日益扩大，甚至要对薄公堂。

摆错位置者还不只此例，如学生与老师，谁是主体，谁是客体呢？也许至今还有许多人未弄清。

从 80 年代开始，全国著名特级教师钱梦龙先生就提出“教师为主导，学生为主体”的先进理念，随着教育教学改革和素质教育的推进，钱先生这一主张形成了全国教育界的共识。遗憾的是，有少数教师仍然热衷于“自己”当主体，讲起课来滔滔不绝，学生只有被动接受的份，学生成了盛知识的罐子。这一错位，问题可就多了，学生的学习积极性和学习主动性不见了，创新精神更是无法培养，什么“学会学习，学会生存”都成了空洞的口号。

诸如此类的错位可谓多矣。例如本来一些大权在握的人，一旦退休，失去权力，失去往日的前呼后拥，便郁郁不乐，忧闷成疾。便是没有把握好自己的新的角色位置。殊不知，离开了权位后，你便是一个普通的公民，理应去扮演新的角色，找到新的位置。

你是某个单位的总经理，可当你进了电影院，你只是一名普通的观众。你必须放下架子，服从工作人员的指挥，要讲文明，守纪律，却不可任意发号施令。你在单位是领导，管着几百上千的职员，但到了自己家里，对父母只能是“儿女”的角色，对妻子只能是“丈夫”的角色，对儿女只能是“父母”的角色。而这些不同的角色都有不同的要求和内涵，你必须遵守社会赋予他们的不同的规范和要求。

有人不顾这些，硬要把自己的职业角色搬到公共场合中，便会酿出大祸来。如报载某地公安局长，开车上了路，此时他只是个“行车人”的角色，必须像普通公民一样遵守交通规则，他必须听从他的部下——每一位交通警察的指挥，然而他仍以“公安局长”的角色出现，横冲直撞，草菅人命，结果是进了监狱。

凡此种种，都在提醒世人，人是社会中的一分子，务必在不同的情境中摆好自己的“角色位置”。

（原载于2000年11月18日《深圳商报》）

Part 03 文房走笔

C H A N G J I A N G L I U

文学作品分析方法漫谈

长期以来，作品分析的方法也形成了公式，往往是一背景、二主题，三内容，四人物，五写作特点。其实，文学作品千姿百态，分析作品的方法也应多种多样，读到这方面一些好的文章，颇多感慨，遂笔记一二。

一、纵横谈

分析名著，固然要解剖作品所反映的时代，即“横”看；也可以把它放到包括那一个时代的某段历史时期来看，即“纵”看。这样一“纵横”，可以把作品的思想意义分析得更全面深入。

如郭志刚先生分析钱钟书的《围城》一文即如此。郭文指出：“在我国现代文学史上，如果说《阿Q正传》宣布了资产阶不可能领导中国革命走向胜利，《子夜》宣布了中国民族资产阶发展资本主义梦想的失败，那么，也可以说《围城》宣布了西方文化思想在中国的失败。”三部作品，犹如三座航标矗立在中国现代史的长河上，形象化地点明了一个真理：“中国社会亟待革命，但资产阶级及其思想武器，都不可能引导革命走向胜利。”

真是卓识远见，高人一筹！

二、比较看

有比较才有鉴别，有比较才能使人产生明确的印象。翻开《茅盾论创作》一节第二辑，几乎篇篇可见此特点。他常用的方法是，从写作技巧的角度把一系列作品分成几类，每类中列举几篇在某一问题上互有瑕瑜的作品进行比较分析，有点像中学教师分类评讲学生作文一样，对读者很有启发。他分析诗歌也如此。在《论叙事诗的前途》一文中，他将臧克家和田间写的两首叙事诗进行比较分析，得出：田诗抒情性强而故事性弱，臧诗抒情性弱而故事性强，指出叙事诗应兼备故事性和抒情性，这样，既准确地分析了两诗，也说明了抒情诗发展的方向。

三、从艺术构思入手

艺术构思，常是一部作品提炼素材、刻画人物、展示情节、表现主题的总纲，从艺术构思入手，往往能纲举目张。今年《文艺报》第八期有篇分析中篇小说《在没有航标的河流上》的文章，该文开始便指出："自然、人、社会，是《航标》艺术构思的出发点……村镇代表社会，山水代表大自然，盘老五们拢岸进入村镇，进入了十年浩劫中人与人互相折磨、互相残害的世界，回到木排则感到快乐和自由。"但"木排上也有一个小小的社会，与岸上的世界发生着千丝万缕的联系"，所以，"重要的是好好生活。把生活改造成一条有航标的河流"。

然后，该文据此分析盘老五这一人物形象的社会意义和美学意义，有力地挖掘了《航标》的思想内容。

四、可以新颖有趣

如大作家薄伽丘评论但丁及《神曲》，就是从但丁的母亲在临生但丁前作的一个怪梦入手的。其中但丁母亲最后梦见但丁变成了一只孔雀。薄伽丘借题发挥，认为孔雀即象征其不朽巨著《神曲》，并说《神曲》的伟大之处与孔雀尊贵的特性完全符合，他生动形象地归纳了四条相同之处，如孔雀羽毛金碧辉煌，仪态万方，尾有一百只翎眼。而《神曲》辞藻华丽，气度不凡，音律整饬，也恰好一百曲；又如孔雀的肉，香而防腐，而《神曲》具有崇高道德意义的内容也是芳香醇人，并有劝世警俗的伟大作用。如此等等，谈来兴致盎然。

（原载于1981年10月16日《安徽师大》报）

写作技巧三题

蹈人窠臼不可取

意大利著名作曲家罗西尼，有一次应邀去听另一位作曲家的新作。他在听时不断地做着一个奇怪的动作：把帽子脱了又戴，戴了又脱。那位作曲家问他："是不是屋里太热了？"罗西尼回答说："我有个习惯，就是见了熟人就要向他脱帽打招呼。阁下的曲子里使我一次又一次地想起熟人，你写的和他们差不多……"罗西尼用这种条件反射式的动作讥讽了文艺创作上的蹈人窠臼。托尔斯泰说得好："越是诗的，越是创造的。"莎士比亚写过吝啬、狠毒的威尼斯商人夏洛克以后，莫里哀写了哈巴贡和巴尔扎克写了葛朗台，却同样不朽。这是因为他们在自己的作品中都有独创，构思新颖，形象独特，艺术成就各有千秋。

我不禁想起作家张弦的短篇小说《银杏树》载（《小说月报》今年第六期），它写的是一个男青年姚敏生在上大学以后抛弃了未婚妻孟莲莲的故事。按说，此类题材在当前小说中已司空见惯，很难翻出新意。张弦却深入地开掘，精心安排了一个新颖的结局，即由主持正义的县委书记出面干预姚的不道德行为，姚只得与孟莲莲打了结婚证；孟莲莲“那颗被自私、卑鄙的人摧残的心”竟因这无爱情的婚姻而复苏。《银杏树》的立意深刻，写法别致，令人掩卷三思。与此相反，那些“文抄公”随意将别人作品改头换面的走捷径做法，却使人厌之、唾之。

（原载于1982年11月30日《芜湖日报》）

前呼后应，余味无穷

明人谢榛谈到作品结构时曾说：“起句当如爆竹，骤响易彻；结句当如撞钟，清音有余。”即要求开头使人耳目一震，产生强烈悬念，结尾要与开头呼应，并给读者留下丰富的想象余地。电影《特高课在行动》和《远山的呼唤》的开头结尾即如此。

《特》的开头是新上任的日本苏州特高课课长青木，查阅所谓给新四军买药的“嫌疑犯”相片册，青木设下毒计，自诩能将他们一网打尽，并咒骂那失败了的前任是蠢物。他能不能不当蠢物，在新的角斗中获胜呢？这就引起读者的强烈兴致，结果，他也败北了，被撤了职。新上任的课长又坐在他的办公桌上打开“嫌疑犯”的相片册，而且他也咒骂他的前任是蠢物。这既是对开头气势汹汹的青木的强烈讽刺，也预示了新课长也难逃当“蠢物”的命运。尽管电影到此结束，但读者可以想到什么样的下场在等着他们。

《远》亦是如此。开头就是一个陌生人在暴风雨之夜叩开一个寡妇家的大门求宿，一下子就引起观众对男女主人公的过去、现在和未来的强烈关注。而且，漆黑的暴风雨之夜也暗示了男女主人公不幸的身世，结尾，耕作被捕了，但善良而纯洁的民子却出其不意地来到押送火车上。通过虻田的口，表达了她对耕作忠贞不二的爱情。从开头的素昧平生到此时的心心相印，读者可以预想见他们将捱过暴风雪赢得春天般温暖的到来。

（原载于1981年12月12日《芜湖日报》）

象征手法的妙用

什么是象征手法？怎样巧妙地运用象征手法，使作品含蓄隽永，生色增辉？

从最近上映的两部国产影片中，可以找到生动的答案。

如电影《归宿》的结尾，流落到台湾的杨志和同久别了三十多年的妻子在祖国重逢，导演别出心裁地将他们安排在轮船码头上，让两人隔着严密的铁丝门，倾吐他们多年来的离情别绪。这铁丝门既是生活的真实，又体现了艺术的真实。它象征了我们伟大祖国至今仍被一条海峡阻挡、不能统一的悲剧，象征了中华民族被人为的历史偏见久久割裂，亲人们至今不能团聚一堂的严峻现实，从而激励人们为实现台湾回归祖国的神圣事业而斗争。

又如电影《当代人》中，当厂供销科长既要看老厂长女儿的面子批给一方材料，又要看老厂长妻子的面子批给另一方材料而左右为难时，导演巧妙地让镜头从长串的轮胎图内拍摄供销科长气喘吁吁、叫苦不迭的形象。这轮胎图象征了可恶的“关系网”，严重地束缚了供销科长的手脚，也束缚了这个厂改革工作的进行。

富有幽默感的象征性手法，能表达深刻的思想内容，给人以无穷的回味。

（原载于 1982 年 4 月 18 日《安徽文化报》）

茅盾谈诗

中国现代文学巨匠茅盾先生不仅是小说圣手，在文艺理论和散文、戏曲、诗歌方面也有非常杰出的贡献。他在三十年代里写的一些诗评（主要有《冰心论》《徐志摩论》《一个青年诗人的“印”》《诗人与夜》《叙事诗的前途》等），犀利准确，入木三分，探幽烛微，独具慧眼，并鲜明地表现了他的诗歌创作主张。特摘编如下，并加以概括说明。

一、“诗人的世界观和对于时代的认识”应该“是广大而且健全的”。

在对徐志摩、冰心、臧克家、浦风、田间、林庚六位诗人的评论中，茅盾都反复强调这一宗旨，并以他们的作品证明这点是决定诗作成就高低的重要标准。

在《诗人与夜》中，茅盾将青年诗人蒲风和林庚同时命名为《夜》的两本诗集作了对比，指出由于诗人的兴感不同，生活背景不同，特别是“由他自已的观点对生活现象选择的结果”的不同，而形成了两者诗作内容、风格和价值上的巨大差异。在内容上，“林庚先生的‘夜’是‘像海一般的深’，‘满天的乌云悄悄’，‘黄月如钩’。蒲风先生的‘夜’却就不是那样寂寞，那样凄冷，他的是充满了风雨雷鸣，闪电的夜”。在蒲风“眼中的人间是动荡的肉搏的向前进展的”，然而林庚“眼中的人间是‘古墓’似的，是‘在空山中’，是‘古园’，是‘沉漠’”。在风格上，蒲作是“刚健而朴质”，而林作是“缠绵忧悒”；蒲作“多写现实生活”，林作“是多用幻想的”。而这些决定了林作只能将人引向“玻璃杯旁放着一瓶酒”！而蒲风的诗却跳动着那个充满阶级斗争狂风暴雨的时代之脉搏，成了献给革命的战歌！

对冰心和臧克家早期诗作中表现出来的思想局限，茅盾也热情剀切地提出了批评。他认为，冰心的弱点是逃避现实，而臧克家的弱点表现在对现实“勇敢的忍受”上，两人都未能跃身于时代的大海而踏风搏浪。

对冰心的代表作——

母亲啊！
天上的风雨来了，
鸟儿躲到他的窠里；
心中的风雨来了，
我只躲到你的怀里。
（《繁星·一五九》）

茅盾确切地指出：“这一个‘过程’，可说是‘五四’时期许多具有正义感然而孱弱的好好人儿他们的共通经验，而冰心女士是其中‘典型’的一个。”“她的所谓‘爱的哲学’的立脚点不是科学的，生物学的，而是玄学的，神秘主义的。”但从一九二九年以后，冰心的思想有了显著的进步，她要真正实践她诗中写过的话：“我以为领略人生，要如滚针毡，用血肉之躯去遍挨遍尝，要他针针见血！”茅盾便向她热心地致贺，并用她的诗作结束以鼓励：

先驱者！
前途认定了
切莫回头！
一回头——
灵魂里潜藏的怯弱，
要你停留。
（《春水·一五八》）

对臧克家的处女集《烙印》，茅盾首先肯定它独摒香艳诗、玄言诗的浊流，“用了素朴的字句写了平凡老百姓的生活”，作者堪为“最优秀中间的一个了”，但又不同意闻一多所作的“有意义的，在生活上有意义的诗”的评价。他在详细分析了《生活》《烙印》中的一些诗后指出：对冷酷的现实，诗人“只是冷静地‘瞅着变’，只是勇敢地‘忍受’，我们尚嫌不够，时代所要求诗人者，是‘在生活上意又要重大的’积极的态度和明确的认识”。茅盾还打了个比方说，臧拿着他的“诗的照相机”，在人生中拣取“风景线”，自己是“超然的第三者的态度”，这就使他的诗“缺乏一种‘力’，一种热情”。最后，他又对诗人寄予热烈的期望，望诗人“接受了前进的意识”，“立定了脚跟”，写出“在生活上真正有重大意义的诗”。

对徐志摩的分析尤为警辟入里，他一矢中的地分析出徐志摩创作的本质特征。他引证大量材料说明徐由于英美式的资产阶级政治理想在中国逐步幻灭，创作上每况愈下，终于成了“中国布尔乔亚‘开山’的同时又是‘末代’的诗人”，其作品成了“中国布尔乔亚心境最忠实的反映”。胡适在《追忆志摩》中说，徐志摩的人生观只是“爱、自由、美”三个大字，他的颓伤是因为残酷的现实容不得他这单纯的信仰，给诗人蒙上一层唯美主义的面纱。茅盾则将这面纱揭开，指出“徐志摩的生活所产生的思想意识，必不可免地要使他感得这沉闷，而且不能抵抗，再没有力量！并且他的生活，他的阶级背景，他的思想意识又不容许他看见那沉闷已破了一角，已经耀出万丈的光芒！”

二、“举示那矛盾和丑恶之必不可免的末日，以及那合理的美的光明的幼芽之必然成长”。

暴露或歌颂，现实主义或浪漫主义，孰主孰客，孰劣孰优，历来众说纷纭。茅盾在《冰心论》高人一筹地解决了这个问题。

冰心曾把“泪”与“笑”，归结为文艺的两大因素。她还明白地说，她要讴歌“理想的”，使人“笑的”，而不愿描画“现实”，赚取人们的“泪珠”。茅盾批评了这种观点。他运用辩证唯物主义的观点，正确地指出“我们的‘现实世界’充满了矛盾和丑恶，可是也胚胎着合理的和美的光明的幼芽。”专从人生中看出丑恶来的作家，毛病是“短视”；专一脱离实际讴歌“理想的”作家，实际上成了“空思”。他说：“真正的‘理想’是从‘现实’升华，从现实出发。撇开了‘现实’而侈言‘理想’，则所谓‘讴歌’将只是欺诓，所谓‘慰安’将只是揶揄了！”

总之，生活是矛盾的，又是前进着的，诗人自应双肩担起鞭挞假丑恶、讴歌真善美的重担。

三、“诗这东西，也不仅是作家个人情感的抒写，而是社会生活通过了作家的感情意识之综合的表现”。

徐志摩曾在《猛虎集·自序》中将自己创作“枯窘”的原因归之于“生活的极平凡”。茅盾则不以为然。他认为：“生活”这一词的意义，决不是仅指作家个人的私生活，也包括了社会生活在内。一位诗人只要不是独居荒岛脱离社会，他就理应有题材而不感到诗情的枯窘，志摩诗情的枯窘，“决不是因为生活平凡而是因为他对于眼前的大变动不能了解且不愿意去了解”！他只认到自己从前想望的“婴儿”——资产阶级理想国——永远不会出世了，又不能且不愿意承认另一个“婴儿”——中国新民主主义革命已经呱呱坠地了。“于是他怀疑颓废了！……于是他就只有沉默的一道了！这是一位作家和社会生活不调和的时候常有的现象。”这分析是何等精辟！生活是沸腾的，总是向前的，一个不热爱新生活的人是不能唱出动人的歌声的。

四、“在内容和形式上我觉得需要我们新诗人苦心研究的，还很多”。

茅盾对诗歌创作艺术也发表了很宝贵的意见。首先，他强调作品内容与形式的一致。但他也反对脱离内容的形式主义，在论及当时新诗创作中的弊病时尖锐地指出：“一部分诗人因求形式之完美而竟尚雕琢，复以形式至上主义来掩饰内容的空虚纤弱，乃至有所谓以人家看不懂为妙的象征派，——也是使得几乎钻进牛角尖去的新诗不能不生反动的。”当然，他也反对那种标语口号式的革命“六言告示”。

从他对一些作品艺术特点的分析来看，他要求诗歌有激情，有想象，结构严谨，章法整齐，音调和谐，语言精练流畅。如他赞扬田间的《中国牧歌》：“其中有不少佳作。飞迸的热情，新鲜的感觉，奔放的想象，熔铸在他的独创的风格，这是可贵的；他的完全摆脱新诗已有的形式的大胆，想采取民谣的长处，而又不为民谣的形式所束（民谣的造句虽然简直，可是字数却颇整齐），这又是很可喜的。”他赞扬臧克家“只是用明快而劲爽的口语来写作，他不用拗口的‘美丽的字眼’，他不凑韵脚”，同当时“珠圆玉润”的浮艳辞风划清了界限。

特别新颖的是，他对叙事诗创作集中发表了意见。他把田间的叙事诗《中国农村底故事》和臧克家的叙事诗《自己的写照》进行了对比，认为两者互有长短，而一方的长处正为另一方的短处。具体来说，他认为田间的诗有壮阔的波澜和浩荡的气魄，布局得当，笔力集中，但缺少精细的描绘，语意比较空泛；而臧克家的诗，铸词陈句得当，“没有什么败笔”，故事完整，但“情绪太冷静一点”，而且未能“把紧要场面抓住用全力对付而在全书中形成几个大章法。没有了大章法，全书就好像一片连山没有几座点睛的主峰了”。而把两人的长处集中起来实践证明，就正表明了叙事诗创作的光明前途。他最后还说：“我从没写过诗，不过我想大胆上一个条陈：先布置好全篇的章法，一气呵成，然后再推敲字句，章法不轻动，一段一行却不轻轻放过，——这样来试验一下如何？”

一些诗人的创作实践证明，这是行之非常有效的方法。

总之，茅盾的诗论尽管有其三十年代中国社会和左翼战斗文艺的历史背景，但其主要精神和观点对我们今天的诗歌理论和创作仍是非常有益的，对分析这些诗人及其作品更有明确的指导意义。

（注：引言皆出自北京大学出版社1980年1月出版的《茅盾论中国现代作家作品》一书。）

（原载于1984年2月《星星》诗刊）

曹雪芹的诗学观

《红楼梦》一书中有大量的诗词曲赋，有一些堪称上乘之作。曹雪芹还借书中人物之口，对诗歌创作发表高见。

其中四十八回众姐妹评议香菱的三首咏月诗就是生动的一例：

月挂中天夜色寒，清光皎皎影团团。诗人助兴常思玩，野客添愁不忍观。翡翠楼边悬玉镜，珍珠帘外挂冰盘。良宵何用烧银烛，晴彩辉煌映画栏。

非银非水映窗寒，试看晴空护玉盘。淡淡梅花香欲染，丝丝柳带露初干。只疑残粉涂金砌，恍若轻霜抹玉栏。梦醒西楼人迹绝，余容犹可隔帘看。

精华欲掩料应难，影自娟娟魄自寒。一片砧敲千里白，半轮鸡唱五更残。绿蓑江上秋闻笛，红袖楼头夜倚栏。博得嫦娥应借问，缘何不使永团圆？

林黛玉对第一首诗的评价是：“意思却有，只是措词不雅。”

也就是说语无新意，较俗气。薛宝钗对第二首诗的评价是："不像吟月了，月字底上添一个'色'字，倒还使得。"也就是说，这首诗不像写月亮，而是写月色。第三首诗却博得了众姐妹的一致赞扬，说它"不但好，而且新巧有意趣。"的确，这首诗立意新、构思巧，作者将对向由幸福生活的追求，巧妙地寄寓在秋夜月亮清寒白的形象刻画中，并借用嫦娥的自问，表现了天下有情人期望团聚的美好情景。

林黛玉对香菱说得实在，写诗"第一立意要紧，若意趣真了，连词句不加修饰，自是好的。"在曹雪芹看来，诗歌的首要因素是真情实感，关键在于构思巧妙，即通过独特、饱满、生动的艺术形象来寄托自己心底的波澜。这对于我们今天的诗歌创作来说，也是不无裨益的。

（发表于 1984 年 5 月 15 日《芜湖日报》）

使世界变小

泱泱地球，四极八野，可谓大矣！可竟有那许多小诗能打动四海众生的心灵，赢得他们的交口称赞，世界亦可谓小矣！这些脍炙人口、千古流传的好诗，它们强大的生命力何在？探研这个问题，对我们的文学创作和欣赏都是很有意义的。

这些诗歌能拥有全世界历代读者，其主要原因就在于它们能超越自身内容的历史限制，表达出“人人心中皆有，人人笔下皆无”的典型情感，成为了人类共同生活和心灵的某种象征，从而引起读者的强烈共鸣，产生巨大的艺术感染力。下面我举两首小诗加以具体说明：

一是宋代诗人叶绍翁的《游小园不值》：“应嫌屐齿印苍苔，十扣柴扉九不开，春色满园关不住，一枝红杏出墙来。”试想一下，一个明媚春日，你去造访一座庭园，尽管你的屐齿踏破了台阶上的青苔，尽管你十扣园门他屡次不开，但你切莫泄气，春天它伟大的创造力和壮美的生命力是任何力量也禁锢压制不了的。君不见一支鲜艳的红杏正娉娉地伸出园墙外！人类社会在其发展过程中，人才或创造力受压制受束缚的现象每每发生，几乎每项成就的取得都历经了千辛万苦，因此，渴望才能和创造力得到自由发挥，历来成为人们的普遍要求。这首小诗巧妙地借红杏出墙泄出人们心底的这股热望，当然引起人们的共鸣和喜爱！我想，只要地球上一天有生命存在，就一天有这种热望潜行，叶绍翁的这首诗就一天不会熄灭它的光辉！

又如苏轼的《饮湖上初晴后雨》："水光潋艳晴方好，山色空蒙雨亦奇。欲把西湖比西子，浓妆淡抹总相宜。"这首诗写出了人类时时渴望得到真美的隐思。你想，晴亦好，雨亦罢，西湖的风光仍是那样旖旎动人；浓妆亦罢，淡抹也好，西施姑娘就是明丽袅娜，光彩照人，遮不得，涂不去，永远值得人类爱慕和追求。不幸的是，在人类生活中，美与丑总是相伴而行的，在受到虚假的欺骗和丑恶的折磨后，人们更加希望能听到看到接触到真美的东西。

苏轼在这首诗中生动地刻画了纯真不朽的西湖美和佳女美，正满足了人们的这种渴念。这首小诗启示我们要珍惜生活中美好事物，它如同永恒的自然美一样，永远净化温暖我们的心灵。

小诗非小，世界非大！这就是文学！

（发表于 1986 年 7 月 17 日《芜湖日报》和 2020 年 5 月 7 日中国作家网）

外国文学三题

异军突起的拉丁文学

本世纪六十年代，拉美文学异军突起，一大批寓意隽永、内容新奇、技巧娴熟的小说如电闪雷鸣，夺目辉煌，使广大读者耳目一新，交口称赞。第三世界的拉丁美洲文学终于走向全球，赢得了世界声誉。

拉丁美洲新小说一般说来有两大特点：一是其深刻的思想性和民族性。新小说的作家们大多在发达国家工作生活过，发达与不发达的强烈对比给了他们很深的刺激，迫使他们去探索阻碍拉美社会发展的根本原因。他们在作品中强烈地抨击了军事独裁、外国侵略、宗教统治、封建愚昧等对拉丁美洲的戕害，反映了人民政治思想上的新觉醒。于是他们认真发掘本大陆本民族的传统意识、神话传说、宗教习俗……在他们的笔下，瑰丽多姿的大自然，印第安人、黑人、移民们的多民族融合，高度发达的现代化大城市和人迹罕至的原始森林，多国联合经济会和刀耕火种的乡村……形成了一个神奇的现实，一个只有是美洲大陆独有的现实。

第二个特点就是其别出心裁的写作技巧。新小说作家既重视文学的乡土色彩，又大量汲取欧美现代派文学的精华。在他们的作品中，可明显看到意识流小说、超现实主义诗歌、表现主义戏剧以及文艺理论方面的心理分析学派和存在主义的影响，特别是他们巧妙地把现实与幻想糅合在一是，把看起来根本不可能的事情写得十分可能，把看来不逼真的东西写得十分逼真，形成了风靡一时的魔幻现实主义的创作方法。

新小说作的代表作家有阿根廷的胡利奥·科塔萨尔、秘鲁的巴尔加斯·略萨、墨西哥的卡洛斯·富思特斯、智利的何塞·多诺索尔等，特别是有重要地位的是哥伦比亚作家、诺贝尔文学奖获得者加西亚·马尔克斯。他的主要成就是他于一九六七年创作的长篇少说《百年孤独》，这部小说也是魔幻现实主义的代表作。

拉丁美洲文学的“爆炸”给了中国当代文学很大的震动和启示。中国当代文学要走向世界，汲取和借鉴拉美文学的成功和经验是十分必要的。

（原载于 1986 年 11 月 13 日《芜湖日报》）

第三种创作方法——泛表现主义

面对五光十色的现代派文学作品，许多读者困惑了：这到底是怎样一种创作方法？

过去文学的创作方法，基本上可分为现实主义和浪漫主义两大类。现实主义重在观察和描写，它要求作家通过典型形象的塑造来揭示社会生活的某些本质和规律。而浪漫主义则重在主观抒情和想象，浪漫主义笔下的现实具有浓厚的理想化色彩。

那么，现代派文学属于哪种创作方法呢？前不久，中国社科院叶廷芳研究员曾做了个很好的概括，称之为“泛表现主义”，实是精当。

泛表现主义重在表现作家的主观感受和幻象。如果说现实主义重在表现“现实的生活”，浪漫主义强调“应该有的生活”，那么泛表现主义则诅咒“不该有的生活”。

具体来说，泛表现主义在思想内容上侧重对人的生存危机感和世界的普遍荒谬性的描写。如美国著名作家奥尼尔的名剧《毛猿》，通过产业工人杨克的悲惨遭遇，尖锐地揭露了现代西方社会中畸形的社会关系，和人变成“非人”的可怕现实，笼统地否定了人类社会。在表现人和人的关系上，现代派作家强调和重视“自我”。萨特的长篇小说《厌恶》，加缪的中篇小说《局外人》，其中的主人公，都对现代社会充满“厌恶感”，他们为了保存自己和发展自己而“反抗”一切，听凭本能的冲动寻求刺激或发泄。

在艺术表现上，泛表现主义常用的是象征、自由联想和荒诞化手法。如艾里生的《隐身人》，写一个无名无姓的黑人，跑了许多地方，最后躲进地下室成了“隐身人”，其情节象征“寻找自我”和“自我消失”的主题。所谓自由联想，即打破时空界限，把直觉和幻想、记忆和印象，梦境与现实糅合在一起，形成“意识流”。至于荒诞法，是对现实事物加以极端夸张的手法，用漫画化的手法来表现人和世界的荒诞。“寓真实于荒诞”。如尤奈斯库的剧本《犀牛》，通过外省一个小城镇的人们纷纷变成犀牛的虚妄故事，表现西方社会里的“非人化”。

泛表现主义作家开创了用“第三只”眼睛看世界的新途径。它启示我们，通向反映真实的文学道路，可以是现实，也可以是幻想；可以用具象，也可以用抽象。

泛表现主义作品的出现，无疑对读者旧有的欣赏阅读习惯提出了难题和新的要求，开始时感到读不通，也是正常的，但我们决不可因噎废食。

（原载于1987年10月25日《芜湖日报》）

果戈理务求语肖其人

清代戏曲理论家李渔要求“语求肖似”。他说：“务使心曲隐微，随口吐出，说一人肖一人。勿使雷同，勿使浮泛。若《水浒传》之叙事，吴道子之写生。斯称此道中之绝技。”

果戈理对其名剧《钦差大臣》开头语言的修改，就是明显的一例，对我们也是颇有教益的。

初稿是：

市长　　诸位，我所以请你们来，是因为我要把一个极不愉快的消息告诉你们。我接到通知，一个带着秘密使命的官员已经从彼得堡出来私行密访了，他要来视察我们省会的所有民政机关。

阿姆摩斯·费多洛维奇　　真想不到！从彼得堡来的吗？

阿尔杰米·菲力普维奇　　（惊慌地）还带有秘密的使

命吗？

鲁加·鲁基齐　　（惊慌地）是私行密访吗？

改稿是：

市长　　诸位，我所以请你们来，是因为我要把一个极不愉快的消息告诉你们。钦差大臣快要到我们这儿来了……

阿姆摩斯·费多洛维奇　　什么，钦差大臣？

阿尔杰米·菲力普维奇　　什么，钦差大臣？

市长　　彼得堡的钦差大臣私行察访来啦，还带着秘密使命。

初稿中市长的话一连串，显得庄重明晰，从容不迫，不符合这位贪官此刻紧张的心理。定稿则把话分成两段，显得他心事重重。前一句“我所以请你们来……告诉你们”，还装出故作镇静的样子。下面一句“钦差大臣快要到我们这儿来了”，便显露出紧张和畏惧。等到大家做出了反应以后，他再用惶恐的语气重复了“彼得堡的钦差大臣私行察访来了”。并强调“还带着‘秘密使命’”。这四个字意在给他们那些屁股底下有一滩脓血的官员们打个招呼。

再次，把其他的人原来不同的惊问，都改成了短促的惊呼，充分的表现了这些腰中塞满赃款的家伙，一听到威胁他们切身利益的大事——钦差大臣来了，下意识的惊呼起来，内心是极端恐惧。

这样，就活画出一群鱼肉人民的污吏的嘴脸。尽管修改稿删去了提示语“惊慌地”，但我们从这些对话中可以想见一张张惶恐而木然的脸和死鱼一样的眼睛。

（原载于1981年第2期安徽《艺谭》杂志）

生活，留下美丽的浪花带

——评《王兴国小说选》

桌上，发散着油墨芳香的《王兴国小说选》。窗外，是长江，是从这里浩浩荡荡折向北去的大江。晴朗的天。阳光柔和。江面上簇拥着无数小小的浪峰，起伏向前。几声汽笛拉响，一艘巨轮从远方驶来了。我久久凝视着它身后留下的那条白色的长长的浪花带，波浪向两边翻开，汹涌不已，上面，一群群鸥鸟飞翔……

我突然想到，如果说浪花带是航船前进历程所留下的生动标记，那么用它来比拟兴国同志的这本小说选，岂不十分巧妙吗？

一是因为兴国同志本人就是海员出身的安徽省著名作家，芜湖市作家协会主席。既在长江的大风大浪中摔打成长，又在社会的风风雨雨中久炼成钢，更在文学创造的高山大河里奋然前行。这本小说选，当然也成为他长期生活写作奋斗的“浪花带”了。

二是因为兴国同志的创作是从五十年代发轫的。三十多年来，他始终坚持社会主义现实主义的创作方法，他的一系列作品基本上是与时代社会同步的，而且绝大多数是以芜湖——这个著名的沿江城市为背景的，故而这座城市四十年来的社会生活在他的作品中得到了一定的本质反映，从这个意义上说，兴国同志的小说选也成了沿江城市一定历史时期内社会生活的“浪花带”。

这两点实在是他——一个现实主义作家的光荣！

兴国同志在后记中说：“三十多年来我发表了一百三十多万字的小说，这里从中选出二十几万字的作品。”尽管多有遗漏，但这二十多万字的作品，都是作家比较重要的产物。

小说选按内容的侧重点分为四辑：

第一辑主要是以长江船员的思想政治生活为题材的，共6篇。时间跨度从解放初到四化建设开始。这段历史时期长航方面的一些重大社会生活，在这辑作品中都得到了真实而生动的反映。《在中国港口》《第一次领航》和《回声》写在五十年代，热情地反映出当了家、作了主的中国工人阶级的胜利感和自豪感，他们有理想、有信心、有能力去开辟新的社会主义建设新事业，并由于他们尊重事物的客观规律，取得了成功的开端。《领航》中的胡政委就是一个出色的代表，他是没有双手的人，体内还留着弹片，但第一次身历航行中的狂风恶浪，却异常坚定，他的口头禅是：“浪尖上飞翻的，都是海燕！”多么形象而又富有诗情的精神境界啊！《回声》则以喜剧性的情节表现了一对父子在社会主义劳动竞赛中的新风貌，儿子高新民显示着一代社会主义新人的成熟。读着这些作品，我们又仿佛置身于五十年代那火热而淳朴的建设生活中。

《船，为什么搁浅了》则愤怒揭露了“文化大革命”极“左”路线给社会主义建设带来的极大的危害，处处高喊“革命”口号，以“战无不胜”姿态出现的尚德义之流，在狂风恶浪中，暴露出他们色厉内荏、贪生怕死的丑恶嘴脸，原来，他们的“革命”，就是要夺权，要满足他们个人野心私欲的需要。社会主义航船的舵把一旦落到这些鬼魅的手中，船怎么能不搁浅?!作家对这段历史作出了出色的艺术概括。

十年动乱终成历史，我们的党又拨正了社会主义的航向，开始了宏伟的四化建设。这又在《两代》和《航程》中得到了反映。《两代》写的是港口实现装卸机械化以后工人群众的喜悦，《航程》则是向年青一代提出了要不要艰苦奋斗的重大问题，现在重新读来，更可感到作家的艺术远见。

第二辑共收五篇，都是写于十年改革时期。这些作品，显然比第一辑里的作品在艺术上更加成熟。它表现了作家对五彩缤纷的社会生活的严肃思考和深入剖析，内蕴了作家对真善美的追求和对假丑恶的鞭挞，也表现了作家在把握人物形象方面显示出的艺术功力，说明作家在现实主义的文学创作上达到了一个新的高度。

众所周知，随着商品经济的萌生和发展，旧有的一些社会秩序和观念习惯都被冲破了，生产发展了，人民比较富裕了，但随之又产生了许多令人困惑的社会问题。十年浩劫中被压抑过深的人欲，现在却像潘多拉盒子里的魔鬼被放了出来，胡作非为。作家以冷峻而清醒的笔锋，勾画出光怪陆离的众生相，从而显示出他对社会生活本质的深入思考。

曾获《安徽文学》佳作奖的《大杂院轶事》就是一个代表。作家塑造了一个新鲜的小市民形象——宦姐，她利用自己手中的紧俏食品——鱼，与社会诸方面“互通有无”，从而建筑起自己富裕的安乐窝，同时，她还保持了底层人民的几分善良，与大杂院里的邻居们巧妙周旋，以此消除人们因她“非法致富”而形成的心理上的不平衡，宦姐也就成了人人欢喜的“欢姐”。无可讳言，作家在作出艺术概括的同时，蕴含了他一定倾向的批判。

这种批判的锋芒在本辑其他作品中比较突出地表现出来。《红白喜事》叙述了一个干部家庭用“死人”赚钱的故事，讽刺了“一切向钱看”的丑态；《“作家”外传》，刻画了一个不学无术、尸位素餐、沽名钓誉的创作干部的形象，鞭挞了文坛上的不正之风；《蚊穴》更是有力地批判了“中国有了大家拿”的社会歪风，尖锐地指出风源之一就是少数干部带头以权谋私。今天，我们在认真反思十年改革道路的时候，这些作品为我们提供了形象化的部分答案。

第三辑是爱情题材。高明的作家，从来不是单纯地把爱情作为性爱来写，而是由此折射出社会生活的某些本质方面，流淌出时代的欢乐或悲哀。兴国同志就是这样做的，而且，由于他兼为诗人，所以他善于制作意境，烘托气氛，文笔也清丽精炼，使作品具有较高的审美价值。《甲板上的爱》《小草返青》等都如此，风格委婉动人。

尤为出色的是《爱情变奏曲》，它以中国人民反对“四人帮”的四五运动为大背景，通过三位青年之间复杂的爱情婚姻纠葛和斗争故事，歌颂了主人公们矢志真理、义无反顾的大无畏革命精神和在性爱问题上所表现出的共产主义道德观。作品创造出浓郁悲壮的抒情气氛和深邃含蓄的哲理意蕴，既感人肺腑，又耐人寻味。正如陈登科同志在序言中指出的那样，是“兴国同志创作上一次新的探索”。

在歌颂美好爱情的同时，作家还对那些极端利己主义的爱情骗子作了揭露。《爱情抛弃了谁》《小月》《过渡》就是这样的作品。作家用鲜明的对比，勾画出骗子们的灵魂，并透视了社会阴暗面沉淀在他们灵魂深处的黑影，使作品更富有思想意义。作家还在作品中表达了他对爱情哲学的思考，“生活是微妙的而又复杂的，它像历史一样无情，谁要是不忠实于它，得到的结果是冷酷的。”

第四辑作品笔触更为广泛，塑造出领导干部、知识分子、退休工人的形象，表现出作家对社会生活的细致观察分析和强烈的社会责任感，从诸多侧面丰富了他的小说的认识价值。

他的获奖作品《大杂院轶事》就是如此，作者笔下的人物都是在都市里随时可见的普通市民：卖鱼的，卖糖球的，扎鸡毛帚的，吃粉笔灰的，大杂院里的轶事都是日常生活中的小事琐事，但作家从“商品经济萌发”这一特定的历史角度来观照、分析、筛选生活，从而凸现出一幅幅具有本质真实的生机勃勃的改革初期市民生活图画。

现实主义的文学创作方法又要求作家在艺术表现过程中尽量抑制自己的主观情态，让倾向在人物和情节中自然地流露出来。福楼拜就说过：“艺术家不该在他的作品里面露面，就像上帝不应然在自然里面露面一样。”兴国同志也是努力这样做的。他的小说《藤椅》真令人拍案叫绝。姜主任在办公室里坐的旧藤椅，已伴随他度过二十几个寒暑，屡坏屡修，虽破旧不堪，但姜主任却对它一片深情，爱不能舍。后来，他因年老离职回家后，却因为坐不惯其他的藤椅（甚至十分舒适考究的新藤椅）而痛苦不堪，只好由他的儿子到办公室去讨回那张旧藤椅。这是一篇寥寥几千字的小说，不仅对时代的新旧交替充满机警的揶揄，而且具有丰富的哲学内涵和心理学内涵。

现实主义的创作方法还要求描写的真实性，其中尤以生活细节、人物关系，人物性格的精确描写为要。兴国同志也是一贯遵循此要求的。就拿生动精确的细节描写来说，就在他的众多小说中屡屡发见。如《大杂院轶事》中宦姐卖鱼时“治服”了爱找茬的年轻人、《船，为什么搁浅了》中的老船长在船锚上安上新插销、《“作家”外传》中的吴副主任上班泡茶、《这条路呵……》中的“走资派”季书记拉板车不愿从市委门口过、《爱情变奏曲》中的儿子用碗打酱油等等。这些真实而生动的细节既有力地表现了人物的思想性格，又使艺术形象本身具有鲜明的认识意义。兴国同志能够做到这点，是跟他丰富的生活经历和敏锐的观察力分不开的。从这个意义上，我们又回到一句老话：生活是作家创作的唯一取之不尽、用之不竭的丰富源泉。

兴国同志在小说选的后记中说道：“幸运的是历经煎熬，而身板结实，精力充沛，充满信心，我将在创作的道路上走到终点。借用古人的话，以‘大器晚成’来自勉自励吧。”

我们衷心祝福他如愿以偿！

（原载于1989年第9期《大江》杂志，其压缩稿《生活之树上的绿叶》发表于1989年10月31日《安徽工人报》）

痴——一部巨著的辐射核

——简评影片《红楼梦》前三集

和许多人一样，我是抱着怀疑的心情去看电影《红楼梦》的，开始觉得平淡，甚至有点乏味。然而，随着元春归省、黛玉葬花、宝玉挨打、钗黛探伤……座席间不时传出唏嘘声和抽泣声。这时，我突然意识到，这篇惊心动魄的不朽之作已成功地在银屏上展示它的魅力，并辐射出巨大的感染力。三集完了，我的第一个念头是：为什么前部不理想而后部成功呢？苦思的结果是：症结在于能否准确地把握住全书的情结——艺术感染力的辐射核上（也就是大家常谈的艺术构思核心）。

原作的情节核心，我认为就是一个“痴”字（作者自云：“都云作者痴，谁解其中味？”）。痴情于皎丽动人的女性美，痴情于纯真无瑕的少男少女情，痴情于追求自由的青春心，痴情于这美好的一切在黑暗王国里令人心碎的毁灭！因痴而悲，因痴而空，“痴”中饱浸了人生酸甜苦辣的味道，寄寓着作者对美好青春和人生价值的肯定和歌颂，寄寓着作者对压抑和摧毁美的人性的社会的悲愤控诉！著名评论家余秋雨先生曾指出：“一位艺术家，一件艺术作品，能够在这一层次上浓重地品尝人生，就一定能产生辐射，使广大读者和观众的心灵受到莫名的震撼。”而且，原作中的主人公们身上都浸透了中华文化的浓厚血汁，使这些形象对广大观众来说，具有足够的“可体验性”，因此，作品具有强大的艺术辐射力，产生了雅俗共赏的艺术效果。

从此出发，影片前部的失误也就比较清楚了。如太虚仙境这场戏，曹雪芹写这回，我个人认为有三个作用：一是从全书内容安排上考虑，预先暗示了全书主要人物的命运和结局，为全书之纲；二是与贾宝玉，林黛玉入世前的神话故事相接；三是突出主旨，正话反写，“假作真时真亦假”，表面上是要贾宝玉戒淫戒情，从“痴”中解脱，实际上借此“荒唐言”（作者自称），进一步突出和肯定贾宝玉的“痴”。因“痴”生悲，因“痴”生败，这一回描写的基调应是“好一似食尽鸟投林，落了片白茫茫大地真干净”的悲号之声，反过来，又益发显出“痴”的可恋和动人。而在影片中，编导不是这样来把握的，不是正话反写，而是反话正写，其中的贾宝玉不过是一个浑浑噩噩的华贵公子，警幻不过是一个雍容典雅的神女，秦氏不过是一个袅娜风流的少妇，全场戏表现出一种飘逸、欢乐、华贵的色彩和氛围。这就大大偏离了这场戏及全书的主旨，削弱了原作的艺术感染力。也许有人会说，现在这场戏的内容与原作内容差不多，但这只是表层意象的相似，特别要注意到电影与小说仍有很大的不同，读小说可靠文字内涵和反复阅读来加深理解，而电影是以视觉画面来取胜的。如果这些画面不能表现出原作的深层意蕴，电影观众也就无“画”可嚼，自然无味。

影片编导者之所以产生这种偏离，其主要原因就是对原作整体艺术构思的核心——“痴”理解不深，而过于迷恋内容的外象，这也是当今电影艺术的通病之一。接下去的秦可卿出丧和托梦、王熙凤治理荣国府等也犯了同样的毛病，脱离了原作的艺术核心——“痴”，具体地说，荣、宁二府的由盛至衰，不过是“痴”的外在客观环境，之间应有内在的联系。现在是貌合神离，只能使观众得到零碎、表层甚至是游离之感。从这个角度出发，原作中林黛玉进贾府一场戏，在影片中不该被削弱，反而应该加强。

相反的是，前三集的后部，随着以贾、林为中心的爱情故事逐步展开，逐步明朗，小说的主旨和艺术构思也逐步明确地显示出来，编导也就比较容易地抓住了这个核心——“痴”。故而后部影片拍得很成功，引起了观众由衷的赞叹。

妄加议论，目的只有一个：希望《红楼梦》一集比一集拍得好，忠实地将这部巨著——我们中华民族的瑰宝和骄傲艺术展示在世人面前！

（发表于1990年3月13日《安徽青年报》，获省级副刊作品奖）

张爱玲的“冷酷”

张爱玲在百年中国文学史上占有一个独特的位置。她的作品创作风格是残酷而苍凉的，就其“冷酷”来说，是其他女作家无可比拟的。从人品说，冷酷无疑是短处，但就写作说，却可以冷面人生，入木三分，使作品具有独特的魅力。

抗战爆发，她正在香港大学读书，和同学参加了救护工作。1944年她写了《烬余录》，回忆了香港沦陷后的所见所闻。她在写救护伤员时，毫不掩饰地写了自己的自私和冷酷，“仿佛将尸体解剖学提升到艺术层次去欣赏”：

我们倒也不怕上夜班，虽然时间特别长，有十小时。夜里没有什么事做。病人的大小便，我们只消走出去叫一声打杂的：“23号要尿乓（‘乓’是广东话，英文pan的音译）”或是“30号要尿壶”。我们坐在屏风后面看书，还有夜宵吃，是特别送来的牛奶面包。唯一的遗憾便是：病人的死亡，十有八九是在深夜。

有一个人，尻骨生了奇臭的蚀烂症。痛苦到了极点，面部表情反倒近于狂喜……眼睛半睁半闭，嘴拉开了仿佛痒丝丝抓捞不着地微笑着。整夜他叫唤："姑娘啊！姑娘啊！"悠长的，颤抖地，有腔有调。我不理。我是一个不负责任的，没良心的看护。我恨这个病人，因为他在那里受磨难，终于一房间的病人都醒过来了。他们看不过去，齐声大叫"姑娘"。我不得不走出来，阴沉地站在他床前，问到"要什么?"他想了想，呻吟道："要水。"他只要人家给他点东西，不拘什么都行。我告诉他厨房里没有开水，又走开了。他叹口气，静了一会，又叫起来，叫不动了，还哼哼："姑娘啊……姑娘啊……哎，姑娘啊！"

当龙应台在读完了这篇作品后，不胜感慨地说："《烬余录》像一个历尽沧桑的百岁老人所写，但是当时的张爱玲只有24岁。读《烬余录》，我发现，使张爱玲的文学不朽的所有的特质，在这篇回忆港大生涯的短文里，全部都埋伏了。"（《期待人文港大》，《南方周末》，2005·6·30）她的代表作品中篇小说《金锁记》也是这样。在小说中，女主人公曹七巧，由于所嫁非人，她居然将"恨"转移到已成年的子女身上，她一手造成了子女的不幸，将此作为发泄自己情感的渠道：她逼死了媳妇，儿子终身未娶，并成了吸毒烟鬼；已是30多岁的女儿好不容易找到了对象，又被她一手破坏，致使女儿终身不嫁。张爱玲就这样以不动声色方式给我们讲述了这个残忍的故事，足以表明她的一贯"冷酷"。在《金锁记》结尾处，张爱玲说："三十年来她戴着黄金的枷。她用那沉重的枷角劈杀了几个人，没死的也送了半条命。"而她自己呢？也奄奄一息。曹七巧至死也不明白，她还认为自己是在爱她的子女，在这里，"爱"仅仅是恨的面纱，是"冷酷"的变异。这种以其对立面来掩盖某种本能于无意识之中的机制，就叫做“反向作用”。实际上，曹七巧的“冷酷”与张爱玲“冷酷”是完全一致的。

作为作家的张爱玲，她的“冷酷”使她的作品成了现代文学史上无可替代的奇葩。但是，“冷酷”的人品在为人处世中是不可取的，张爱玲晚景的凄凉就是“种瓜得瓜”：她74岁高龄时孤独地病死在美国洛杉矶一家公寓里，一星期后才被看门人发现。张爱玲“冷酷”的两面性，再次证明了德国哲学家康德所提出的“二律背反”的正确性。康德认为世界是复杂的，可以存在两个既同等正确而又互相矛盾的命题（或规定）。

（与翟大斌先生合作。原载于2010年10月1日《深圳特区报》和2020年4月21日中国作家网）

妙喻胜于雄辩

——让冰心告诉你生命是什么

生命是什么？生命的意义何在？可以说，自从有了人类，这两个问题就死死缠住人类的大脑。千百年来，无数哲人学者做出了无数的答案，凡人同样久久考虑这两个“哥德巴赫猜想”，由此写成的言论文章可谓汗牛充栋。特别是人进入老年后，这两个问题更是常常引起沉思。

也许用比喻来说明这个问题更容易一些。

于是，有人说，生命像火焰，它在舞蹈，那任性、多变的舞姿，恰是生命张力的表达；生命像大海，海浪在奔腾呼啸，正是生命搏击风云的身姿。

可是这样的比喻比较单一，只能对部分人而言，远不能表现出生命的多样性和复杂性。

又有人说，生命就像动听的歌，让人回味无穷；生命就似一场美妙的梦，让人迷恋和向往；生命像一面镜子，对着它皱眉，它回我们以皱眉，对着它微笑，它回我们以微笑。

可是这样的比喻诗意化了，远不能表现生命的严酷性和骨感性！

又有人说，生命像下棋，每一步都要深思熟虑，方才有胜算；生命像画布，全靠自己挥洒，才能活出个性；生命像玩牌，拿到好牌不一定赢，拿到坏牌不一定输，要看人怎么玩法。

可是这样的比喻太沉重了，生命远不止这么劳累，自有它独具的精彩和轻松的时刻！

说得最好最全面的还是，著名作家冰心在1947年写的一篇短短的散文《谈生命》，妙喻完胜于无数雄辩宏论。

文章开头说：“我不敢说生命是什么，我只能说生命像什么。”然后她用了两个巧妙的比喻，把生命比喻是“向东流的一江春水”和“一棵小树”。接下来，她分别描写了这两者的全部生命历程。

如她描写了“一江春水”的全部生命历程，暗喻了人生命中会遇到的不同状况，展示了生命的复杂性和多彩性。冰雪是他的前身，它发源以后“曲折地”向前走，“快乐勇敢的流走，一路上享受着他所遭遇的一切”，“有时候他遇到巉岩前阻”，“有时候他经过了细细的平沙……看见了夹岸红艳的桃花”，“有时候他遇到暴风雨”，“有时候他遇到了晚霞和新月”，时而怒吼，时而心平气和，时而快乐而羞怯，时而心魂惊骇，时而疲倦，却有力量催逼着他向前走，最后到达了“行程的终点”——大海。“这大海，使他屏息，使他低头，她多么辽阔，多么伟大！多么光明，又多么黑暗！”于是它消融归化在大海中，“说不上快乐，也没有悲哀！”在冰心的笔下，生命更多的是它的自然意义，像大自然的万物一样，兴兴衰衰，喜喜哀哀，直至死亡。无须因此添加许多不必要的感情负载。李白的诗句：“世间行乐亦如此，古来万事东流水。”正体现了这种透明的哀伤。

她又把生命比喻成一棵小树，“他从地底聚集起许多策略，在冰雪下欠伸，在早春润湿的泥土中，勇敢快乐的破壳出来。”不管他出生在什么地方，“他便伸出嫩叶来吸收空气，承受日光，在雨中吟唱，在风中跳舞，他也许受着大树的荫遮，也许受着大树的覆压，而他青春生长的力量，终使他穿枝拂叶的挣脱了出来，在烈日下挺立抬头！”他会开花，会迎来小鸟们的歌唱。“他长到最茂盛的中年，他伸展出他如盖的浓荫，来荫庇树下的幽花芳草，他结出累累的果实，来呈现大地无尽的甜美与芳馨。”所以，秋风起时，他却有了“成功后的宁静和怡悦！”终于有一天，在土地中，他消融了，归化了，但他“说不上快乐，也没有悲哀！”因为“也许有一天，他再从地下的果仁中，破裂了出来。又长成一棵小树，再穿过丛莽的严遮，再来听黄莺的歌唱。”

也正因为生命具有这种自然意义，所以生命中的悲喜苦乐相伴也就是必然的，“快乐和痛苦是相生相成的，好比水道要经过不同的两岸，树木要经过常变的四时。”因此，“在快乐中我们要感谢生命，在痛苦中我们也要感谢生命。快乐固然兴奋，苦痛又何尝不美丽？”也正如冰心后来在散文《霞》中写道：“快乐是一抹微云，痛苦是压城的乌云，这不同的云彩，在你生命的天边重叠着，在‘夕阳无限好’的时候，就给你造成一个美丽的黄昏。”

生命本身的意义正在于它不断成长或是不断前行！

当然，使每个人生命中的“巉岩前阻”“暴风雨”“乌云”或“覆压”“秋风”“朔风”能尽量地减少，是世界、国家、社会，也是每个人的责任！所谓“只要人人都献出一点爱，这世界就会变得更美好”，是大彻大悟的朴素真理，也是生命的社会意义所在，值得我们每个人牢记并融化在自己的行动中！古往今来已有无数仁人志士、精英楷模为我们树立了光辉的榜样！

所以，正如文中所说，尽管“在宇宙的大生命中，我们是多么卑微，多么渺小，而一点一滴的活动成长合成了整个宇宙的进化运行”。这就是生命的全部意义！至于你这个“一点一滴”在这个“进化运行”中做了多少，效果如何，那就体现了你生命的价值。泰国谚语说得好：“生命的价值在于使用生命。”或重于泰山，或轻于鸿毛！也正如冰心在文中所说：“要记住：不是每一道江流都能入海，不流动的便成了死湖。”但愿，我们的生命最后都能融入壮阔的大海，“也许有一天，他再从海上蓬蓬的雨点中升起，飞向西来，再形成一道江流，再冲倒两旁的石壁，再来寻夹岸的桃花。”

生命因此而不朽！

如司马迁，如伽利略，如鲁迅，如托尔斯泰，如胡耀邦，如袁隆平，如爱因斯坦，如今日英勇抗疫的中国青年……

（原载于2017年7月31日微信公众号“师者情怀”）

书能铸造健美而宏大的心灵

——读俄国作家契诃夫的小说《打赌》

大家也许听说过俄国作家契诃夫的短篇小说《打赌》，我在多年前看过，它给我留下了刻骨铭心的印象。它独具匠心，寓意深刻，它无情地嘲笑资产阶级金钱至上的恶习。今天看来，它更重要的意义，是反映了年轻人通过读书懂得了人生的真正意义，赞美了书籍对人生的重大引导和铸造作用。

小说写的是的是一位老谋深算的老银行家与一位涉世不深的年轻人围绕着刑法开始了一场荒诞的赌局：年轻人以人身自由做赌注，他将被囚禁十五年；而那老银行家则赌上他的万贯家财。双方议定：年轻人除吃喝外，唯一被允许的条件是：可以阅读各类的书籍，用一架可弹奏的钢琴，书籍和钢琴将相伴他十五年。此后，那个年轻人被囚禁在几个平方米的囚室内，室内只有一个小窗户，可递食物与书籍。在这十五年中，年轻人不可越雷池一步，否则协议失效，年轻人算输。

在开始的一年里，年轻人显得焦躁不安，在那几平方米的囚室内不停地走动，不停地在弹奏着没有章节的曲目，日子在寂寞与烦闷中滑过去了。终于有一天，当他百无聊赖之时，冥冥中，似乎有个声音在讲：孩子，你没有吃亏，从书籍中汲取力量吧！它会给你做人的准则。年轻人好似从那冥冥之声中得到了某种启迪，在以后在几年中，他逐渐地平静下来，潜心读书，致力于写作。他博览群书，如饥似渴，上至天文地理、下至历史哲学，大量阅读各类的文学作品与语言知识、乃至于圣经与医学，总之，无所不读。其间，他还不断地弹奏各类著名的古典音乐，求知欲愈来愈强，他在知识的海洋中畅游，身心起了巨大的变化。这丰厚的学识使他成为了一个满腹经纶、学富五车的人，逐渐攀上了知识的巅峰之冠。

而那位老银行家在最初的几年里，得意忘形。认为那个年轻人蠢笨到了极点，雏到底是雏啊！他不可能为了这钱财蹲十五年“牢狱”，荒废了自己美好的青春年华。他受不了这般苦难，过不了几年，就会弃之逃走。老银行家暗自庆幸自己当初的决断。但在以后的那些年月里，那个年轻人越安静，老银行家就越惴惴不安。尤其在协议将要临近之时，老银行家更加惶惑不宁：我将是一个行将就木之人，而且失掉万贯家财。而他，那个年轻人正是年富力强的好时光，前途无量。更重要的是他将获得本是属于自己的财产，成为万人瞩目的年轻富翁。想到这里，这位风烛残年、垂暮耄耋的老银行家起了杀心，决心去杀掉年轻人。

可是，当他拿着刀潜进年轻人的住房时，年轻人竟然不在了，他放弃了即将到手的万贯财产跑走了。老银行家发现了年轻人留下的一封信，其中写道：“我多么鄙视你们赖以生存的一切，我自愿放弃二百万卢布，我曾经对这笔钱梦寐以求，不，视为天堂，但现在我却弃为敝屣……”他看了那封信后，羞愧难当！

这个故事很耐人寻味。在今天的社会中，在一些人看来，肯定是不可思议的，他们一定会嘲笑这个年轻人是个大傻瓜，白蹲了十五年囚牢不说，还放弃了二百万卢布。这些人是不能理解这个年轻人读书的巨大收获的。读了十五年的书，他受到了深刻的教育，得到了难以估量的精神财富，具备了健美而宏大的心灵，明确了知识才是人生真正的财富，金钱物质犹如粪土！

有意思的是，这位年轻人开始读的是文艺作品，接着读的是各类科学著作，再读的是哲学著作，阅读的层次越来越高，真正验证了培根关于读书的那段名言，即："读史使人明智，读诗使人聪慧，演算使人精密，哲理使人深刻，伦理学使人有修养，逻辑修辞使人善辩。"总之，"知识能塑造人的性格"。希望大家从这个故事中得到更多的启发，希望我们如这位年轻人一样嗜书如命，建设自己健美而宏大的心灵，为中国梦和人类发展作出我们应有的贡献！

（原载于 2017 年 10 月 28 日微信公众号"江湖文学"）

《芳华》：苦痛中仍然闪耀高尚的人性光辉

一

《芳华》映完了，从电影院里出来，听见几个二三十岁的女子说："好惨呀，好看！"讲老实话，今天五十多岁以上的人，都会对这个"惨"不以为然。当年极左时期比这悲惨的人事多着呢，大着呢。好比是受灾年代，那部队文工团只是轻灾区，青年人在这里不仅衣食不愁，还可以施展自己的艺术才华，展现美好的青春活力，这比起外面乱批恶斗、家破人亡的重灾区，那就是天堂。

这样说，这部电影没有多大分量了。

错！

这部电影高就高在它独具慧眼，独辟蹊径，从人性的角度去挖掘表露人性与社会的对立、反抗及统一，批判社会的落后面黑暗面即负面，在苦痛中仍然闪耀社会正面之一——高尚人性的光辉。从而启迪人，鼓舞人，去塑造美好的人性，推动社会的前进。

而且，这不仅是对某段特殊的历史而言，而对历史各时期都具有普遍意义。任何时期的社会都有正面与反面，当然它们的性质和程度不同。但不管怎样，颂扬正面的高尚人性都是必要的。从这点看，作品的审美价值是分量很重的！

必须看到，社会的政治经济文化中的落后部分阴暗部分即负面，强制、改变、束缚、污染人的本性，使之扭曲或变“坏”。当时，即使是部队文工团这样的轻灾区，同样不可幸免。

如当时阶级斗争为纲和血统论甚嚣尘上，何小萍之所以偷拿军装去照相而且死不承认，就是因为她要把照片偷偷寄给被冤入狱的父亲，而这点千万不能让人知道，否则她难以在部队立足，这就是当时社会造成她的这一行为乖张，而这又正是她被集体奚落的开始。

又如当时社会视谈情说爱为洪水猛兽，为禁区，部队尤其如此，所以当有人说林丁丁是“侮辱活雷锋”时，她竟反咬一口，说刘峰“猥亵她”，断送了他的前程。这里面固然有林丁丁损人利己的可鄙一面，但也有她害怕社会偏见的客观原因。

又如活雷锋刘峰处处损己利人，也是当时政治思想的产物。他后来竟然有了强烈的求爱冲动，而这正是当时大陆改革开放春风吹进的结果。

最叫人寒心的是，一个集体对个体所谓“违规”的行为，竟然大都采取冷漠的态度，终使何小萍与之决裂，真不能不使人想到当时的环境高压，逼得许多人对人间不平采取“鸵鸟政策”。

所以形成刘峰、何小萍青春及人生悲痛的原因，既有他们自身的，更多的是社会造成。

作品如果仅仅局限在这里，那仅仅是一部批判性强的作品。难能可贵的是，作品还强烈地表现出处于弱势的小人物对社会负面的强烈抵制与反抗，从而闪现出人性的光辉，这才是作品最动人的地方。

二

我们有幸看到，在不幸与苦难的青春和人生中，两位主人公依然选择了正直、善良和坚强，并以此抵抗社会负面的沉重压制。

何小萍是作品着重刻画的女主人公。起先，她对家庭和社会带给她的“不幸”一直采取“忍受”的态度，这固然有几多无奈，但体现了她的善良。

接着，令人想象不到的是，在众人冷血式的漠视中，她竟然大声当众宣布要送刘峰离去！并且这样做了！当早晨她在部队文工团大门口送刘峰痛苦离去的时候，每位观众都为她的正直和勇敢留下感动的眼泪。

进而，为了抗议这种集体化冷漠，她竟然放弃自己所爱的艺术事业，勇敢地与这个集体决裂！

后来她走上前线，在敌机轰炸下无畏地用身体遮掩伤员。这就是小人物的英雄行为。

在刘峰残废及重病时，她把他接到身边照料，两人相濡以沫，用善良酿就温暖，执子之手，与子偕老！

她正直善良坚强的人性，像寒夜中的星星晶莹闪亮！像冬野中的一株寒梅娇艳坚强！给人感动，给人温暖！给人希望！

她在文工团为精神病人慰问演出的夜晚，记忆突然被激活，在广场上跳了一出优美精彩的《沂蒙颂》，其造型成了真善美的象征！

这是创演人员献给她的人生赞歌！也表达了亿万观众爱她敬她的心声！

另一个男主人公刘峰，用他一贯的损己利人和善良正直无畏，铸造了一个被冤屈的“缺损”的英雄形象。

他做了许多好人好事，是全军学雷锋标兵。抗洪救灾中，刘峰伤了腰，不能跳舞的他留在文工团成了“万金油”，什么杂活儿脏活儿都干。“有困难，找刘峰”成了文工团里不成文的习惯。

特别可贵的是，他在诸多男舞员“嫌弃”何小萍而不愿与她结伴跳舞时，竟挺身而出，自告奋勇做何的舞伴！

在诬陷和威胁面前，他竟一反温和，竭力抗争，使人对他刮目相看！

在自卫反击战中，他勇敢机智地与敌激战，不怕牺牲，爱护战友，果断指挥，重伤不下火线，成了战斗英雄。那十分钟的激战场面真是一场“英雄赞歌”！

后来，在市场经济的大潮中，他自身不足，落魄了。但他还敢于同枉法者们抗争。他念念不忘牺牲的战友，年年去云南蒙自为他们扫墓，并幸运地与病愈又一直未婚的何小萍相遇。

当他与何小萍并坐在长椅上，何说当年送他离开文工团时，有句话想说却没有说出口，现在可以说了，那就是“抱抱我吧！”刘峰听了，激动地把她搂在怀里。

相信此时所有的观众们都在为他们庆幸！为他们鼓掌！为他们流出热泪！这也就是在为正直、善良、坚强而庆幸，而鼓掌，而流泪！

上帝对好人最大的犒赏，就是让你做了一个好人！

当你走的时候，可以很平静，也很安心。

当然，还有那个萧穗子，影片的讲述者，她带着何小萍去取生活用品，敏感地发现工作人员没有发蚊帐，当即指出；当所有的人都针对何小萍的时候，她两次站出来说公道话。还有，那个文工团女导演的正派聪慧，政委的持重尽职，还有文工团演出时体现的青春的活力、激情和才华，都是重压下人性的亮点，令人心热。

三

有人说得好，社会的实质掌控着人性是否沦丧，反过来，人性是否美好决定着社会的面貌，而社会面貌是否健康美丽，关系着人类的命运。人性与社会密不可分，两者互相影响，互相排斥，互相抵抗，互相适应，互相促进，互相轮回。社会是一棵树，而人性是其根须，根深则枝茂，根正则苗红！所以大力坚持并弘扬美好的人性，是人类世世代代的共同使命！

从这个意义上来说，《芳华》及类似的文艺作品功德无量！

芳华，意为芳香的花；美好的年华。大都用来比喻青春年华。出自《楚辞·九章·思美人》："芳与泽其杂糅兮，羌芳华自中出。"

清代龚自珍《洞仙歌》词云："奈西风信早，北地寒多，埋没了，弹指芳华如电。"道的是青春易逝。

然而，"黄昏礼赞白昼，暮年礼赞人生"，只要你坚持人类固有的美好品质，相信你的青春岁月一定会像如同何小萍的那样，作一场美丽动人的舞蹈演出，翻卷婀娜闪亮的姿态，拨动着人们的心弦！

（刊登于 2017 年 12 月 24 日微信公众号“知青网”）

一部被忽视的令人泪下如雨的好电影《五月八月》

一个偶然的机会，我在网络电视上看到这部摄于2002年的电影，愧恨自己为什么一直没有看过这部好影片。今天适巧是南京大屠杀公祭日，就以此短文作为对公祭日的悼念吧。

看过《金陵十二钗》《南京！南京!》这样的大角度大制作，惊心动魄，愤慨不已。而看《五月八月》这样的小角度小制作，同样的感受，不同的是增加了更多悲哀的泪水。

《五月八月》的故事背景是日寇南京大屠杀，以南京老百姓尤其是两个小女孩的遭遇为故事主线，更使人深入到当时在日寇烧杀奸淫下普通老百姓的悲惨遭遇中，尤其是儿童们过早的悲惨生活中，使人不禁一再流下同情的泪水，跟过去看朝鲜电影《卖花姑娘》差不多。尤其是电影的下半部，两个孤儿辗转流离，饥寒交迫，最后只能面对着滚滚的长江水，呼喊他们被日寇残杀的父母外婆，每一个观众都会由衷感到国破家亡的惨痛，深刻领悟到“落后只会挨打，懦弱只能受辱”的道理！

可悲可恨的是，如今仍有不少公知、美粉和糊涂人，仍然一味地宣扬汉奸文化，每当国家和人民受到外来威胁或侮辱时，他们不是仗义执言，挺身而起，而是自责自怨，为敌帮腔，主张苟且偷生甚至屈膝投降！

我不知道这些人看了这部电影会怎么面对？我不知道在南京大屠杀中牺牲的30余万中国军民，如果知道今天中国还有一群这样“吃里扒外”家伙时，他们会不会揍扁了这些蠹虫！

还需要一提的是，该片主演、著名女演员叶童在片中有极其精彩的表演，为此，荣获第22届香港金像奖最佳女配角奖提名。该片还荣获第10届中国电影华表奖优秀合拍片奖提名。

附：

为帮助了解剧情，特将百度上的剧情简介转载如下：

五月（徐忻辰饰）和八月（裘立尔饰）是一对姐妹俩，她们本来生活在一个幸福的家庭，爸爸（林泉饰）在中学教书，妈妈（叶童饰）美丽聪慧，家里还有奶奶（宋光华饰）。

时局转劣，人心惶惶。邻居丽丽（王楠饰）一家要外出避难，孩子们有些依依不舍，这让妈妈很是担心，于是开始做一些避难准备，让两个孩子练习快跑。可是，日本军队进城后不仅封锁全城，而且大肆屠杀。逃亡的邻居不是被枪杀，就是受重伤，妈妈更是忧心忡忡。家里断粮了，爸爸不得不冒险上街闯一闯，打算用衣物换取粮食，小狗阿宝尾随其后。全家人焦急地等待着爸爸的归来，最终等到的是阿宝叼着爸爸的一只手臂。妈妈伤心欲绝，可是面对着一家老小，她更要坚强起来。于是，她把阁楼的梯子劈掉，改为密室。然后将阿宝放逐河流，以免引起日本兵的注意。夜里，日本兵逐门逐户地杀掠，五月家也未幸免。奶奶被打死，妈妈惨遭蹂躏，躲在阁楼里的姐妹俩逃过一劫。这时候，八月却发烧了，妈妈只好冒险出外求药，不想再失去妈妈的五月紧跟其后。不幸在回来的路上，母女俩遭到一小队日军的追捕。为了两个女儿的安全，妈妈引开了日军的注意。五月亲眼看着妈妈被十几只日军的魔爪拉去。

从此，五月开始了照顾妹妹的责任。被教会难民营里的修女(叶琳娜饰) 收留了一段日子后，姐妹俩终于见到了舅舅（张艺军饰)，来到了镇江。一天，五月、八月、天宝表哥（李栋辉饰)跟婆婆前去拜佛。在芦苇岸边，五月认识了喜爱画画的男孩方毅(薛斌饰)。在他的素描里，展示的都是骇人的尸体、残骸断臂、血红河水，原来方毅也是南京城逃亡出来的孤儿。从此两个人成了好朋友。

日军终于打到了镇江，舅舅被炸死，舅母、婆婆带着天宝离开镇江，无奈留下了姐妹俩。五月、八月、方毅三个孩子，坚强地生活在一起。方毅告诉她们，父母们已经被烧化成灰尘，形成了烟云，然后又变成了雨水，落在长江里。于是，他们来到长江岸边，和爸爸妈妈说再见。五月把这些话告诉给南下的孤儿们，孩子们对着滔滔江水大叫：“妈妈，我爱你。”五月终于放声大哭，把心中的抑郁尽泄于风雨中。

（原载于2018年12月13日长江树A的博客)

五四·凤凰·火

——重读《女神·凤凰涅槃》抒怀

一

除夕将近的夜空中，一对凤凰飞到丹穴山上，在黑暗中怨愤地唱着给旧世界的葬歌，无视岩鹰、鸱枭们的嘲笑，毅然举火自焚！

熊熊烈火中，黑暗消退，黎明来临！凤凰和万物歌唱舞蹈，庆贺自己与宇宙的再生！

郭沫若先生在其1920年1月发表的力作《女神：凤凰涅槃》中，谱写了一曲华美壮丽的凤凰再生之歌，它是五·四呼唤新民主主义革命的不朽之作！

郭先生自己说，这凤凰是祖国的诞生。涅槃，为佛家语，大意是命终升天，死而再生。郭先生却赋予它在烈火中求得再生的新意。

五百年来的眼泪倾泻如瀑。

五百年来的眼泪淋漓如烛。

流不尽的眼泪，

洗不净的污浊，

浇不熄的情炎，

荡不去的羞辱，

我们这缥缈的浮生，

到底要向哪儿安宿？

要焚毁这被压制在帝国主义和封建主义恶魔下的旧中国，必须让她在烈火中求得再生。

尽管这是痛苦的，但苦中有乐，破中有立，死中有生！

鸡鸣

听潮涨了

听潮涨了，

死了的光明更生了。

春潮涨了，

春潮涨了

死了的宇宙更生了。

生潮涨了，

生潮涨了，

死了的凤凰更生了。

凤凰和鸣

我们更生了。

我们更生了。

一切的一，更生了。

一的一切，更生了。

而凤凰要完成这从苦到乐、从破到立、从死到生的转化，就必需“火”！

这“火”就是“五四”点燃的那种自强不息、焚毁黑暗、求得光明的革命烈火，它要“涅槃”出一个独立、科学、民主的社会主义新中国！

郭先生在诗中满腔热情地反复唱道：“火便是你。火便是他。火便是我。”历史要求千千万万个“我”，人人有责拯救祖国走向光明！

二

火啊！你是人类无数发现中最伟大的发现。人类因为获得火才能熟食，从而优化大脑，最终与动物分开。

因此，正是你使我们古老的祖先从漫漫长夜走出来，迎接了新的灿烂黎明，完成了人类第一次伟大的自我救赎，奠定了人类文明大厦的第一块基石！

为了赞颂你的伟大到来，地球上各族人民都存有你的神话。

如古希腊人创造了取火者普罗米修斯的伟大形象。普罗米修斯不愿让人类在无尽的黑暗中忍受寒冷的折磨，所以他请求众神之王宙斯将火赐给人类。然而，宙斯拒绝了，普便冒险潜入，从天上偷来珍贵的火种给人类。宙斯勃然大怒，把普罗米修斯绑在高加索的悬崖绝壁之上，还每天派出一只鹫鹰来啄食他的肝脏，如此剧痛居然延续了三万年的漫长岁月！

但普罗米修斯始终没有屈服，日日夜夜向天庭发出战斗的诅咒，他被马克思誉为“哲学史上最崇高的圣者和殉道者”。

又如在中国古代传说中，祝融是上古南方的一位火神，《山海经·海外南经》把他描绘为人兽合体形，人面、兽身，骑着两条龙。它“能明显天地光明”。(《国语·郑语》) 又有古书上说祝融是灶神，传说中的祖先黄帝、炎帝都当过灶神。“炎”即“火”，当是火神无疑。“炎帝为火师。”(《左传·哀公九年》) 意谓炎帝是火的掌握者和使用者，能钻木取火，煮熟荤臊食品，使人们吃了不会生病。于是崇拜火的氏族，便奉炎帝为神。

黄帝和炎帝，标志着中华上古祖先掌握了火并完成了进化，这是中华民族一个重大的历史性的飞跃！

也许史笔正从这里开始，把“火”当成了革命的象征！

正如《凤凰涅槃》所描绘的那样：

雄鸡高唱，
春潮翻卷，
烈火翱翔，
万物欢唱，
世界为之焕然一新！

其宏伟壮丽之景非“火”之力不可造也！

三

如果说，五四烈火是中华凤凰开始新民主主义革命的第一次涅槃；如果说，新中国成立是中华凤凰的第二次涅槃；那么，中国开始改革开放全面复兴就是中华凤凰的第三次涅槃！它是更壮丽更宏伟更幸福的涅槃！

如果说，黄帝、炎帝是“火”的掌握者和使用者，那么，今天千千万万的炎黄子孙更是“火”的掌握者和使用者，在他们及其后代手里，将实现中华民族历史上最伟大的复兴！

今天他们已创造了一幅又一幅壮丽的图景呈现在地球上，举世最美的凤凰正在神州大地上飞翔！

我们光明，我们新鲜，
我们华美，我们芬芳，
一切的一，芬芳。
一的一切，芬芳。

四

啊！火啊，你高耸的破旧立新、自强不息、追求光明的中华民族精神永不熄灭！

你喷射的救亡图存、复兴中华、傲立世界各民族之林的爱国思想光芒永照神州！

火便是你。

火便是他。

火便是找。

火便是火。

（原作于 1978 年 10 月 1 日，改动于 2019 年 4 月 26 日）

（原载于 2019 年 5 月 4 日微信公众号“今日头条”和 2020 年 4 月 21 日中国作家网）

盘点 2019 年所看过的电视剧，《河山》等 11 部尤佳

有了网络电视，这一年在家看了二十多部电视剧，盘点一下，很有意义。首先，必须肯定的是，国富民强，人才辈出，带来文化大发展！中国电视剧创作的整体水平越来越高，佳作迭出，令人惊讶！它们大多来自现实生活，题材新颖别致，故事情节跌宕起伏，人物新鲜多样，内涵丰富多彩，演员各具神采，让广大人民群众尽享精神盛宴。仅是我今年所看过的电视剧，我认为十分精彩的有以下 11 部：《河山》《都挺好》《鸡毛飞上天》《深海谍战之惊蛰》《密查》《外交风云》《无证之罪》《白日追凶》《把世界还给你》《浴血红颜》《三妹》等，并作简单的点评。不过仅限于本人所观看，也不一定是 2019 年首演的，所以局限性很大，只作抛砖引玉。特作此说明，不要误解。

一、《河山》

壮哉大黄河，勇哉中条山，英哉大柳镇！一首中华民族抗战的英雄颂歌。内容丰富，情节跌宕，场景壮阔，特别是众多人物形象，卫大河（王新军饰）、卫锡铭（李雪健饰）、简秀章（张

嘉译饰）、高晓山（韩立饰）、李汉桥（孙大川饰）、刘不准（马刚饰）、狗娃（王继康饰）等个个土色土香，出神入化。特别有创意的是，陕西大柳镇成了中华民族勤劳勇敢和优秀文化的一个代号，镇民们忠孝节义，爱家报国，几番将自己的子女送上抗日战场，前仆后继，慷慨悲壮！不足之处是个别情节发展似乎仓促。

二、《都挺好》

原生态的中国当代家庭生活写照，不回避丑陋，敢于给家庭和人性揭底。又有时代发展带给家庭的新元素，十分现实。人物栩栩如生，寓理意味深长。苏明玉（姚晨饰）是最大的亮点，她的仗义而为和无私奉献，化解了一家人的性格死结，才有了全家的“都挺好”。她、父（倪大红饰）母、两兄弟（高鑫和郭京飞饰），个个表演出众。不足是大结局来得简单了一些，使人感到不是都“挺”好，而是都“还”好。

三、《鸡毛飞上天》

该剧是改革开放的一首动人赞歌。获得许多大奖，名副其实！它自上个世纪七十年代开始的“义乌小商贩”故事开始，以陈江河（张译饰）和骆玉珠（殷桃饰）曲折动人惊心的爱情、婚姻和命运为主线，描摹了义乌改革发展30多年曲折而辉煌的历程，折射出中国改革开放的壮丽图景。以小人物反映大时代，以故事表现大道理，它是举重若轻！内容丰富精彩，场景广阔真实，波浪迭起，峰回路转，如入其境，令人感慨不已。男女主人公的逼真表演更是赢得满堂喝彩。

四、《深海谍战之惊蛰》

最突出两点：一是题材奇特，男主人公陈河竟然为三面间谍，被日本特务机关逼到重庆做卧底，每时每刻有被揭穿的可能，险象环生，抓住观众眼球。二是人物在斗争中迅速成长，闯过重重狂风恶浪，一个上海滩上的小混混最后成为一位勇敢的中共地下党，合情合理，揪住了观众的心。表演到位，众女角余小晚（阚清子饰）、张离（王鸥饰）、唐曼晴（王婉娟饰），形象和个性皆突出，使人难忘。不足之处是有些情境不够合理。

五、《密查》

抗战国共合作时期有位八路军名将被军统秘密绑架至牺牲，此片即据此通天大案改编。男主人公武仲明（郑凯饰）为地下党，为国民党查此案主角，可此案由蒋介石一手酿造，如何查得了?！武陷入重重困境中，根本完成不成任务。然而奇迹发生了，在隐藏极深的地下党蒋宝珍（邓莎饰）机警而巧妙的帮助下，竟然步步进逼真相，直至水落石出。真是天下无难事，只怕有志人！情节不断反转，主角不断死里逃生，考你智商，扣人心弦。蒋宝珍这个角色写得太妙！

六、《外交风云》

史诗性作品。以宏大的历史视野，真实地再现新中国成立以来30年的外交进程和历史巨变。作为老三届人，对这些历史还是比较熟悉的，但真正通过艺术再现来接受，还是令人兴奋的。如钱学森是怎样回国的，其过程就十分精彩。特别是历史场景波浪壮阔，事件细节真实披露，诸位领袖人物容貌真实再现，如回当年岁月。也足见编、导、演功力非凡。

七、《无证之罪》

曾有人谈他进了刑警队的体会，说是你根本想不到许多案件都是离奇古怪的，难以想象的。此剧正证明了这点。它迷雾重重，演进却又是合情合理。一个秉公执法的大法医骆闻（姚橹饰），为了寻找失踪的妻女，竟然不惜犯下连环杀人案，引导警方去追查绑架者，由白转黑。而正义感满满的高智商的民警严良（秦昊饰）步步追击，终于在“有证”的情况下将凶手击毙。主犯李丰田（宁理饰）狠毒无比，令人生畏。从犯郭羽（代旭饰）是高智商犯罪，令人惊叹不已。此片还高在对人性的挖掘。人的性格促成了案件，案件又反过来影响人的性格和命运，从而又形成新的案件，错综复杂，扣人心弦。

八、《白日追凶》

同《无证之罪》一样，剧情离奇古怪，云山雾嶂，却又是人物性格使然，符合逻辑。此剧还妙在一对孪生兄弟（潘粤明饰），一个是刑警队长关宏峰，一个是被诬陷的“罪犯”关宏宇，他俩竟然还要互换角色，“罪犯”到刑警队去冒充哥哥工作，尽管也露出马脚，但也侦破了一系列案件。最后也是云开雾散，关宏宇洗清了罪名。故事拿人，人物形象鲜明。

九、《把世界还给你》

此为都市悬疑偶像剧。题材独特新颖时尚，赞颂了真爱、友情和公正。讲述的故事是，一对恋人沈忆恩（古力娜扎饰）和叶齐磊（杨烁饰），在法国经历了生死离别后又在国内时尚设计的商圈重逢，一连串的误会和阴谋使他们相杀相爱，最终在真爱不移的坚持下终获幸福。商战加情战，悬念做足，各种桥段轮番登场，待解谜团越堆越大，而且人物关系错综复杂，紧张揪心，最后才破镜重圆。其中有很多时尚元素，换脸术、时装表演、黑客逞威、杂志转型、股权争夺等，使人大开眼界。

十、《浴血红颜》

题材倒不新，但编导显然是行家高手，把一个红军战士肖红绣（刘芊含饰演）在战争中成长的故事及其大家庭的演变，讲得精彩纷呈，有条有理。各色人物，一个封建大家庭里男男女女，和国民党中央军、特务、地方武装、日寇、土匪等，关系错综复杂，斗争犬牙交错。该剧巧妙地把情节线和人物情感线紧密结合起来，演绎相爱相杀、复杂纠结的男女情、父子情、母女情、兄弟情、战友情，并使其成为推动故事发展和人物成长转变的强大动力，是一出南方乡镇杰出的革命战争传奇。

十一、《三妹》

此片看得令人气愤，特别是遭到许多年轻人痛加鞭笞。原来主人公、农村民办教师何三妹（练束梅饰）的遭遇太不幸了！在爱情婚姻、政治前途和个人工作上屡屡遭人暗算，饱尝屈辱痛苦欺凌而毫无还手之力，亲人和社会伸出的援手也苍白无力，怎不叫人气愤！虽然最后女主人公熬到改革开放，获得了国家表彰，使人略感欣慰，但往事仍然刻骨铭心。不过，老年观众对此剧还是加以高度赞扬的，因为该剧发生在极左岁月里，当时黑白颠倒，权势压人，发生这样的事完全是可能的，老年观众不禁联想到自己，也有类似的不幸遭遇。而对于年轻的观众们来说，这些发生在上世纪70年代穷乡僻壤里的事，恍如远古，他们根本不理解。这，就是代沟。该剧故事曲折，乡土气息浓厚，人物形象鲜明，比较真实地反映当时的困境，令人难忘！

（原载于2019年12月15日微信公众号“今日头条”）

Part 04 杏林采霞

C H A N G J I A N G L I U

校园之歌

这支校园之歌是绿色的，绿得像草坪上的茵茵小草，绿得像校舍四周的郁郁松柏，绿得像石阶旁的簇簇竹林，绿得像道路边的行行冬青……

绿色，向来就是生命力节节向上的象征！

走进校园里的是少年，像初春的小杨柳，生嫩而新鲜；走出校园的是青年，像碗口粗的小杉树，蓬勃而有为。一年又一年，一代又一代，啊！校园，难怪人们爱称你是绿色的摇篮！

走进芜湖一中教育陈列室，你可以强烈地感受到这一点。这里陈列着建校二百多年来特别是解放38年以来大批毕业生的各种资料，令你目不暇接。

你看，这是中国革命文学的前驱——蒋光慈的文集，正是在这所校园里，五四时代的蒋光慈，在师长们的指导下，成了一只叱咤风云的雄鹰；你看，这是北京大学著名教授吴组湘先生给校“芸萃文学社”题写的社名。1922年，年轻的吴组湘来此求学，并在此迈出了他文学创作的第一步；请打开《革命烈士传》吧，北伐铁军独立团一营营长曹渊的事迹惊天动地，而他正是在这所校园里开始了他的革命生涯……

啊！芜湖一中，它为中华民族的进步和解放培养了多少仁人志士和饱学之才！今天，在社会主义建设中，它又奉献出一批又一批的“新绿”，其中不少已成为栋梁之材。如著名数学家、美国“陈省身数学奖”得主钟家庆，全国劳模、特级教师徐桂生，诗人、《诗刊》副主编刘湛秋，多次获得全国枪术冠军的女运动员方坚……

听，校园里正响起嘹亮的校歌声：“精英荟萃，扬子江畔，百年风雨，桃李芬芳……”

校园之歌是褐色的，它就像灵秀而丰厚的江南土地一样，屡遭风雨而几度苏生，饱经忧患而硕果绚烂。

这所学校的前身最早是清代的中江书院，建于1765年，至今已有222年的历史。1903年，学校迁到风光旖旎的赭山西脊，改名为皖江中学堂（后为省立五中、省立七中等）。

旧地重访，已不见昔日校舍的踪影，伫立山脊，可见滔滔长江拍打着江城堤岸，往日的光荣和艰难又在历史的长河里显现：这里曾是辛亥革命中江流域的大本营；曾是安徽和芜湖新文化运动的摇篮；曾是安徽和芜湖五四运动的烽火台；也曾是最早宣传马克思主义的讲坛。陈独秀、张伯纯、柏文蔚、恽代英、高语罕、刘希平、蒋光慈、阿英、沈泽民……都曾在这里留下了战斗的呐喊……

大江东去，浪写下无数历史篇章。

1952年，一中正式迁市东郊张家山。这里，地域广大，风景优美，林木葱茏，屋宇俨然。三十多年，在其历史上不过是七分之一，然而，它却取得了迅速的发展。“文革”一场浩劫，褐土地为灾难的冰雪覆盖，但春天的到来仍是不可抗拒的。改革开放的春风焕发起更大的潜力，它的各项工作很快在省内居先进行列。1984 年，一中被评为省先进集体，1986 年被评为省“教书育人”先进单位。特别是 1960 年学校作为全国、安徽省先进单位，光荣地出席了全国和全省的文教群英会。再下面呢？就要问这里的同志们了。请再听这校歌：“古老学府，育英摇篮，人才辈出，群星灿烂”……

这支校园之歌是红色的，红得像花坛里的牡丹、月季、罂粟、石榴，红得像少女们的连衣裙，红得像少男们的运动衫……

红色象征着青春、活力和希望。

1987 年 5 月 29 日，市工人文化宫。天幕上，一中首届艺术节的徽记——一只彩蝶熠熠生辉。舞台上，身着艳丽服装的少男少女们弹着吉他翩翩起舞，阵容浩大的合唱队挥舞团团花束放声高唱。整个艺术节历时四天，共演出了六场近一百个各种文艺节目，举办了美术、书法、摄影等五项展赛和三种征文比赛。

1987 年 10 月 27 日，一中大操场。雄壮的运动员进行曲和热烈的掌声有节奏地震荡长空……整个体育节历时一周，共举行田径、球类、自行车、棋类等八项大赛，在新刷白的跑道上，在绿草如茵的足球场上，在安静而紧张的棋赛室内，到处充满热烈的竞争……

也许你要惊讶学校为何用如此大的精力来搞文体活动，你可以在学校图书馆大楼的迎面屏风上找到答案，那就是邓小平同志的题词：“教育要面向现代化，面向世界，面向未来。”

（原载于 1987 年 11 月 25 日《安徽日报》）

特区中学生五彩的内心世界

走向市场经济的选择，必然会使我国社会发生深刻的变化。它给尚在成长期的中学生会带来什么？这自然是更深刻更敏感的话题。深圳经济特区，作为我国经济体制改革的“先行官”，作为提前建立社会主义市场经济体制的“窗口”，已经能看到新的经济体制对广大青少年学生的重大影响。最近，全国闻名的深圳实验学校（市重点）团委花大气力对该校学生进行了一次综合问卷调查，共收到有效问卷1234份。我们通过统计和分析，触摸到了在新的时代条件下特区中学生多姿多彩的内心世界。在这里，向大家作一个简要的分析介绍：

一、大多数中学生崇拜周恩来，但同时又非常看重自己

——你最崇拜的人

学生的答案从多到少的顺序是（以下皆同）：

周恩来>父母>自己>居里夫人>老师

占第一位的是周总理，说明了特区青少年仍保持了正确的传统信仰。不过，略为不同的是，除了政治思想上的原因外，他们

似乎更欣赏周总理的人格魅力和潇洒风度，欣赏周总理周旋于种种时代风暴中所表现出的沉静、睿智和从容，曲折地表现了他们希望能有个真诚而友善的人际环境，这是他们开始步入社会时的特定的善良愿望，也折射出当前社会市场经济条件下变幻多端的社会生活现象。

把“自己”列为第三偶像，是他们个人自主、自爱、自尊意识趋强的表现，也是成才意识的反映，体现了竞争向上的社会对个人自我意识的正面刺激。

另外，他们崇拜的偶像范围很广。处第一位的周总理，选择率也只有 10.9%，其他如拿破仑、武则天、玛丽·梦露等皆入围，甚至有个别人写希特勒（这当然是错误的）。这反映了特区大力对外开放和市场经济建立以后，社会人生价值取向的多元化及其对青少年的复杂影响。

二、真诚是中学生推崇的第一品德，但他们也非常欢迎幽默

——你最欣赏的个性品德：

真诚>幽默>友善>正直>热情>理解>负责任……

——你最憎恶的缺点：

虚伪>自私>势利>告密>贪婪……

——你最能原谅的缺点：

怯懦>冷漠>轻信>懒惰>失信……

从上可看出，青少年特别需要一个真诚而友善的人际环境。这是他们开始步入社会时特定的善良愿望，也折射出当前社会人际环境不佳的一面。

“最能原谅的缺点”第一位竟是“怯懦”，说明了他们内心深处面对充满竞争的世界和未来时信心的不足，以及对激烈竞争的不适应，因为他们毕竟年少。这点和前面把“自己”列为崇拜偶像似乎矛盾，但实际上是一种表里关系的互补。也说明要加强对青少年的意志磨炼和实践活动。

幽默品质大受欢迎，表明了现代人的心理需求，希望在快节奏、有压力的生活中求得轻松快乐。

三、风声雨声读书声，社会不良之风无一不影响中学生

——你认为对未成年人有不良影响的因素有哪些：

不良朋友的拉拢>街头内容不健康的书报杂志>赌风吃喝风走后门等社会不良风气>钱多追求高消费>家庭不和>放任不管……

以上各项意义自明，值得全社会的成年人反省。

特别是某些机关行政部门的衙门作风和“不花钱办不成事”的歪风以及假冒伪劣产品的肆虐横行，对学生的思想健康带来很大的冲击。这点在学生回答“你对社会风气根本好转的态度”一题时便可证明，回答“有信心”的学生只占43.8%，而“信心不足”的多达42.5%，认为“难以实现”的还有10%。而且，越是高年级的学生越缺乏信心。这说明在市场经济的条件下要大力加强廉政建设和法制建设。

值得玩味的是，有32.4%的学生认为“钱多追求高消费”是影响他们健康成长的因素。这一点，是出乎家长们的意料之外的。不必讳言，今天特区青少年的生活比起内地，真是在“天堂”之中，一个学生每月有一二百元的零用钱是普遍现象，众多“大款”的孩子的消费水平令人瞠目，典型的例子是一个孩子过生日耗费数万元。但是孩子们毕竟在学校里受到的正面教育多，毕竟掌握了一定的知识，而不少“大款”本身的文化素质很低，有的甚至是“文盲”。

四、经商致富成了此间中学生的第一选择

——你向往的将来职业：

经商>科技人员>文艺工作者>法律工作者>机关干部>军人警察>记者>一般文职人员>医务人员>教师>运动员>服务行业人员>普通工人>司机比较符合特区各种职业所占的社会地位。

把“经商”作为第一选择，显示了时代的巨大变化，也表明市场经济已大大改变了人们的择业观念和价值观念。“科技”作为第二选择，可喜可贺，说明了“科技是第一生产力”的观念深入人心。与过去的学生一心想当科学家并不完全相同，过去侧重于事业，现在侧重于名利双收。

“文艺工作者”排在第三位，这点似乎出于人们意料之外，然而联系到特区歌舞业的繁华，联系到青少年对歌星影星（尤其是港台的）的崇拜，就很好理解了这一选择有明显的浪漫色彩。

可悲可叹的是，“教师”这一职业仍是排行“老九”，说明特区也同样存在急需提高教师待遇的问题。按说特区要大力发展经济，自然会重视教育，然而，因为这些年特区吸引和引进了全国大量优秀人才，所以“丰年”不愁“荒年”，不着急，但这只是权宜之计。

五、渴望接触社会，走向社会

——你对学校每年所组织的作各种大型活动，感到收益最大的是：

秋假社会考察周（占68.6%）

——最感兴趣的是：

秋假社会实践周。

每年为期一周的秋假是该校实施素质教育的一项重大措施，学生们走向社会，开阔眼界，接受锻炼。它能受到学生青睐，表明了特区青少年更渴望了解周围丰富多彩的外部世界，并望能得到一些实际锻炼，这对封闭式的传统教育也是一种批判。

六、尽管开放程度比内地高，但对“早恋”大部持反对态度

在早恋问题方面，设计了五项选择：

①中学生谈恋爱有助于互相帮助。

②中学生身体发育到一定程度，需要谈恋爱。

③中学生各方面尚未成熟，不宜谈恋爱。

④中学生谈恋爱是糊涂、错误的行为。

⑤不知道恋爱是怎么回事。

结果，选择①的占4.9%，选择②占4，1%，选择③占1.5%，选择④占25.7%，选择⑤的占13.8%。可见，仅有9%的学生对早恋持赞同态度，而77.2%的学生持反对态度，还有13.8%的同学还未“启蒙”。说明大多数学生在此问题上采取了明智的求实的态度。不过，普通学校的有些学生早恋现象较严重。还有一点区别是特区青少年学生男女之间平时交往很多，不像内地一些地方，男女一接触就满“校”风雨。

七、课外阅读方面，与内地有异有同

——哪些报纸你比较感兴趣：

《深圳特区报》>香港《文汇报》>《参考消息》>《中国青年报》

——你最感兴趣的杂志：

《读者文摘》(16.5%)

——你经常选看的电视台：

香港台（77.6%）>深圳台（29.3%）>中央台（26.6%）

喜爱《读者文摘》这一点与内地青少年相同，表达了纯真的青少年对真善美的认同和追求，对高尚而美丽的人格力量的崇敬。关注深圳和香港的新闻与内地有所不同，也属自然地理环境不同的制约。

（原载于1992—93学年度第17—18期《山花读写导报》和1993年3月1日《深圳商报》）

从“天方夜谭”引出的素质问题

前人栽树，后人乘凉

一位教师要带一学生去某处参加领奖会，自己骑了一部单车，还准备替学生借一部单车，可那位学生说：“老师，不用了，我打的。”老师一下子愣住了。

有些中学生专看报纸上有什么新式的饭馆开张，一旦见到，立即邀好友前去“尝鲜”，再向别人宣传。

几百块钱的名牌服装和名牌运动鞋，已成为不少学生的日常衣着。许多学校都要求学生天天穿校服，但稍一放松，不少孩子又穿起名牌服装。

要问哪里小店的生意最红火？往往就是校园里的小卖部。从早到晚，那里人头攒动，每天花几块钱是“小菜一碟”，花十几、几十的，大有人在。有位教师见一学生花钱大手大脚，仅早餐就用了近 20 元，便问他“你父母每月给你多少钱？”学生笑而不答。

“50 元？”学生摇摇头。

“二三百元？”老师以为这总差不多了。不料学生答道：“老师，二三百元哪够用呀！”如果是 10 年前，上述的这些事例都是“天方夜谭”。可随着特区建设的迅速发展，人民生活水平的提高，特别是“大款”们的成批出现，青少年的消费水平大幅度提高，真是赶上了“乘凉”的好时代。但光会“乘凉”，不会“栽树”，恐怕只会成为败家子。这可能绝不是危言耸听。

前不久，有人从教育学的角度，对这种“乘凉”现象做过分析。认为贪图享乐一是会导致学生胸无大志，不愿严格要求自己，不图上进；二是会腐蚀意志，使学生怕吃苦，怕受挫，怕磨炼，从而无法刻苦学习；三是有些学生因沉溺享乐而滋长不少恶习，甚至引起道德失范违纪犯法。如现深圳的一些学校中就有人抽外烟，考前盗卖试卷题，勒索低年级学生钱财，找女朋友鬼混等等。

难怪最近报载，一位外国教育专家在我国街头看见了衣着远远厚于爷爷奶奶的小孩子，感慨地说：“我很为你们中国的未来担心。”

对素质问题的思索

日本的消费水平很高，但日本始终不忘对青少年进行艰苦奋斗的教育。

报载，日本每年要安排青少年“上山下乡”一个月，参加劳动锻炼，磨炼思想和意志。日本有些幼儿公园，只准孩童穿短裤，迫其进行身体和意志锻炼。

瑞士也是个生活水平很高的国家。可他们同样不忘对孩子进行艰苦创业的教育。他们的劳动教育课时间相对较多，其目的不在于要学生生产商品，而是让学生从中了解创业的艰难。他们还在幼儿园的墙上挂满了锉子、锯子、钳子等等工具，让幼儿从小就了解到，他们的父辈就是用这样简单的劳动工具，创造出今天繁荣的社会。

我市实验学校，在这方面也有不少成功的做法。如学校自1985年创办以来，始终坚持进行了理想教育，要求师生有“成为中华民族脊梁”的高尚追求，并将此定为学校精神。学校每年秋季举办一次社会实践周，带青少年学生到农场、工厂参加劳动，进行远足训练等，借此锤炼他们艰苦奋斗的精神和意志。这些都是值得仿效的。

就社会、家庭而言，要大力倡导拼搏和奉献的精神。做家长的不仅自己要正当消费，而且要引导孩子正当消费，多搞一点“素质”投资，如给孩子多购置些好的书籍报刊、科技模型、美术音乐体育用品等。同时，不要忘了经常对孩子进行理想教育和艰苦奋斗的教育，这种教育不能是干巴巴的、生硬的，而是要同社会实践和生活实际结合起来，孩子才乐意接受。

光辉的21世纪在向我们招手，更艰巨的现代化建设的重任摆在前头，我们这一代青少年不仅是“乘凉”，更重要的是要愿“栽树”，能“栽树”。只有这样，我们的民族和国家才能有美好的明天。

（原载于1993年2月17日《深圳商报》）

教孩子学会与人相处

叶圣陶先生是我国杰出的文学家和教育家，他的大儿子叶至诚也是一位名作家。一九九〇年是叶老逝世一周年，叶至诚先生在《文艺报》发表了一篇题为《几件小事》的纪念文章，引起了读者的浓厚兴趣。但这篇文章开头却大大出乎读者们的意料，叶至诚竟“批评”了他的父亲。

叶至诚先生列举了两件小事，一是说他现在也六十来岁了，但不会用筷子，引起孙辈的讥笑，原因是他父亲没有教过他；二是说他至今毛笔字写得不好，怕在外面签名留念，原因也是父亲没教过他。这一写，真让读者们感到惊讶：叶圣陶这位大教育家怎么能这样教育子女?!

再往下读，叶先生又写父亲“管”他的两件小事，一是他递笔给父亲，不料把笔尖递到父亲手里，父亲就严厉批评他说：“递一样东西给人家，要想着人家接到手方便不方便……刀子剪子这一些更是这样，决不可以拿刀口刀尖对着人家，把人家的手戳破了!”从此，他就养成了这个好习惯。二是冬天他走出屋子没有带上门，父亲又批评他，还告诫他开门关门都要想到屋里还有别人，要轻开轻关。这又使他养成了这个好习惯。

接着，叶至诚先生写道，后来他才弄明白："父亲不管我的，都是只关系我的个人的事，在这方面，父亲很讲民主，给我极大的自主权。有时候在我喜爱的事情上帮我一把，譬如为我儿时集邮册页的楠木夹板雕刻篆字题签，给我们手足三个修改文章等等。而父亲管我的，都是涉及我和他人之间的关系的事，在这方面，父亲反反复复地要我懂得，我是生活在人们中间的，在我以外，更有他人，要时时处处替他人着想。"

读到这里，读者们才恍然大悟，进而深深佩服这个大教育家的远见卓识，独到高明！

马克思早就说过："人是一切社会关系的总和。"任何人的活动都时时处处脱离不了社会实践，脱离不了与他人的关系。人的思想品德也不是仅靠自身冥想和他人灌输而形成，主要是在社会生活实践中，在与他人交往中逐渐形成的，因此，从小教人学会正确地与人相处，尽量为他人着想，在人际交往的实践中培养好习惯和好品德，实在是家长老师对孩子进行启蒙教育的"必修课"和"主修课"。这一点，在我国古代教育思想中早就有鲜明的表现，《三字经》《古今贤文》《幼学琼林》等少儿教材中都有大量这方面的内容（当然也夹杂了一些封建意识）。

联想到我们的现实生活中，有不少家长在指导自己的与他人甚至是亲朋好友交往活动中，常常是站在利己的立场上考虑问题，甚至有一些狭隘的、庸俗的、不文明甚至是损人的做法，也有的是不管不问，这些都妨碍孩子心理行为的健康发展，从小在孩子心头蒙上阴影，也必将妨碍孩子将来参加社会实践活动、与人友善往来的能力，也就由此影响到孩子各方面品质、学力、能力的发展。从大的方面讲，也影响到未来社会的精神文明程度。

因此，大有必要效法叶圣陶先生的做法。

另一个启示是，要给孩子一定的自主权，要支持孩子喜爱的正当活动。这些也是叶圣陶先生留给我们广大家长和教育工作者的一份宝贵的思想遗产吧。

（发表于1994年1月21日《深圳特区报》和2018年9月11日微信公众号“教育新视界”）

坐标在现代与传统的交接点上

——深圳与内地中学生价值观比较

深圳是我国改革开放的“先行者”，且其成就举世瞩目。那么，生活在那里的青少年思想观念是怎样的呢？他们崇尚什么？追求什么？他们的价值观、人生观是怎样的？这一些问题都是广大青少年及老师、家长很感兴趣的问题。这里将有关机关对深圳六所中学的473人、内地11个地区的部分学生所做的相关抽样调查的某问题比较分析如下：

先请看下表（表内数字一为顺序，二为人数的百分比）：

▲深圳中学生：

1. 健康64.4　　2. 尊重长者59.4　　3. 爱国心57.5
4. 成功52.0　　5. 选择目标50.3　　6. 有志气49.9
7. 学历47.2　　8. 能干45.7　　9. 独立42.5
10. 聪明41.6

▲11地区中学生：

1. 爱国心67.7　　2. 有志气59.0　　3. 成功51.9

4. 选择目标 49. 3　　5. 尊重长者 42. 0　　6. 健康 42. 0
7. 竞争性 41. 6　　8. 能干 40. 1　　9. 独立 38. 7
10. 胸怀宽广 37. 3

从上表中可以看出：

一、深圳学生与内地学关于个人意向和人际关系的价值取向具有很大的一致性，如爱国心、成功、选择目标等。这一点，不再赘述。

二、选项的排列顺序有明显差距的是：

1. 深圳学生把“健康”放在第一位，而内地仅排在第 6 位。这是有原因的。深圳的工作竞争性强，制度严，讲求效益，有时节奏很快；深圳人的休假娱乐活动常以远足旅游为主，所以，没有一个强健的身体，就无法胜任工作和享受生活。这一点，内地的学生现时还不能强烈感受到。

2. 深圳学生把“尊敬长者”放在第二位。这既是传统道德的表现，又反映了特区家庭生活的一些特征。深圳孩子读书等花费要靠家长承担；多数移民家庭在深圳的亲戚朋友，已较内地大为减少，家庭的内聚力较强。这点也是内地学生所不能体会到的。

三、就项目比较，深圳学生多了“学历”和“聪明”，内地学生多了“竞争性”和“胸怀宽广”。

乍看有些颠倒，实际上是有原因的。在深圳，铁饭碗基本上被打破，择业的机会多，跳槽的事是经常发生的，而对于求职青年来说，择业的第一块敲门砖就是“学历”，所以才有了重学历的情况。再说“聪明”，在商品经济比较发达的情况下，“聪明”常常是竞争取胜的法宝。它包括善于抓住机遇、点子多、随机应变等内容，所以也得到青少年的重视。

再说，内地学生对“竞争性”的认同反比深圳学生高，也是有原因的。因为学生读书时的竞争意识主要表现在读书和升学上，内地高考是“千军万马过独木桥”，深圳特区的就业渠道很多很广，大可不必“在一棵树上吊死”，自然在升学竞争上意识并不强烈。至于内地学生多了一项“胸怀宽广”，可能是较狭窄的地域和较复杂的人际关系压出来的一种渴望；而深圳人来自五湖四海，互相理解接受已属平常，也就没有了这种“渴望”。

限于篇幅，这里对上表只作如上简略分析，片面之处难免。同学们如有兴趣，可作进一步分析，一定会得到很有益的启发。

（原载于1994年8月25日《中学生学习报》）

春潮里涌出的浪花

——滨河中学建校十周年记事

十年在历史的长河里只有短短的瞬间，位于深圳河畔的滨河中学十年来伴随着深圳改革开放的滚滚春潮，取得了迅速的发展。我们现采掬这春潮中的几朵浪花，以飨读者。

一张照片引起的光荣回忆
——“开荒牛”精神继续发扬光大

该校同志在整理校史过程中，发现了一些建校初期的照片，其中有一张的画面是一片荒凉、处处水洼的沼泽地，天空下着茫茫的细雨，远处推土机在推地，近处是两位教师各自背负着沉重的课桌，艰难地走着，他们的身上满是泥泞，但脸上仍洋溢着信心和微笑……

看到这张照片，大家的心灵被震动了！繁荣的特区当年就是从这样泥泞的小路上走出来的，大家不禁对这些“开荒牛”肃然起敬。

令人欣喜的是，滨河中学的师生们始终保持着这种宝贵的精神。该校只是一所普通中学，生源较差，“硬件”与先进学校相比，只能算是“都市里的村庄”。教师们虽有怨言，但仍以十倍的精力千方百计地教育好学生。为了提高教学质量，学校开展了一系列的教研教改活动：课堂教学大比武、教学笔谈会等等，涌现出一批善教的“高手”。皇天不负有心人，该校的初中升学率在区里属中上水平，1994年高考该校又取得较好成绩，上线率达77%；一批尖子学生陈永庞、林妙华、曹雪、罗继军等相继在全国、省的大赛中名居前茅。而他们中的许多人刚进校时连分数加减都不会，让人体会到这些成绩的沉甸甸的分量。

一盘录像引起的深刻思考
——走全面素质教育的路子

该校的同志在整理录像资料时，重新观看了1992年滨中学生参加全国中学生萨马兰奇杯奥运知识大赛并荣获亚军的录像。大家激动地回忆起，当年邓小平同志视察南方讲话后，学校又一次掀起了教改的高潮——走全面素质教育的新路子。

学校抓紧校园文化建设，寓教于乐，充分发挥学生在德育中的主体作用，一系列措施相继出台：文学社成员到虎门参观、校话剧队演出《生日礼物》、十佳歌手竞赛热火朝天、校运动场上每天各种小型比赛不断、学生精心制作各种工艺劳技作品……1993年12月，在团市委举办的“金色年华展才能”的系列文化大赛中，滨中学生取得了团体总分第一的好成绩，曾天、张娅、曹雪、罗欣然、唐晓煦、徐蕾等一批“鹏城之星”脱颖而出。

学校还克服重重困难，建成了劳技课教育的新格局，并抓住机遇，参加了国家教委组织的“教劳结合”改革实验。该实验有项重要内容是组织学生定期到市农科中心学习无土栽培技术。一位随同师生去农科中心拍摄录像的记者感叹地说：“没想到学生现在学的东西这么生动丰富，我们读书时根本就没有听说过！”

全面素质教育的结果保证了学生整体素质的提高，促进了学校教学质量的提高。

一份通知激起师生们的豪情
——继往开来，再上一层楼

滨中十周年校庆前夕，又传来了一个好消息，该校被国家民政部评为“全国社区志愿服务先进集体”，校长汪继威本月21日作为全国中学的唯一代表赴上海领奖。

熟知内情的人都知道，这份奖励来之不易。近两年来，滨中大力开展了“献爱心，送温暖，作奉献”的活动：为“希望工程”和社会公益事业踊跃捐款，经常慰问为社会作出奉献的各种先进人物和退休老同志，探望社会福利中心的病残儿童，校青年志愿者小组每周坚持为社会服务一次等等，在社会上引起广泛好评和积极影响。在这些活动中，学生们培养了自己为社会服务的高尚情操，增长了社会见识和才干，有力地促进了学校德育工作的健康发展。在条件相对较差的普通中学，如何克服“先天不足”而力争上游，滨中的做法或许能给大家一些新的启示。

（原载于1994年12月23日《深圳特区报》）

一路潇洒向未来

主持人王凡的话：

我有一个设想，让沿海特区的中学生和内地的中学生举行一次南北同学大对话。我断定这是一件很有趣味很有益的事情。现代与传统永远是一个矛盾统一体，也是一个诱人的话题。我无意将对话变成论战，而是想让改革开放前沿的与紧追不舍的内地中学生朋友们来一番对擂、交流，共同找出焦点。通过碰撞，迸发出时代的火花，寻找跨世纪青少年的人生目标。本报借用刘人云老师的笔，让他带着深圳中学生向我们款款走来，让我们欣赏他们的新潮和潇洒，也让我们指出他们的缺憾和不足。

党的十一届三中全会和邓小平的多次南巡给转型期的中国建造了深圳大特区。这个改革开放的前沿阵地，它的轰轰烈烈，它的曲曲折折，造就和锤炼了多少风流人物，而生活在改革开放阳光下的中学生朋友们，当前有怎样一种意识和情怀呢？他们面对新的生活，对自己的未来会做出怎样的理解和抉择呢？让我来为内地广大同学们打开一扇特区校园的门窗，看看他们的世界。

情怀——心连天下，渴望未来

要说特区中学生的情怀，也许要比一些内地中学生宽广得多，绚丽得多。在内地，学生写理想一类的作文，大多是工程师、科学家、文艺家、教授、好工人一类。可深圳中学生的理想就气派得多，精彩得多。在对特区1240个中学生的问卷调查中，问他们最关心是什么事情，回答的依次是：1. 环境保护，2. 世界和平，3 友谊，4. 家庭康乐，5. 人生意义。从某个方面说明，特区中学生心里装着的不仅是个人衣食住行，可以说是地球和全人类。由此可以看出，特区中学生对世界发展和人民幸福抱有多么良好的希望。

下面请看一位女中学生写的《一个女中学生的51岁》的前四段：

本人名叫连凯荫，今年15岁，如果将我的年龄15倒转过来就是51。啊，你猜我51岁的时候，会在什么地方？干些什么呢？

51岁，我想也许在一座摩天大楼里，我坐在“连化无限公司的董事长办公室”里，一位年轻貌美的女秘书正向我汇报我今天的约见。她提高着嗓门说：“九点整与日本松下公司的总裁商议有关合同的事；十一点钟与美国波音公司签订有关购入飞机的事；十二点半与马来西亚总理共进午餐……”啊，我的51岁也许就是一位成功的职业女性。

51岁，我也许会在一个跨国的室内设计公司，担任着首席室内设计师。放在我面前的是我创作的新联合国大厦的室内设计图，旁边还有美国白宫总统府的设计图。还有……啊，我的51岁也许就是一位世界级的首席室内设计师。

51岁，我也许在非洲的索马里，为那些濒临死亡的儿童送去粮食，为调停索马里的军阀之间的争斗而进行谈判，促成索马里的和约签订，使那里的儿童能温饱，能读书，能过上新的生活。啊，我的51岁，也许就是一位联合国的“大使”。

请看，她的理想是多么广阔美丽！

理想这朵鲜花也是在时代的土壤上长出的。深圳由于它得天独厚的地理位置，成了祖国改革开放的“排头兵”，又是祖国开放的“南大门”。海外的经济文化往往首先在这里“登陆”，外商云集，合资企业如雨后春笋，经济文化上的许多世界性的蓝图都在这里筹划，特区人到海外是家常便饭。这样一块维系天下的热土必然对青少年产生巨大影响，使他们对自己未来的世界充满了各种瑰丽的设想。

也正因为如此，深圳的许多青少年是既看重学历，又看重能力，充满了自立自强自争的意识。在深圳某家杂志记者召开的一次学生座谈会上，发生了几件趣事。

一位叫石刚的高二学生说：“上一代的人都好像少了个‘我’字。我们班主任工作认真到家，每年都能评上先进工作者，可他在获得这些荣誉后，不是说荣誉是政府给的，就是荣誉归于集体，根本不敢说是自己该得的。上回我参加全国数学竞赛捧个奖回来，他还是那番‘荣誉是领导给的’一套老话，听了挺不是滋味。我觉得荣誉是自己挣的，靠的是真本事。难道强调自我就是个人主义？不完善自己，就竞争不过别人。有了真本事，社会才需要我。我们的成绩是靠自己奋斗出来的。”

也许这位同学说的话有些偏激，但他已有了自我意识的觉醒，懂得了竞争和奋斗，这不更可贵吗？

听了上面的介绍，你不觉得他们的意识比较“超前”，性格非常可爱吗？

品格——真诚潇洒，轻灵幽默

特区由于经济发达，现代化建设和社会发展明显的“先一步，优一等”，社会环境相对活跃、宽松，这些十分有利于青少年优秀品质的养成。

就拿全国瞩目的高考来说，由于特区就业渠道繁多，一般家庭比较富裕，自费上大学的机会很多，因此，特区中学生由应试教育向素质教育的转化就来得比较自然。不像内地许多家长、学校对孩子从小就严加管束、强化学习，只求将来考取大学有个好饭碗。

这样，特区中学生的精神环境便大为宽松，再加上比较发达的社会环境，孩子为人也就显得真诚潇洒。

这点最突出表现在男女学生之间的相处上。特区的男女学生之间一般都是热情、大方、有分寸（当然也有少数学生早恋早熟的），不像内地学生男女之间要么是一本正经、戒备森严，要么是秘密进行“地下工作”。笔者今年曾兼任某校高三语文教师，拍毕业照那天，在学校大操场上，先是班集体合影，然后就是大家自愿互相结群留影，许多同学都带了照相机。有趣的是，笔者亲眼看到不少男女学生单个地互相邀请对方留影，有的男女生还不同班，只有点头之交，但对方都爽朗大方地应允了，很自然地合了影。

令我——一个从内地到深圳工作的男教师开心的是，不少女生纷纷围着我拉着我与我合影，有几个人一起的，也有单个的，她们是那么地自然、快乐、青春！我想，她们此刻拥有的师生快乐是内地学生难得有的；我此刻拥有的快乐也是内地教师难得有的呀！

潇洒、宽松的心境自然就产生了轻灵和幽默。你要是参加他们班级组织的娱乐晚会，那你也会变成孩子。那些节目尽是一些机智幽默的“馊点子”，有把师生姓名编成谜语猜的，有模仿教师上课的神态动作的，有表演各地方言的，有邀请老师跳舞的……真叫人忘乎所以。

说来有幸的是，我所带的高三这个班的学生刘琳，曾为我写了一篇文章，题目叫做《五惊刘先生》，发表在当地报刊上，产生了不小的影响。文章把小作者那种真诚、潇洒、轻灵、幽默的心态表现得淋漓尽致，可谓妙极了。限于篇幅，我只能将其中的一小段介绍给大家：

他一开口，我们便是二惊了。据说先生应属江浙一带人士，因为太多水的缘故，所以江浙人深具水的柔情——讲起话来慢条斯理，轻声细语，男子也不例外。可刘先生一副秦腔，嗓门大得地动山摇，同学们的心着实抖了一下——原来先生的喉咙与其身材成反比。他的声音不仅灌满教室每个角落，就是隔堵墙也难以拒绝——隔壁班同学跑来戏谑我们：“诸位上课不会再打瞌睡了吧！”其实先生不仅因为声音，还因为他脸庞上挂着的微笑也诗意般飘荡到每个人的心里，驱走了睡意，最后我们“全无抵抗力”地接受了先生教给我们的知识。

这样的文字，我过去在学生的作文中是读不到的。

心态——理解式，兼容式的

前些年，“理解万岁”在国内成了句时髦的口号，然而，在特区它才真正变成了现实。

让我来举一个例子。

今年夏天，第一届香港与内地青年文化村活动在香港举行。深圳有一些中学生参加了这项活动。他们参观访问了香港市容及科技馆、海洋公园等。一位学生在他的访问记中写道：

从科学馆返回营地途中，香港朋友郑重地请求我们教他们唱国歌。看着他们全神贯注的投入，一丝不苟的歌唱，我心灵深处被强烈地震撼了。在我面前的是鸦片战争后的第六、七代香港居民的后裔。港英当局一百五十多年的殖民统治，使他们远离了祖国，他们甚至讲不好国语。然而，血浓于水，一条深圳河，一个维多利亚港，无论如何也冲不淡炎黄子孙强烈的认同感，祖国永远在他们心中。在中港两地青年的歌声中，我深深领悟了什么是赤子情，民族魂！

“别忘了我们啊！”香港朋友拍着我的肩，动情地说道。就在汽车引擎启动的一刹那，无论车内车外都响起了大家发肺腑的歌声：我愿意献出我真诚心意我的双手，因为我们都相同有泪，也相同有梦，拥有一样美丽的天空！

还可以举出一个感人的例子。在深圳某中学，有位全校闻名的好学生李××。有一次我见到她，圆圆的脸上挂着微笑，丰满身材，散发着青春活力。然而就是这位女孩，她所深爱的家庭最近破裂了，父母离婚了。尽管这给了她沉重的打击，但她很快地理解了，承受了。她在《深圳青年》杂志今年第 10 期上发表了一篇感人的文章，叫做《感谢父母》，在文中她对父母因双方性格差异太大直至分手表示了理解，并追溯了父母从小给她的爱和培育，表示了深切的感谢。在文章最后她写道：

我会好好珍惜并运用父母留给我的财富——他们的经验和成功以及他们的遗憾和痛苦，从而去开创我自己的人生——主色调为明丽的玫瑰色的未来。我真诚地感谢我的父母，不仅因为他们给了我生命，更因为他们给了我思想和灵魂，在他们情感的废墟上，我就是那“青春的常青藤”。

读到这样的文字，难道你能够不动情，不佩服?!

当然特区青少年也有他们的弱点、缺点和不足。例如，一些学生不愿学习，贪图安逸，缺少刻苦精神；少数学生娇生惯养，惰性十足；个别学生染上恶习，滑向犯罪边缘……但他们只是其中的一小部分，不能代表特区青少年的主流。

特区现代化的新环境，为青少年个性的健康发展创造了优越的外部条件。在这点上可以说，特区的青少年远比内地的青少年显得幸福。望特区的青少年能够珍惜，也渴望内地出现越来越多的“特区”，使我们的年青一代都能潇洒地走进祖国现代化的新世纪、新未来！

（原载于 1994 年 12 月 25 日《中学生学习报》）

特区教师心态一瞥

黑格尔曾经说过："凡是存在的就是合理的。"就万事万物之间的因果关系来说，此话无疑是"合理"的。在市场经济大潮汹涌不息的深圳，在文化及价值观呈现多元化的开放"窗口"，教师队伍的心态也必将受到纷繁复杂的现实的冲击，并在社会实践中不断予以校正。本文愿以几个代表，作一窥视，或许对有关方面和同行们会有所启迪。

——我的价值在社会尊重中被认可，在社会发展中得延伸，这是我此生的最大安慰。

N老师是一位临近退休的老语文教师。他那满头银丝，刻满辛劳和皱纹的前额和眼角，一双充满智慧和热力的眼睛，使人一见不禁肃然起敬。

谈到当年南下特区，他顿时来了劲：1985年我们满怀热情来到深圳，学校只建好一座教学大楼，周围是空荡荡的荒野，住的是工棚，用点水要跑老远，但大家毫无怨言。以后，随着经济发展和生活水平的不断提高，相形之下，教师的收入就显得寒伧。

再加上种种原因，有些提高教师待遇的措施迟迟不能落实。这时教师的心理就开始失去平衡，牢骚怨言也很多。但奇怪的是，嘴上在“生产”牢骚，手中的笔还在不停地为学生批改作业。因为知识分子毕竟是知识分子，他就是有一种责任感，物质待遇固然重要，但精神上更需要社会承认和尊重他的工作价值。这些年来，社会宣传尊师重教是十分有效的，教师节就很有作用，最近市政府又推出教师购买福利房的优惠政策，这些都温暖了老师的心。不过在我看，教师所得的最大安慰，还是他的“产品”——学生！教师把一茬茬的学生培养成人，走向社会，成为栋梁。这时他们再回来探望老师，感激老师的培养，你会感到你的价值已在他们身上体现。再说，这些学生还能帮助你解决具体困难呢！说到这里，笔者打断说，听说你女儿就是你学生帮助出国的。N老师笑起来，还告诉我，今年有好几所学校暑假到港、新、马、泰旅游，全部行程食宿费用均十分优惠，而这都是靠在旅行社当头头的学生一手操办的呢！

不过，笔者也听说，在一些学校，有些教师因为他们的工作价值被肯定得不够或未及时得到认可（比如说老教师的职称评定问题），所以情绪比较消沉，这是不是应该得到有关方面的重视呢？

——在特区，可以这山望着那山高，但是那山就一定比这山高吗？未必。

S老师的一段心路历程可谓典型。她来自武汉一所省重点中学，工作相当出色，人品又好，颇得学校器重。为了更充分地体现自己的价值，她南下来到深圳，在一所普通中学任教。凭良好素质和丰富的教学经验，她很快就在深圳教坛上放出光彩。然而兴奋之余总感到某种失落，特别是与某些当了大款的同乡一比，就局促不安。也有不少朋友多次规劝她跳槽，可以风光一番，她的心也因此而动。

没想到有次她与一位弃教从商的大款老乡促膝谈心，竟使她完全打消了跳槽的念头。

那位大款原是南京一所重点中学的优秀教师，因心理不平衡跑到深圳开办了一家药业公司，十分红火，成了富翁，在香港还开了分公司，派头十足。然而这位大款喝了点酒，竟十分感慨地说："这一切看起来够惬意，但谁能了解其中的辛酸呢？整天整夜就忙着挖空心思做生意。说老实话，我现在非常留恋那清静有序的校园生活，非常想再与苏格拉底、康德和萨特进行心灵上的对话，更想有空去品味屈原、李白和沈从文的浪漫、飘逸和诗意……"他还动情地说："等我赚足了钱，我一定要回家乡建立一所学校，重圆我年轻时的教师之梦！"

S老师听了不禁陷入深深的思考，商海固然充满机遇和荣耀，同样需要付出顽强的努力，而且有所得也必有所失，作为一个侧重精神追求的女青年知识分子来说，有必要舍己之长、扬己之短吗？况且，教师的地位和待遇也在不断提高，生活稳定，精神自由，每年还有两个多月的假期。于是，她克服了这些诱惑，安心工作，再展她事业上的风采。

——真跳出去试试又会怎么样，往往从立足点走出，划了一个圆又返回。

近年来，不断听闻有跳槽到其他行业现在又要求回教师队伍的事。M 老师就是个代表。他是一个来自革命老区的青年教师。三年前他带着献身特区教育事业的美好心愿来到了特区。不到一年，就取得骄人成绩，教学比武、论文评比屡屡获奖，赞扬声不绝于耳。在得到了事业和荣誉之后，他对金钱的需求又慢慢强烈起来，特别是买房需要大把钱，再看看那些赚了大钱的亲朋老乡，自己的能力学识都不比他们差，为什么不能试一下呢？于是他装了电话，安了 BP 机，利用业余时间大做生意。一年下来，生意越做越红火，腰包也一天天地鼓胀起来了。不过，学校的意见也同时越来越大。因为一心无二用，上课常迟到，作业也不能认真改，该做的事一糊了之，被学校多次批评。另一方面，商场如战场，文人毕竟难敌商场老手，一次生意失算，他那皮包公司全部赔光，只好“金盆洗手”。他真切地说：要想发财就别当老师，要想当老师就别做发财梦。平平淡淡才是真。当年他在“找回”自我的同时却失掉了自我，如今他在“失去”自我的同时却找回了真正的自己。

（原载于 1995 年第 12 期《特区教育》杂志）

胞情备忘录

——三届深港中学生希望之光夏令营回眸

随着星移斗转，1997 年 7 月 1 日——香港回归祖国的这一天，已经在向我们颔首微笑。不用讳言，香港犹如一个长期漂泊在外的游子，如今即将回归故里，在社会心理上必然引发出一系列的问题：两地人如何互相认识，互相理解，互相再建同胞情谊……换句话说，我们的社会如何为香港回归祖国做好思想心理上的准备，已经成为一个越来越迫切的现实问题。

深圳市罗湖区教育局、侨联会和香港新界北区文艺协进会及新华社香港分社的同志们，自 1993 年以来，接连举办了三届深圳罗湖区与香港北区的中学生交流夏令营，使深港两地的中学生在一起认识、了解、理解、沟通，直至建立了同胞之间的骨肉情谊。这交流过程尽管为期不长，但它却形象地成为深港两地人民 97 对接的预演，其中充满了许多动人的故事、感人的场景和深刻的启迪，充分显示了“血浓于水”的真理。

第一届　1993年7月26—30日　地点：深圳

七月夏日，鹏城西丽湖度假村山峦苍翠，湖水碧透，楼宇灿然，首届深港两地中学生“希望之光”夏令营在这里拉开了帷幕。

参加此届夏令营的两地师生将近100人，其宗旨是加强两地师生的交流，增进了解，发展友谊。在安排上，它集知识与趣味为一体，有梧桐山登高、小梅沙踏浪、野火烧烤、卡拉OK、观光市容、观看大亚湾核电厂雄姿和中华自行车厂风采等活动。

以下是笔者摘编的多位营员的文章片断，叙述了两地营员们在思想感情上的经历，反映出诸多营员的思想感情经历，并具有强烈的共性：

——夏令营参加了多次，但是与香港学生交流倒是少有。在往西丽湖的途中，我们不像以往想的是怎样玩得开心，而是想到如何去与在另一种社会制度中成长的同胞相处和交流，一路上心潮一浪接一浪，是兴奋，是紧张，谁也说不清楚。（笋岗中学刘建浩）

——两地学生虽然以前素昧平生，但应了那句“相逢何必曾相识”的老话，从一见面起，他们就开始自我介绍、交谈。为了方便他们之间的交流，我们在编组上和住宿上都有意把他们配搭起来。（夏令营工作小结）

——在交流过程中，得知香港的学生很关心我们大陆的情况，对我们的生活充满热情，对特区的高速发展赞叹不绝。经过参观访问大亚湾核电站，他们消除了对它安全的担忧。另一方面，我们也了解到他们的许多情况，如他们的校规十分严格，连学生穿鞋袜都受到限制，目的是不让学生有追求名牌的奢侈思想。他们还告诉我们，欧洲有些国家的老板宁愿把多生产出的商品毁掉，也不愿意支持贫困国家，显然是太浪费了。我告诉他们，这不仅仅是个浪费的问题，而是由于生产的无政府状态，资本家盲目扩大再生产而劳动人民的购买能力又相对缩小，使生产与消费之间引成尖锐矛盾，从而引起“生产过剩”的社会危机。在我们国家是没有这样现象的。(文锦中学唐云英)

——我印象最为深刻的是香港学生的好学精神。1997年香港回归后，普通话将成为正式的统一语言。因此，香港学生非常渴望学会普通话，他们利用一切时间和机会向我们学普通话。尽管短短几天，他们的普通话长进不大，但他们对祖国语言的感情却令人可嘉。

第二届　1994年7月16—24日　地点：香港

在读到此届深圳中学生营员们写的诸篇感受时，我的思潮也在急剧地奔流。在思维已成定式的人看来，我们的孩子到了香港这个花花世界，会不会掉到一个大染缸里去？答案也许恰恰相反，不信先请看下文：

初到香港，给我的第一印象是蛮不错的。高楼林立，车水马龙，宽敞清洁的街道，现代化交通既方便又快捷……在驶往市区的电气化火车上，望着窗外的香港，我几乎喊出声来“香港，我来了！”

第二天中午走在香港大街上，人群熙熙攘攘，当中大都是上班一族，大概是刚下班，许多人都急匆匆地走，脸上没有什么表情，我不知道他们何去何从，不禁想起《潇洒走一回》中所唱的：“天地悠悠，过客匆匆……”在香港的生活的确很紧张，每个人都好像上了发条似的。看着这些漠然的人群，我的心头升起了一种莫名的感觉。

来到了中银大厦一带，维多利亚港里的船只来回穿梭，公共码头的长椅上坐着不少休息的游客。我们在码头路上发现了一处与下水道口差不多的入口，走下几级台阶一看，原来是座狭窄的地下室，在一盏苍白的日光灯照射下，有一张单人床，一张台子，台上放着暖水瓶和收音机，床头坐着一位神情木然的老人。这时，我想到了林立的高楼，豪华的酒店，昂贵的名车，繁忙的港湾……这一切与这阴暗狭小的地下室形成了鲜明的对比。香港，你给人以繁华的感觉，可这当中似乎缺少什么，而这些对我来说是极其重要的。香港，我实在无心在此久留，我拒绝你成为我内心的港湾！拒绝你，香港！(沙头角中学胡冬寒)

胡冬寒同学的这篇文章恐怕大出许多人的意料之外吧，它反映出改革开放和生活富裕以后的青少年一代可喜的审判能力。也许它的观点过于偏激，但是在“实事求是”之风熏陶下成长的这一代青少年，也自然会在实践中不断修正自己的答案，请看下面文字：

香港四天的活动中，不论是参观富有艺术感、清雅优美的中文大学，还是从太平山顶上鸟瞰港岛的雄壮，都使我们大开眼界。身处于这个国际大都市，使我感受最深刻的是香港人忙碌的步伐，快节奏、高效率的工作。举个例子，同属一个集团下的大家乐快餐店，深圳的分店往往要等十来分钟才可以拿到食物，而在香港几分钟就够了。我还发现，许多服务业尤其是饮食服务业的店员并不尽是青年人，如麦当劳甚至就是以中老年店员为主。想想在内地，不到六十就想退休享清福。那为什么香港的中老年人还那么搏命呢？

一位相识的老人给了我一个发人深思的答案："怎么能安心待在家里呢？香港是个高消费的城市，赚得多，花得也多。子女赚来的还不够自己用，哪有多余钱来养我们？况且我们有力气，不必靠别人。你看，我的身体不是挺好的吗？"

香港绝不是如有些人所说的"满地是黄金"。要说有，有的是机会，只要不在乎机会是大是小，尽心尽力地做好它，又何愁无黄金？在这里，老的小的，薪水高的薪水低的，都在拼着命干活。哪怕是扫垃圾的，他们的"请""唔该"一类的礼貌用语随时可闻。这种敬业精神是否值得我们深圳人学习呢？如果我们都能在工作态度和效率上仿效香港人的话，那么经济上的腾飞肯定会大大加速。(怡景中学梁筠)

实践出真知，同样适合于两种不同制度下的社会之间的互相了解。还是让我们用梁筠同学文章中的一段话来作为此届活动的结语吧：

可我也发现，我们对香港了解得比较多，而香港不少人对我们了解得太少。在与香港营友交谈时，她们曾问我，在内地犯了错误是不是要被枪毙？我向她们说明后，心情却久久不能平静。如果我们两地不仅在经济上，而且在文化上、教育上、政治上多做些交流和宣传，这样不仅有利于香港97的顺利过渡，而且对中港两地同胞的友好共处，携手共进起到很大的推动作用，从而推动中国现代化建设的更快发展。

第三届　1995年7月31日—8月10日　地点深圳—香港

第三届希望之光夏令营的活动贯串在深港两地。在深圳，孩子们攀山越岭，以步行的形式沿着东纵的脚印走，寻先烈足迹，酿爱国情怀；参观盐田港及大亚湾核电站雄姿；在教育基地观看国防科技、历史展览……

在香港，他们参观了各级学校，游览山顶公园，参观港督府……沟通在扩大，情谊在增厚。看着营员们写的充满青春活力的感受文章，如春风扑面而来：

在这次夏令营中，最使我难忘的就是在青少年教育基地上举行的“火舞动感仲夏夜”的沙滩篝火晚会。

蔚蓝辽阔的大湾悄悄地睡着了，偶尔只有海潮轻轻地刷洗着沙滩，仿佛是大海惬意的鼾声。四堆篝火熊熊燃烧着，在海风的帮助下也在翩翩起舞。我们玩起了“自创口号”比赛。由于平时有关训练太少，大家都绞尽脑汁。这时，其他三个营已经喊出了响亮的口号，敲锣打鼓地庆功。等到我们凑出一句口号出来时，却被其他营友“嘘”了起来。我们的心里好难过。

再下个节目是用荧火棒拼图案比赛。我们营的同学们立刻聚在一起献计献策，最后选定了郑志勇的方案。大家一起将细沙铺平，有的画草稿，有的放荧火棒，很快拼成了“营徽”图案。这时又有同学提议道：“今年是希望之光夏令营三周年，我们何不在营徽上再做一个蛋糕，插上三支荧火棒当蜡烛来庆贺它的生日呢？”大家纷纷叫好，立即动手干起来。功夫不负团结奋战的第四营，这一项比赛我们拿到了冠军。并荣获全部比赛的最高分：21分。

接下来的比赛，我们第四营的成绩也节节上升。最后结束时，在胜利的欢呼声中，我们四营的全体深港营员突然齐声喊起来：“团结就是力量！团结就是力量！”我们终于找到了最能表达我们此刻意愿的最美好最有力的口号！（滨河中学杜剑华）

也许，不仅是四营的同学们找到了最能表达他们意愿的最美好最有力的口号，对全体营员来说，甚至对深港两地的人民来说，“团结就是力量”是最能表达他们在这一问题上最美好最有力的口号。

当第三届希望之光夏令营的营旗徐徐降落的时候，我们欣喜地看到，这美丽的希望之光已开始燎原，它放射出的瑰丽光芒像是迎接97香港回归祖国的彩霞，呼唤着那将激动中国现代史的光辉一天！

（原载1995年第12期《深圳共青团》杂志）

爱，是不能忘记的

这是发生在两所学校里的两个场景在第一所学校里是：

——又要捐钱了，你捐了多少？

——我真不想再捐了，这学期少说也捐了三次，一次是为希望工程，一次是为内地灾区，这次是为患了重病的打工妹。老要我们捐，好像我们深圳人都是大富翁。

——捐就捐呗，不捐又被人家讲小气，少吃两根雪糕就行了……

在另一所学校里，有几个女生在谈心：

——我们这次买的福利奖券要是得了奖，就全部捐给希望工程，好不好？

——好。那才是真正要钱的地方，有些山区的孩子真可怜。

——是啊，贫困山区的孩子只要能有件新衣服穿就是天大的喜事了，可我们深圳的孩子在家里锦衣玉食，还挑挑拣拣，平时一有空就相约上街，进餐馆，动不动就是几十块甚至上百块。

——其实，深圳的孩子每人只要捐 10 元钱，就能建一所手拉手希望小学……

比较上面两个场景，首先使人想到，当前在全国开展的青少年“手拉手”活动，里面是否出现了一些误区。本来教育部门组织这项活动，意在让城市的和家庭富的孩子节省自己一部分零花钱和多余的文化用品，帮助农村山区失学的和家庭困难的小伙伴，并从中分享助人为乐的愉快，从而培养自己助人为乐、热爱同胞、热爱祖国、共同富裕的高尚感情，培养一颗高尚的爱心。可有些学校只是简单地要大家捐款捐物，这就使活动失掉了意义，也就给一些同学带来了思想上的困惑。

美国哲学家马斯洛曾经说过：“爱对于人类的健康发展是一种基本需要。”一个人只有爱他人、爱父母、爱朋友、爱集体、爱民族、爱祖国、爱人类，才能成为一个身心健康的时代人，也才可能自觉地为社会、为民族、为祖国作出自己的贡献。

反之，则是一句空话。

令人欣喜的是，全国乃至深圳也有许多学校注意到这点，像深圳实验学校、深圳中学就曾数次组织师生到井冈山革命老区与那里的孩子举行“手拉手”活动，从而使大家受到深刻的革命传统和艰苦奋斗的教育，培养了他们热爱革命老区人民的思想感情。又如深圳滨河中学与广东贫困山区丰顺县滨联小学结成“手拉手”伙伴关系后，每年都要组织部分师生到那里去活动。去年，他们在丰顺县的活动，出现了许多令人落泪的感人情景，让我们来看其中的一幕：

在曲折的山区泥泞公路上，狂风呼啸，暴雨倾盆，打伞已无法行路，却有一个瘦小的身影在风雨中移动，艰难地，缓慢地。忽然惊天动地一声轰响，公路塌陷了一大片，露出一个几米深，几十平方米大的深坑，那瘦小的身影在大坑前迟疑了一下，然后，直滑坑底，又从坑底爬上来，浑身都是泥浆……

他是小学生朱诗宏，此刻是为了到镇上会见资助他上学的滨河中学陈赛群姐姐，竟不顾生命危险，当他挣扎着到了学校，一头撞进教室，大家都惊呆了。他浑身颤抖着，从衣袋里掏出6只小番薯，说是要给陈姐姐，大家一时都被感动得不知说什么好。

小诗宏3岁丧母，父亲又重病在身，他只好挑起生活的重担。家里穷得实在找不到什么，他只好找了几只番薯来表达自己的一片心意。此情此景，使师生们都流下了动情的泪水，陈赛群更是放声大哭。该校胡校长，一位上了年纪的男子汉也泪流满面，他哽咽着说："像这样的失学儿童，我们也曾资助他们一些钱上学，可他们不好意思收。只有千里迢迢送来的关怀和友爱才能打动他们的心，使他们重新回到课堂……"

亲爱的同学，当读到这里时，你难道不被感动吗？

也许，就在你流下泪水的同时，爱的高尚感情正在你心里悄悄滋生……

在深圳，有一所万众敬佩的学校，叫做元平特殊教育学校，收的都是残疾儿童。1996年5月17日晚，深圳电视台播演了这所学校学生演出的节目。舞台上，一团团红色的火焰在飘曳，在高亢嘹亮的豫剧演唱中，一个鲤鱼打挺，一个鹞子翻身，一个筋斗空翻，一群红装女娃踏着古代花木兰的军步，向人们走近。谁也不敢相信，这群聪明、美丽的小舞蹈家原来都是残疾儿童！

一件件精美雅致的艺术品展现在舞台上。有骏马奔驰，有花卉争艳，还有国画、雕塑、剪纸、电脑图等等。这些又出自哪些巧匠之手呢？

当音乐声戛然而止，台下响起了长久不息的掌声，小演员们的面颊上流下大颗大颗晶莹的泪珠。这时节目主持人解说道，这是元平特殊教育学校的聋哑学生在用手语“说话”。此情此景，没有任何语言能表达他们内心的感动。

这时，广大观众落泪了，无数热线电话打到演播厅，是谁竟能把这些孩子培育得如此出色？又是什么魔力弥补了他们身心的残缺？

该校校长孙振东同志对着电视镜头也热泪长流。他太清楚为了这台晚会有多少可歌可泣的“爱”的故事。特殊教育本来就需要特殊奉献，在用无数颗爱心垒成的丰碑面前，古今圣贤谈何得失！

年轻的女教师张春对着无数观众袒露了自己的心扉：“当聋哑生用僵硬的舌头弹出第一个音节，第一次叫出‘老师’时，我觉得我得到了整个世界！”

“只要人人都献出一点爱，世界会变成美好的人间……”晚会的主题歌声悠悠不息。因为有了爱，才会有责任感，才会有使命感，才会有无私的奉献，才会有美好的人间！

爱，是不能忘记的！

（原载于《特区学生也有烦恼》一书，海天出版社1996年9月出版）

殷殷九七情

——第四届希望之光深港两地夏令营追记

开学了，多少深港两地的学子，在他们的第一篇作文中，用饱蘸深情的笔，书写着一个月前那令他们激动、令他们难忘的一幕。

仿佛就在昨天。

那是 8 月 12 日晚 9 时，罗湖海关门口。

第四届“希望之光”深港两地夏令营的营员们恋恋不舍挥手告别。盈满在他们眼眶里的泪花凝成珠滴，顺着两颊流下。

“唱出你的热情伸出你的双手/让我拥抱着你的梦/让我拥有你真心的面孔/让我们的笑容充满着青春的骄傲/让我们期待明天会更好……”

十几天来，营员们不知多少次唱过这支歌，但此刻，这歌在他们的耳畔再次响起，依然引得两地师生激动不已。

由深圳罗湖区和香港北区联合举办的第四届“希望之光”夏令营，8 月 2 日拉开帷幕，100 多名师生参加了第一阶段在深圳、第二阶段在香港的一系列丰富多彩的活动。

携手同奔“九七”

开幕式时，两地师生为香港回归祖国举行了象征性接力赛。两地中学生围绕带有时钟的中国地图模型进行接力跑。每跑完一圈，回归日的天数便减少一些。近了，近了，1997 年 7 月 1 日这伟大的历史时刻就要到了，同学们一起倒数着“五、四、三、二、一”，最后大家一起涌到地图前跳着蹦着欢呼着，情不自禁地把营帽抛向天空。

与此场景相呼应的是在香港举行闭幕式。那天，两地官员、知名人士和全体师生近 200 来人一齐登上舞台，携手共唱《东方之珠》和《把根留住》，当唱到“永远不变我黄色的脸”时，台上竟有了唏嘘声。

站在历史的门前

冒着阵阵细雨，营旗领着两地学生来到了一片小山村前，这就是 1905 年孙中山先生发动庚子起义的上洲田村。专程从沙头角赶来的东纵老战士廖大娘，顶着细雨给营员们讲开了历史。中国近代史的一幅幅画面展现在大家眼前……近百年来，上洲田的人民为中国革命的胜利付出了巨大的牺牲……

10 多天内，夏令营的师生们在深圳观看了大亚湾核电站和西乡全国文明村，又到虎门看了林则徐禁烟处，到赤湾看了抗英炮台；在香港，营员们去了解北区历史民俗，去观看清代的九龙城寨，还通过读报读书，去了解香港一百多年的荣辱变迁。在营员们所写的小结中，有70%围绕着香港的历史。

同在一个星空下

深圳大学又一村，绿树婆娑。在一个群星灿烂的夜晚，绿草地上，深港学生促膝谈心。尽管只有几天的交往，但“血浓于水”的亲情已使他们成为挚友。

一位香港学生发自肺腑地说：“我真希望早日回归，不再受殖民地的屈辱，做一个真正的中国人。”

大家相信他的真诚，可还有同学忍不住问：“香港经济很发达，你们生活很不错，为什么还这样想呢？”

香港同学很坦荡：“其实你们体会不到，我们生长在殖民地里，在别国的统治下，不能像你们那样能时时为所生所长的地方骄傲自豪。英国人不相信你的，所以香港人只能拼命地工作，拼命地学习，才能有立足之地，才能保住自己……”听了他的话，大家的心里都沉甸甸的。

同在一个星空下，彼此敞开了真诚的心扉，便有友爱的热流涌动在大家的血管里……

东方之珠会更灿烂

青马大桥，目前全世界最长的一条兼有铁路和公路和钢索吊桥，横亘于蓝色海波之上，远处山水苍茫，海天浩渺……

中环之夜，是当今世界上最著名的五大都市夜景之一，万千盏彩色灯火连绵数十里，如无数夜明珠密布海天，鲜艳璀璨，映山照海……

在香港的五天时间内，营员们先后参观了学校、公园、太空馆、新机场核心工程展览馆……

九龙寨城，清朝港民至死也不肯交给英殖民者的一块“飞地”，如今已被辟为公园，草木葱茂，曲径通幽，古色天成……

香港的清洁、市政管理的有序和香港人的忙碌，给营员们留下了深刻的印象，同学们相信，随着回归，香港这颗东方之珠将会更加灿烂！

（原载于 1996 年 9 月 12 日《深圳特区报》）

读出创造力

小时候父母在市新华书店工作，下午 4 时放了学，我时常是一头钻进书店去读书，像牛进菜园一样，见“绿”就“吃”。小学几年下来，把什么《三国演义》《水浒》《封神榜》等和一些中外儿童文学名著都读了一遍。这样的阅读使我的视野开阔了，知识也增加了许多，思维活跃而有序，在学校里学习很轻松，成绩遥遥领先，写作文更是出名，在学校、区里比赛都是第一名。

但是，真正懂得如何读书，如何读出创造力，还是以后的事情。但是，小时候的“牛”吃“绿”却为此打下了重要的基础，好比是登山的第一步。没有这第一步，就不可能有以后的第二步、第三步……

真正学会读出创造力，还是 1972 年读芜湖师专时。当时教文艺理论的中文科主任朱典森老师很器重我，有心栽培我，他采取了一个大胆的举措，即让我替他上一些课。第一次要我讲的课题是《从〈复活〉中的思想矛盾谈作家世界观与创作的关系》，这对我可是一个大胆的挑战，但我决心接受。在教师指导下，我立即找了三类书来读：一是托尔斯泰的《复活》及《战争与和平》

《安娜·卡列尼娜》等；二是文艺理论书籍，重在作家世界观与创作关系部分；三是托尔斯泰的传记及对他的有关评价，如列宁的专论和《俄国文学史》中有关部分。边读边思考边做笔记边写讲稿，用了近两个月的课外时间，终于写好了讲稿。经朱老师审阅修改后，我立即到课堂上讲，获得了同学们的一致肯定和高度赞扬。

现在看来，这种带看任务读，以课题为中心，读、思、记、编、写相结合的方法实在是一种读书的重要方法，它可以迅速提高你的“提出问题，分析问题，解决问题”的能力，也就是一种极其重要的创造力。那些无目的、随意性的泛泛而读，固然能增加你的知识、促进你的思维，但对于创造力的培养作用却是十分有限的。我至今发表了数百万字的文章，其中的非文艺性作品基本都是用这种方法写出来的。这当中我还要强调一下“读、思、记、编、写”这一过程中的“记”与“编”。“记”是根据课题的需要，随时记下自己在阅读过程中经过思考所产生的点滴体会；“编”是根据课题的需要，列出自己写作的大纲或称写作思路。“记”与“编”是后面“写”的重要前提或条件，人的思维创造力在这两个环节中得到了凸现。中学生朋友一定要重视这两个环节，否则是写不好的。

也许有的同学会问，这种方法是不是大学写论文的方法，对我们中学生如此要求是否太高？这个问题提得好，因为它击中了我们当前语文教学的弊端，即不重视对学生创造力的培养。

前些时候，报刊上刊登了一篇颇有影响的文章，题目叫做《我所看到的美国小学教育》，写得生动精彩，大家不妨一读。其中说到一位美国小学四年级的学生就是用了这样的学习方法。有一天，他背着一大书包书回家，父来问他做什么，他说做作业，而作业的题目是《中国的昨天和今天》，老师说美国是移民国家，让每个同学写一篇介绍自己祖先生活的国度的文章，要求概括这个国家的历史、地理、文化，分析它与美国的不同，并说明自己的看法。这位父亲往下写道："我听了，连叹息的力气也没有，我真不知道让一个10岁的孩子去运作这样一个连成年人也未必能干的工程，会是一种什么结果。只觉得一个10岁的孩子如果被教育得不知天高地厚，以后恐怕连吃饭的本事也没有了。过了几天，儿子完成了这篇作业。没想到，打印出的是一本20多页的小册子。从九曲黄河到象形文字，从丝绸之路到五星红旗。我没赞扬，也没批评，因为我自己有点发懵，一是我看到儿子把这篇文章分出了章与节，二是在文章最后列出了参考书目。我想，这是我读研究生之后才运用的写作方式，那时，我30岁。"

上面的例子说得很清楚，这些美国小学生都能很好做到的事，我国的中学生为什么不能做到呢？当然，这样的小学在美国应该是少数，是民办性的精英学校，绝不是多数，但它值得我们深思。这位小学生的美国老师说得好："对人的创造能力来说，有两个东西比死记硬背更为重要：一个是他要知道到哪里去寻找所需要的比他能够记忆的多得多的知识；再一个是他综合使用这些知识进行新的创造的能力。"

所以，我们不仅要读书，更重要的是要读出创造力！

（原载于1997年第12期《中学生阅读》杂志和1998年12月24日河北《读写天地》报）

“背”与“找”

一位在外国读精英高中的中国学生讲过这样一件事：

上课时，老师出了一个问题：“什么是诗？”不要学生用语言或文字回答，而是给每个学生发了一张纸，要他们将纸裁剪或折叠成某种形式来表达对诗的看法。

一位学生将纸剪成一颗心。他解释说诗是要通过作者的心，到达读者的心。

一位学生将纸折叠成螺旋形，解释说诗是心的螺旋形的上升。

一位学生，将纸剪成碎片。他解释说诗是从破碎的心中流出来的。

一位学生交回一张白纸。他解释说诗只可意会，不可言传。

四位学生的回答都触及到诗与心的关联，即诗的本质——强烈的抒情性和含蓄形式。

这位教师的教法真正可叹可敬可佩！

要是换了我们有些老师，肯定要把诗的定义告诉学生，要他们背个烂熟，考试起来一个字也不能错。这大概是东方人传统的

“授道”。而西方不同，外国某教师有一个座右铭，即该学生自己领悟的东西，老师一句多余的话都不说。

前者要学生“背”答案，后者要学生“找”答案。

尽管前者学得远比后者快且多，但思维的自主性不见了。后者呢，尽管慢一些，却是学生通过自悟而创造出来的，将能接受各种挑战。

好在我们的学校和教师现在已经注意到这个问题，而且已有了大力改进，在培养学生的思维能力方面不断出彩。不过，这里面还有一个问题，就是我们现在教材很繁很重，都要学生去“找”答案，教学时间不够，教学任务完不成，这也是一个客观困难吧。

（原载于 1998 年 7 月 19 日《芜湖日报》）

一曲拥抱新世纪的彩色立体交响

——深圳市98学生田径运动会大型团体操《鹏程万里》排演侧记

1998年12月27日下午4时。

深圳市体育场。

雄伟的现代化立体空间，绿草茵茵，红旗林立，巨大的环形看台上，来自全市部分中小学数万名师生，如一片一片的彩色花浪，此刻正静心屏息，翘首期盼着那个用一百多个日子的集体心血和汗水浇灌的美好宏愿的展现……

——深圳市1998年学生田径运动会大型体操（鹏城万里）表演现在开始！

欢呼声、乐曲声如大海掀起的狂澜，在吕毅、钟倩两位老师优美的朗诵声中，近千名春芽装扮的小学生如嫩黄青绿的激流涌进了广阔的绿茵场，他们高举手臂拥抱朝阳，唱起了成长之歌，描绘着全面发展的幸福历程。春风、春雨、春阳、春苗、春天的故事又添了新的篇章……

第一乐章：训练，训练

深圳啊，春天的故乡，
改革开放的阵阵春雷，
从这里传向四面八方！
深圳啊，春天的摇篮，
千万颗嫩黄青绿的春芽，
沐浴着春风春雨而茁壮成长！
听，春芽们吮吸着泥土的芳香，
看，春芽们聚成了希望的海洋。
白云为他们加油，
山峰向他们鼓掌。
今天他们高唱着未来之歌，
明天他们将是新世纪中华的栋梁！

——团体操第一场《新时代的春天》朗诵词

当人们看到这近千名小学生在绿茵场上按着音乐的节拍做出各种优美整齐的动作，拼出各种多彩多姿的艺术图案时，无不加以啧啧赞美！可他们不知道的是：他们是来自罗湖区六所小学2—5年级的学生，大多是利用课余时间来排练，而且时间仅两个多月！合练场设在怡景中学，离各校都有较远的距离。笔者曾在第一次合练时到了怡景中学运动场，看见那些学生，特别是二三年级的，满脸童稚，样子小得令人心疼，却在烈日下排练两三个小时，真令人无限感叹！导演们告诉我，有五六个小孩因为尿急，一时跑不及，都把尿拉到裤子上；又有许多孩子弄不清方位，一跑起来，队伍成了马蜂窝……

然而，两个月后，他们创造了令人惊羡的艺术表演！

奇迹是怎么创造出来的？

答案是一个：上上下下的共识和共动——训练！

罗湖区教育局副局长、团体操副总监丘新权同志说："这次团体操排练是一项政治任务，是锤炼和展示罗湖及全市中小学生优良素质和蓬勃精神风貌的一次集体大行动。一切要以训练为中心，全力投入，只要训练到位，我们就一定成功！"

在区委区政府、区教育局的关怀动员下，以训练为中心的攻坚战打响了！让我们来拮取其中的一些片段吧：

——李志荣局长和丘新权副局长亲自挂帅。丘副局长多次主持有关工作人员会议，组织统筹。体卫科刘岭科长担任总指挥，具体策划调配。他们还多次亲临合练场指挥检查合练，保证了训练的顺利进行。

——团体操具体工作由刚刚通过国家级职业学校评估的行知职业技术学校牵头承办。该校领导将此作为压倒一切的中心任务，所有音舞美的创作、组织排练、道具服装后勤等工作全面展开，日夜滚动。宣绍镛书记和张汉亮副校长担任副总指挥，全力投入，排除万难，奋战了一个又一个不眠之夜……

——总导演刘春燕老师，执行导演陈洪亮、郑纬、彭建丽、吴省荣、李慧萍、吴熙颖、肖京华、阳自清、曾建辉等是重担在肩，如履薄冰。两个多月的时间，没完没了的排练，未得一刻安宁，涌现出各种动人事迹。如靖轩小学的郑炜老师一度发高烧至40℃，只好到医院打吊针，但一打完，她又立即返回训练场。怡景中学的肖京华老师带病工作，抓紧课余点滴时间一个一个地辅导学生练模特步。翠竹小学的彭建丽老师两个月累下来，足足瘦了15斤，如此等等。众多执行导演都是忙得顾不上家，顾不上孩子……

翠竹、靖轩、景贝、碧波、北斗、螺岭等小学的领导高度重视，作出周到安排，并多次来到合练场，为师生们排忧解难。许多班主任和体育老师既是教练，又是"保姆"，又是保管员，为孩子们操尽心血。

——行知职校、怡景中学、文锦职校、理工学校的领导们亲自给学生作思想动员，提供各种条件。合练场设在怡景中学，校运动场让出来，自家的体育课只好改地点因陋就简，而且合练起来人声喧闹，干扰了正常上课，但他们为了顾全大局，毅然自我消化了种种困难。

——上上下下，方方面面的支持数不胜数。如区教育局多辆大巴义务接送小学生到合练场，各校后勤人员做好物品供应和运送工作，还有许多老师利用休息时间为耽误课程的学生补课等等。

开始排练时，看到学生们僵硬的动作和凌乱的队形，许多人心里都充满了担心，导演们更是心如火焚。但是两个月练下来，人们看到的是近乎完美的表演。正是靠着这"训练"，罗湖区及特区的学生素质正不断优化。今天他们高唱的是"训练之歌"，明天他们将是新世纪强劲的建设之师！

第二乐章：创造，创造

青春啊，

它站在世纪之交的起跑线上。

她的背后，

簕杜鹃正舞着春风怒放；

她的前方，

是新世纪一片灿烂的星河银光。

青春啊，

因她要飞向金色的太阳而美丽缤纷，

因她与春天同行而步伐矫健。

她心中燃烧着振兴中华的火炬，

她手上高举着民族历史的接力棒。

她正向我们大步走来，

更快更高更强，

展示了新一代的灿烂辉煌！

——团体操第二场《青春的脚步》朗诵词

团体操第二场《青春的脚步》展现了当代青年的仪表美、气质美和青春美，赢得了观众及社会的高度赞扬，得到了市、区领导的交口称赞。身着各民族礼服及当代各式新款服装的近千名中学生的精彩表演，几乎达到了模特表演的水平，以致很多人都不相信自己的眼睛，认为是请来了专业模特队表演。

这一艺术构思得益于区教育局和创编人员的思想解放和创造力。

一般省、市级的运动会团体操，承办单位都要请来一批专家、专业人员给予指导，排练时间往往要半年以上，花费也很巨大。但罗湖区教育局接到承办任务后，决定闯出一条新路，即大力挖掘本区教育界的潜力，自力更生，自创自编自导自排，以“第二次创业”的精神再造奇迹，充分展现罗湖师生的自信力、创造力和教育综合实力。

在这一思想指导下，首先成立了以行知职校为中心的创编导队伍。具体工作由宣书记主持，创编人员有蒋湘宁副校长（执笔）、上官文主任（执笔）、刘春燕老师、王德重老师等人。6月份接到任务，两个星期后，即拿出三个方案，并多次广泛征求意见，摸着石头过河。经市、区领导多次审阅和两次专题讨论终于在10月初定下第八稿。这一过程叙述起来是简单的，但实际操作中不知蕴含了有关领导和创编人员的多少心血和创造力！

如音乐老师孟晓岱担任作曲，一个星期内她全身心沉浸在创作氛围中，几乎不吃不睡，拿出初稿后，立即大病了一个星期。

又如行知职校教务主任上官文，苦思冥想，创作了主题歌歌词《鹏城万里》，切合特区中小学生身心特点，受到一致好评。

又如怡景中学副校长、作家刘人云，经常到合练场揣摩于心，一晚上拿出团体操各场朗诵词，一稿通过。

又如经过宣书记和张副校长精心组织，洪亮老师设计了两千多套演出服装，款式新颖，光彩夺目，光向各校发放就用了整整两天。

又如总导演、行知职校的刘春燕老师，来深前为吉林省歌舞团主要演员，她创编的少儿舞蹈多次在全国获奖，虽然对排团体操缺少经验，但在领导的大力扶持下，在10位执行导演的大力协助下，她勇敢地挑起了重担。其他10位导演也是各怀绝技，各有所长。这两三个月，她们几乎投入了全部身心，日日夜夜在紧张的工作和思虑中度过，合练场成了她们魂牵梦绕的地方。排练方案是改了又改，力臻完善，一颗心始终悬着。直到正式演出成功后，她们才松了一口气。你们要问她们的体会，她们都会微笑着告诉你："直到今天才能睡个安稳觉！"

中央指出："创新是一个民族进步的灵魂，是国家兴旺发达的不竭动力。"罗湖师生在此次活动中表现出的创新精神，有力地证明了这一点，它必将推动罗湖及深圳的教育事业再创新的辉煌！

第三乐章：飞翔，飞翔

葵花向阳，
牡丹芳菲，
熊猫起舞，
海星荟萃，
大鹏展翅生雄风，
海天辽阔起风雷。
我看见衮衮英雄出少年，
美丽的梦想在追随；
我看见教育强市成现实，
真诚的祝福在追随。
高天亮，
阳光媚，
向着胜利勇敢飞，
风风雨雨壮我行，
鹏城万里报春晖！

——团体操第三场《鹏程万里》朗诵词

这是一幅幅充满了瑰丽想象力的雄伟画面，不禁使人想起了毛泽东同志“鹰击长空，鱼翔浅底，万类霜天竞自由”的著名诗句。戴梅、罗曼、王冠华三位音乐老师演唱的主题歌，把表演推向了新的高潮。这时，从场中巨大的魔方中，“变”出了一群群优秀的科学家、运动员、工农兵、医生、公务员等等，他们向我们展现了今天深圳教育事业所取得的丰硕成果，预示着深圳及中华美好富强的明天！

这时，一千余只鸽子突然飞出，飞翔在体育场的广阔上空，一阵又一阵热烈的欢呼声响起，寄寓着人们美好的祝愿：飞吧！飞吧！深圳您这只金色的大鹏，在迈向新世纪的新征途中，您将继续上演出一幕幕威武雄美的历史剧，为伟大祖国的现代化再作骄傲的贡献！

副市长在热烈鼓掌，
市教育局局长在热烈鼓掌，
所有的领导和来宾都在热烈欢呼，
几万名观众都在热烈鼓掌……
——我们成功了！

所有排演的同志都沉浸在成功的巨大喜悦之中，不少人眼里满含激动的泪水。他们将终生难忘成功带来的喜悦，还有启示，那就是：只要我们高举毛泽东思想邓小平理论的光辉旗帜，坚持思想解放，勇于开拓创新，敢于奋斗拼搏，我们就能克服人生和事业中的种种困难，夺得一个又一个的成功和辉煌！

（原载于1999年6月25日深圳《多才多艺》报）

教

“子不教，父之过”，老祖宗的遗训大家记得很清楚，但许多人对于这个“教”的理解，却一直陷入误区。

“教”这个形声字，其形旁“攵”的意思，就是用手杖或教鞭来整治人。封建社会里，在“父为子纲”的伦理观笼罩下，“教”就是“训”，要求孩子绝对听父母的话，正确的执行，错误的也要执行；理解的要执行，不理解的也要执行。

从“训”的极端走向另一个极端就是“宠”，宋朝的高衙内便是典型代表，当今中国的“小皇帝”“小公主”也叫出了名。

那么，应该怎样正确认识这个“教”字，其中大有学问。按《现代汉语词典》解释，“教”就是“把知识或技能传给人”的意思，可见与旧观念中的“训”或“宠”根本不是一回事，而且，既要“传”好，传授者必须有爱心、耐心、信心和好方法，在这方面，德国的母亲给我们做出了好榜样。

曾有位年轻的母亲在德国工作，看到她的同事们都很文明礼貌，就向他们提出了一连串的问题：

——走在街上，你们为什么不把手中的废物随手扔到地上？

——为什么每到周五晚上你们就要把洗手间擦得亮亮的？

——为什么你们每两周一定要换一次床单？为什么洗内衣裤要先用80—90度的热水洗第一遍？……

对于她的发问，同事们很惊讶，而且几乎都是一样的回答："妈妈从小教的"。后来她在德国的各种场所留心观察，发现妈妈们教的太多了，在公园，她看见悠悠漫步的妈妈在鼓励幼儿把手中的糖纸放进垃圾箱；在路边，她看见等候过马路的妈妈在教孩子认识红绿灯和斑马线；在朋友家做客时，她看见主人妈妈在指导自己牙牙学语的孩子走上前去，与客人握手，问好并作自我介绍。

德国妈妈真是善"教"的能手！难怪这位中国母亲从中感到了"妈妈的教育对整个民族素质的形成所产生的巨大威力。"

希望中国的父母也能把握"教"的真谛，有意识地将"教"贯穿于生活中，而非简单的"训"或"宠"。

（原载于1999年8月30日《南方都市报》）

解惑：不能仅仅限于知识

青少年时代是一个人确立正确的世界观和人生观的基础阶段和重要阶段。青少年学生不仅有大量知识方面的“惑”，同时也有大量思想认识上的“惑”。特别是在当今社会的转型时期，纷纭繁杂的社会现象，多元多样的价值观，使他们的“惑”更“惑”。作为一位“传道、授业、解惑”的人民教师，除了要在知识探求方面积极为他们“解惑”之外，还要主动地在思想认识上帮助他们“解惑”，从而使他们健康成长。我认为这是当前加强青少年思想道德建设的重要一环，必须引起所有教师的重视。

多年来我在高中兼教一个班的语文，在课内课外以及学生的作文、练笔本中不断与学生进行思想交流，经常敏锐地发现他们思想认识中的“惑”，也及时想办法帮助他们解决。解决后，学生常常有“恍然大悟”之感。我认为这对他们的健康成长是非常必要的。

下面请让我举一些具体例子来说明：

【例 1】新闻中的世界

有位学生在练笔本上写了这样一段话：“每天打开报纸，看到的尽是战争、凶杀、恐怖、爆炸、灾祸、诱骗、腐败……这个世界是多么可怕啊！”类似的感受有些学生也有。

我感到这不是一个小问题，就在练笔评讲中提出来让学生讨论。最后，经过摆事实，讲道理，大家明确三点：1. 世界是在前进的，既要看到阴暗面，更要看到光明面；2. 新闻报道具有一定的商业性，越是离奇的事往往越有新闻效应（西方新闻界名言："狗咬人不是新闻，人咬狗才叫新闻"。）；3. 人皆有猎奇心理。其实一般报纸都是以正面报道为主，而人们往往只注意离奇的反面报道，故而会觉得“一团黑”。

我还做了一个小实验，在一张白纸中央点了一个黑点。问学生：“你们看见了什么？”学生都说：“看见了一个小黑点。”我却反问道：“为什么看不到大片的白呢？”这就是心理作用。

【例 2】任何文化都有局限性

古今中外各种文化都有思想、时代或历史的局限性，而学生由于缺少唯物史观和辩证分析，往往看不到这点。例如课文《孔雀东南飞》，焦仲卿与刘兰芝双双为情自杀，在当时封建家长制婚姻制度下，这是对时代的反抗。《罗密欧与朱丽叶》一剧也是如此。但我在课堂上看到学生十分敬慕的眼光，立即引起了警觉，又联想到香港某大牌明星自杀对学生的震动与影响，有些学生因此意志消沉，便向学生提出“今天怎样看待自杀行为？”这一问题进行讨论。经过讨论，大家认识到，今天我们就不能像焦仲卿夫妻那样殉死，要珍惜生命，让生命有意义。大牌明星自杀也有他思想性格的局限性（比较复杂，不展开），是不值得仿效的，反而要从中汲取教训。

【例 3】每家有本难念的经

常常有学生在练笔中倾吐自己对家庭或对父母的苦恼。这里面的情况也是多种多样的，有的因为家庭离异，有的因为父母争吵，有的因为经济问题，等等。我总是尽量跟他们笔谈或面谈，或转告班主任，请班主任有针对性地做些工作。但总体上，我帮助学生确定三点认识：1. 矛盾是无所不在的，所谓“每家都有一本难念的经”，不要害怕；2. 既来之，则安之。在可行的范围内，尽量促使矛盾向好的方面转化；3. 时间能解决一切矛盾。将来你终归要离开家庭，走向独立生活。用辩证的方法论来认识这些问题，使学生烦躁的心归于平静。

【例 4】事物是有差异性的

过去由于阶级斗争的影响，人们看事物往往只看到两个极端，如好与坏，善与恶。事实上，同类事物都是具有许多差异的，必须具体分析，不能简单地以好坏论之。青少年由于缺少社会生活经验，往往看问题简单化。

例如在讲到《项链》这课时，过去是简单地否定主人公玛蒂尔德夫人，说她受资产阶级毒害，充满虚荣心。改革开放以来，又有人走向极力歌颂她的极端。我曾有过一个学生说，她无比敬佩玛蒂尔德夫人，说玛敢于追求个人的幸福特别是女人的幸福，改革不就是要让我们的生活富裕幸福起来吗？于是我在课堂上就提出了“追求的差异性”问题，使学生明确到，“追求”是有多种层次的，为全人类进步而追求，可谓最高追求。为了私欲，谋财害命，践踏众人利益，可谓最低追求。这中间还最少可分为十几个层次，如忠于职守，公私兼顾，利己不损人，本位主义等等。有什么样的追求，就有什么样的人生价值。玛蒂尔德的追求只能排在中等偏下，可以理解，但不值得提倡。这样实事求是的分析，使学生心服口服，又懂得了“大”道理。

【例 5】用哲理性短文助长

青少年学生在成长中会遇到许多问题，例如考试成绩不好、挨了老师批评、同学看不起、友谊破裂、早恋等等，这些具体问题都需要我们帮助他们具体解决。但总体上要让学生明确到，成长是一个奔向目标的过程，这个过程曲曲弯弯，没有什么可怕，也不会决定你的终身，但是一定要朝着一个正确的方向前进，坚持到底，就是胜利。我经常给学生读一些蕴含人生哲理的小文章。有一篇《原来这么简单》，学生反映比较强烈。其中有一段摘录如下：

有几个小孩都很想成为一个智者的学生，智者给他们一人一个烛台，叫他们要保持光亮，结果一天两天过去了，智者都没来，大部分小孩已不再擦拭烛台了。有一天智者突然到来，大家的烛台都蒙上厚厚的灰尘，只有一个被大家叫做“笨小孩”的小孩，虽然智者没来，他每天来擦拭，结果这个笨小孩成了智者的学生。——原来，想实现理想很简单，只要实实在在地去做就可以了。

当然，还有许多例子，如认识重大国际事件、社会热点问题等等。学生一旦解了“惑”，就提高了自身的思想文化道德素质，例如写文章时的见解就全面准确得多。

教师除了在思想认识上给学生解惑之外，还要逐步培养学生自己解惑的能力，这点更重要。这有许多方法，如：讨论会、辩论会、课前五分钟演讲、作文的“立意”指导等等。这里就不赘述了。

要做好解“惑”工作，教师特别是不带班主任的老师一是要有强烈的责任心和爱心，才会热心去做这些表面上不属“工作量”的工作（其实是教师自身最大的职责）。二是教师要通过学习思考，使自己的思想认识“与时俱进”，并具备科学的世界观和方法论，才能给学生科学地实事求是地解“惑”。三是教师要努力开掘教育资源，用生动的有说服力的事实来教育学生，才能收到更大效果。

（原载于2004年5月25日《深圳教育》报）

感动与行动（卷首语）

当2005年最后一张日历翻过的时候，我们不禁发现前面的历纸已经沾满了感动的泪水：

——湖南怀化学院的大学生洪战辉，12岁起就挑起家庭生活的重担，带着捡来的妹妹打工求学养家，直至今日。媒体报道后，他竟婉拒了人们的援助……

——全国60万农村代课教师，每月仅有40—80元的工资，却长年默默无闻地坚持在那些贫困的乡村基础教育中，还经常援助那些贫困的孩子……

——深圳义工联艺术团团长丛飞，无私援助失学儿童和残疾人达146人，在他患癌症病重的时候，还把大家援助的2万元捐给贵州贫困山区的儿童……

——2005年12月15日，日理万机的胡锦涛总书记来到了青海互助土族自治县威远镇古城小学，他亲切地问孩子们“你们的课本都是学校发的吗？”孩子们齐声回答说：“是！”“知道为什么这样吗？”一个叫郭世莲的孩子回答：“因为家里穷。”

……

这一幕幕的场景，感动着每一个中国人，刺痛了人们的良心，同时也在拷问中国：中国的义务教育必须改进，必须随着中国经济、社会的快速发展而修改完善，必须遵循公平化均衡化的原则，从而使每一个少年儿童都能享受到现代温馨的教育，都能成为支撑未来中国美好明天的绿荫！

我们欣慰地看到，在“感动”的同时，中国也加快了“行动”，国务院已在 1 月 4 日通过了义务教育法的修改草案，即将付人大常委会讨论通过。其要点是：保障义务教育经费。向农村和城市的薄弱学校倾斜，实施素质教育，鼓励教师到农村任教，改善教师工作生活条件……

我们欣慰地看到，2005 年党中央国务院实施了“农村寄宿制学校建设工程”、“农村中学现代远程教育工程”和“两免一补政策”，使千千万万的农村孩子受惠，还决定从 2006 年开始，免除西部地区农村义务教育阶段学生的学杂费，2007 年扩大到中部和西部地区……

我们又欣慰地看到，广东省委决定，从 2006 年 9 月新学年开始，全省农村义务教育阶段的学生将全部免交杂费，将实现农村免费义务教育提速了两年……

“感动”是美丽的，但“行动”更美丽。“感动”是感性的，而“行动”却是明智的和有效的。再拿盛行全国城市的“择校风”来说，已引起广大人民群众的严重不满，问题就在于“行动”不够。君不见，安徽省铜陵市竟能积十年之功，做到学生不需择校，在哪上学一个样，创造了一个义务教育均衡发展的“奇迹”。你问他们是怎样做到的，他们的回答很简单：“我们只不过根据义务教育法和教育部、安徽省有关文件照做了而已。”可见问题就在“行动”而已，并没有什么奥秘。“铜陵奇迹”也是一个讽刺，就是面对义务教育法的法规制度，许多地方竟然集体失语。“择校风”问题如此，义务教育中的不少问题也是如此。其实，只要“行动”当头，什么问题都可迎刃而解。

“感动”是银，“行动”是金！

（原载于2006年第1期《广东教育》杂志）

祝《特区教育》永葆青春

刊物与作者的关系好比是水与鱼的关系。水里因为有了鱼，才风光无限；鱼因为得到水，才有了施展的天地。作者与刊物的关系，真是亲密无间。

不知不觉中，《特区教育》已经创刊 20 周年了；回首一瞥，本人南下深圳已经 15 年了。记得 90 年代初，因我已在全国许多报刊上发表了大量文章，《特区教育》和《深圳青少年报》的同志们便向我约稿，写了多少稿也记不清了，至今大约有四五十篇吧。印象较深的是 1997-1999 年，《特区教育》给我在刊物上开辟了一个“教育随笔”专栏，由我写稿及组稿，每期 3-5 篇。那段时间的确比较紧张，因为这是硬任务，到时就要交货，而且，当时的《深圳法制报》也要我每周在第一版上写一篇综合性的社会时评，自己本身还有繁重的教育教学工作，所以只得开足马力，十八般武艺都用上，拳打脚踢。而自己的能力也就在这“压力”下更进一步地更快地成长起来，“鱼”越游越畅。顺便说一句，常有人惊讶地问我，你本身的工作这么忙，怎么“产品”到处开花？我只想透露一个答案，那就是我的文章不是写出来的，而是“想”出来的。平时在工作中，在阅读中，在闲隙中，一有触动，或者说一有“思想闪光”，立刻就思考，构思立意，马上记下来，这以后，再利用闲隙时间反复斟酌，直至成熟，然后动笔，一挥而就。看是写的快，实则写得慢。因为文章大都来自实际，立意新颖，有针对性，有理论性，有可读性，所以颇受欢迎。有了思想，有了能力，有了业绩，在2000年深圳市教育系统评选中学学科带头人时，我就自然成为首选。所以，我还得感谢《特区教育》和《深圳青少年报》的同志们，是他们给我提供了一个展示的舞台，一条宽广的大河。

这地方还想向年青的爱思考的教师们进一言，结合教育教学，勤动笔，不仅乐在其中，而且是自己迅速成长的一条捷径。

作者们在成长，在走向成功，刊物自然蒸蒸日上。今天，《特区教育》和《深圳青少年报》已经家喻户晓，有口皆碑。评价一个刊物办得是否成功，有许多说法。我想有两点是很重要的。一是它的实效力，读者花钱买你的刊物，图的是有用，对自身发展有好处，而且越有用越好，特别是在报刊林立、市场化的今天，这点成了报刊生存发展的基本条件。二是它的亲和力，刊物面目可亲，与读者的思想工作学习生活“零距离”接触，像个好伴侣、好老师、高明的朋友，使读者感到缺它不可。

这两点，《特区教育》及《深圳青少年报》做得很不错，很出色。多年来，他们的主编、编辑和记者总是不断地深入到学校、师生及家长中去，了解读者的实际需要，征求大家的意见，并及时地调整、完善报刊的内容及形式，烹调出最精彩最有营养的“食品”，在最大程度上满足师生们的“胃口”。如近几年学校实施课程改革后，《特区教育》及《深圳青少年报》及时组织了许多文章及专版，帮助大家“解惑”“解难”，并提供了许多成功的样本。又如发表了大量的充满青春气息的学生美文，使众多小作者得到鼓舞，使读者受到启迪和感染。还有《特区教育》的美术装帧精美鲜活，很吸引人。特别是他们敏锐地抓住深圳学生及家长思想行为中的许多“热点”问题、“焦点”问题、“难点”问题，及时地组织有关稿件及专版，促使读者深入思考，帮助读者出谋划策，指点迷津。不过在这方面还大有潜力可挖，还可进一步深入。

《特区教育》创刊20周年了。20年的时间在历史的长河中只是浪花一朵，但它的生命是溶解在一代又一代青少年健康成长的血液中的，化解在一代又一代青少年奋勇向前的步伐中的，影响到我们民族和祖国的未来。就这个意义来说，它的生命是不能用20年来计算的，这正是它有别于成人报刊的地方，也是它得天独厚的光荣之处，也是它的主编、编辑、记者们的光荣之处。借此机会，在《特区教育》20岁生日的时候，向主编、编辑、记者们表示衷心的感谢、崇高的敬意和热烈的祝贺！并衷心祝它兴旺发达，永葆青春！

（原载于2006年第10期《特区教育》杂志）

2008级高一新生入学教育大会演讲提纲

热烈欢迎高一新生

进校背景：翠园中学处在“二次创业”的完美结束和“三次创业”亮丽开端的高峰期。

“二次创业”：建成广东省国家级示范高中。

“三次创业”：出类拔萃，智慧校园，全国名校。(有专题材料)

例：高考连年在高位运转，中进高出，在市内一流。(具体略)

演讲题目：翠园高中生思想行动纲领

德国著名哲学家黑格尔说：“人是靠思想站立的。”

毛泽东说：“没有正确的政治观点，就等于没有灵魂。”

进了高中，跨进了人生发展的最重要阶段——奠基阶段，必须有正确的思想来指导自己三年的行动。

一、基本认识

（一）我是高中生，进入人生发展最重要最艰难的阶段（奠

基人生）

1. 为进入大学，为社会工作创造必要条件，报效社会和人民，报效祖国和亲人。

材料一：《高考制度：一个并不完美的现实选择》

——英国牛津大学第一副校长 W·D·麦克米伦说：我对中国的高考制度了解不是特别多，但我认为这是一个很好的选拔制度，因为在中国，它能把同龄人中最好的学生选拔出来。在英国，我们的选拔制度大同小异，我们的方法、过程还要复杂一些。我认为我们在选拔学生时也应该学习和参考中国的这种方法。

——北京大学校长许智宏说：实行当前的高考制度，这是没有办法的办法。应该说这种考试制度还是比较公平的，不能说每个同学都考出了真实水平，但相对来说，大部分选拔出来的人都不错……一下子马上改过来是不可能的，要考虑中国的国情。

材料二：《重新审视高校"就业率"》

——统计时点是一个重要因素。教育部 2005 年 9 月 1 日公布的 2005 年全国高校毕业生就业率为 72. 6%。到同年 12 月，国家人事部的调查报告显示，这个就业率为 87. 7%。发达国家是用"一年后的就业率"为标准的。另，就业选择地也是一个因素。

2. 投入人生激烈竞争的战场。因为实行学分制，从高一开始，每学科的每次模块考试都是一场战役，模块考试接连不断，等于每季度有一次毕业考。争学分，144 个学分才能毕业，高二按 x 志愿和成绩重新分班。高考为总决战。德智体方面也同样如此，全面发展。

3. 高中新课改向高中生提出了理想化的高要求。课程项目增加，课程内容增多（选修与必修），课程方式转变（自主、探究、合作），能力素质要求明显提高。

误区：外国学生学习负担轻，学习难度小。其实，外国那些精英学校学生负担更重，对思辨能力要求更高。

材料三：

●法国的高考作文题：

——文科：①“我是谁”这个问题能否以一个确切的答案来回答；

②能否说：“所有的权力都伴随以暴力”；

③试分析休谟论“结伴欲望与孤独”一文的哲学价值。“‘结伴’是人类最强烈的愿望。而‘孤独’可能是最使人痛苦的惩罚。”

——理科：①能否将自由视为一种拒绝的权力？

②我们对现实的认识是否受科学知识的局限？

③试分析卢梭论“人类的幸福、不幸和社交性”一文的哲学含义。卢梭说：“我们对同类的感情，更多产生于他们的不幸而不是他们的欢乐。为共同利益联系在一起的基础是利益，因共处逆境团结在一起的是感情。”

（二）我是高中生，我必须刻苦学习，全力投入，实现自己的人生目标（奠定学力）

1. 必须刻苦学习。

日本、韩国学生的口号，每晚睡觉超过4、5小时，不是高中生。主要表现在每天的学习任务每天清。

材料四：《争上名校不轻松，美国学生也减负》

——美国麻省理工学院招办主任琼斯女士说：“这一代学生

是全世界最焦虑、睡眠最少、考试过度、营养不良而又压力重重的一代。”2005 年麻省理工学院有 10455 名申请者，结果只有16%的人被录取。

——斯坦福大学 2005 年从 20194 名申请者中录取了 1630 名学生，录取比例为 8.1%。

——在芝加哥市郊的一所 4000 人的高中，学校在时间上想办法，计划强制实施午休，并禁止学生将选修课用于自己安排的学习，但遭到学生的抵制。在波士顿郊区的韦尔兹利公立高中，两年前有两名学生因压力过大而自杀。

2. 必须全力投入。

游戏机、QQ、电视机暂时放下，有效地利用每一分钟发展自己（阅读、学习、休息，适当的公益实践活动和文体活动）。

材料四：刘子歌横空出世

小将刘子歌在北京奥运会女子 200 米蝶泳比赛中，率先触壁，勇夺冠军。为中国体育代表团夺得本届奥运会首枚游泳项目金牌，并首度在奥运会上破游泳世界纪录。

19 岁的辽宁人刘子歌，2004 年和教练金炜等一起从辽宁被交流至上海游泳队，2007 年进入国家队。上海游泳队主教练汤群说，刘子歌脑子只有一件事，那就是怎样把自己的成绩提高上去。她的卧室，挂满菲尔普斯的照片，以此鼓舞自己、激励自己。

游泳队的训练是非常辛苦的，每天至少要在水里泡 5 个小时，游 8000 米到 10000 米。上岸后在陆上训练时，刘子歌也会把衣服练得被汗水浸透，用手一拧，水就流了下来。

由于远离家乡，加上训练艰苦，教练要求很高，性格内向的刘子歌常感觉到压力很大。队友赵子涵说，刘子歌有时会被教练训哭。但是，无论压力多大，她都不会抱怨，只是一个人默默流泪，或者跟父母打电话倾诉自己的心事。

金炜教练训练很严格，不允许弟子把精力花在对外界联络方面。因此，刘子歌没有手机、电脑。训练之余，她没有普通女孩子的娱乐活动，很少买化妆品和时尚衣服。平日里队友一边看电视一边聊天，聊着聊着就会不由自主说到训练上去。但在看一档电视时，刘子歌会十分专注，那就是易中天品三国的节目。队友赵子涵说：“我们教练金炜喜欢看这个节目，刘子歌有时跟着看，慢慢就喜欢上这个了。”刘子歌最高兴的时候，就是在休假日和队友以及教练外出吃“水煮活鱼”。

（三）我是高中生、必须逐步树立正确的价值观和有远大的理想

●人活着要有境界，活着是为了创造，为人类和社会创造，体现自己的生命价值。

2006 年 9 月，温家宝总理接受英国《泰晤士报》访谈。记者问道：“你在晚上睡觉前最喜欢读什么书？掩卷之后，有哪些问题常使你难以入眠?”温家宝回答时，一口气背诵了六句名人名言，“形象地告诉你，我是一个怎样的人，经常读哪些书，在思考什么问题”。

第一句是晚清名臣左宗棠 23 岁结婚时在新房门口写的对联：“身无半亩，心忧天下；读破万卷，神交古人。”

第二句是北宋张载的《横渠四句》：“为天地立心，为生民立命，为往圣继绝学，为万世开太平。”

第三句是屈原的《离骚》中的诗句：“长太息以掩涕兮，哀

民生之多艰。”

第四句是清朝文人郑板桥的诗作《潍县署中画竹呈年伯包大中丞括》中的“衙斋卧听萧萧竹，疑是民间疾苦声”。

第五句是“有两种东西，我对它们的思考越是深沉和持久，它们在我心灵中唤起的惊奇和敬畏就越会日新月异，不断增长，这就是我头上的星空与心中的道德定律”，出自德国大哲学家康德的哲学名著《实践理性批判》最后一章，后来成为刻在他墓碑上的名言。

第六句出自中国现代诗人艾青的诗歌《我爱这土地》：“为什么我的眼里常含着泪水？因为我对这土地爱得深沉。”

(摘自《青年文摘》第 3 期　作者杨曼)

●要脚踏实地一步一步地为理想而奋斗。

材料五：《心灵先到达的地方》

——20 世纪著名的美国探险家约翰·戈达德，15 岁写下《一生志愿》，127 个目标，其中有：要到尼罗河、亚马孙河和刚果河探险，要登上珠穆朗玛峰。乞力马扎罗山和麦金利峰，驾驭大象、骆驼、鸵鸟和野马，探访马可·波罗和亚历山大一世走过的道路，读完莎士比亚、柏拉图和亚里士多德的著作，谱写一部乐曲，写一本书，拥有一项发明专利，给非洲的孩子筹集 100 万美元的捐款……这是一场壮丽的人生跋涉，也是一场异常艰难、简直无法想象的生命之旅。过了 44 年，他实现了其中的 106 个。当有人惊讶地问他是凭借怎样的力量，让他把许多注定的不可能都踩在脚下的时候，他微笑地回答：“很简单，我只是让心灵先到那个地方，随后，周身就有了一股神奇的力量，接下来，就只需沿着心灵的召唤前进好了。”

（四）为中华民族的伟大复兴而刻苦学习成才

——中国历史悠久，文明发达，唐宋时期中国的国民总产值占世界的三分之一，相当于今天美国在世界的经济地位。

——中国近代严重落伍，自上世纪80年代中国改革开放以来，古老的中国又焕发新的生机。今天的中国正改变世界。中国经济在今年年底将超过德国成为世界第三大经济体。特别是经过北京奥运会，中国正以一个自信开放文明的大国形象走向全世界，并赢得世界人民的尊敬与赞扬。

材料六：【英国《泰晤士报》网站8月23日文章】题：中国梦已取代美国梦（作者马丁·弗莱彻，摘录）

散发自信的国度

在过去两个星期里，中国的奥运选手在首都北京壮观的新场馆中、在狂热的同胞面前击败了美国对手，以多赢得16枚金牌的优势结束了苏联解体后美国运动员一直占据的世界霸主地位。

这一结果只会加剧美国目前的恐慌情绪，专家们肯定会把中国不可阻挡的崛起与美国的衰落相比较，研究两条线何时相交。

答案不久后就会揭晓——如果有答案的话。几乎用任何标准来衡量，美国与中国仍处于不同的集团。美国去年的国内生产总值（GDP）为13.8万亿美元，远远高于中国的3.2万亿美元。美国的人均GDP为4.6万美元，而中国只有5300美元（原文如此——本报注）。据《财富》杂志统计，在全球最大的30家企业中，有11家来自美国，3家来自中国。

然而，对偶尔来中国的游客来说，引起他们关注的是中国人呈现了曾使美国变得强大的心态——乐观、活力和爱国、积极进取的精神，以及让下一代比自己过得更好的决心。上个月我在中国待了三个星期，我发现这是一个散发着自信的国度。

美国的情况截然相反。眼下，受经济衰退、房价下跌、银行倒闭、外国投资损失惨重以及政治领导不力困扰的美国陷入了虚弱。

如果美国发生 5 月四川遭受的那样一场地震，美国会如何应对？从对“卡特里娜”飓风的反应来看，美国人不具备中国人的精神、活力和自立心态。

在地震灾区各地，我看到士兵、承包商和志愿者以惊人的速度清理瓦砾、修复公共设施、搭建大面积的临时住房。更引人关注的是那些受灾者。他们没有自怜自哀，没有陷入绝望，也没有坐等政府援助，而是努力进行重建和恢复，他们在家园的废墟上建起了临时商店、餐馆、诊所，甚至还有小型工厂。40 岁的霍永斌（音）在地震中失去了妻子和父亲，但他在九龙村残留的集市的遮雨棚下，重新开办了自己的理发店。他说：“逝者已去。你不想和他们一块死。”

乐观爱国的人民

在河南省一个名叫周潭的小村庄里，我遇到了一个人：他是曾被称为美国梦、现在或许被改称为中国梦的化身。

他叫周守生（音），27 岁，他和数千万个未受过教育的农民一样，涌入了中国的城市，为家人谋取更美好的未来。他在北京的建筑工地打工，每天工作 10 小时，每周工作 7 天，一年只回两次家。他做出这样的牺牲是为了有朝一日能送两个孩子上大学，让他们分享中国的繁荣。

他说：“我希望他们将来能设计漂亮的大楼，不要像我一样只能盖楼。”他还说，当他看到有钱的北京人住高档公寓、开豪华汽车时，就会激励自己更加努力地干活。

肯尼迪总统 1961 年在就职典礼上说：“不要问国家能为你做什么。先问问你可以为国家做什么。”肯尼迪要是在世的话，会称赞今天的中国人。

周守生回到了家乡，因为为了确保奥运会期间北京的空气清洁，工地都停工了。在世界上最大的圣诞装饰品和各类廉价商品市场义乌，由于奥运会前中国限制签证发放把外国买家拒之门外，商人损失惨重。但没有人抱怨。他们乐于为更高的利益做出牺牲——这是个从出生起就被灌输的概念。

一位商人说：“举办奥运会是 13 亿中国人的愿望。如果今年西方的圣诞老人少了，那也值得。”

成就惊人的政府

为了北京的活力，首钢遭受了一些损失。这个巨大的工厂释放的烟雾和二氧化硫一直笼罩着首都。奥运会迫使首钢关闭，因此公司正在河北省沿海的曹妃甸建设大型高技术工厂。大约 4 万名工人从去年 3 月开始建设。工厂将在 20 个月后，即今年 10 月投产。

工厂周围是 140 平方英里的填海滩涂地。不久后，新的石化工厂、发电站和其他重工业将覆盖这片区域。这在中国并不罕见。所到之处到处都可以看到新的公路、桥梁、机场和火车站——甚至是 20 年前还不存在的城市。可在美国，由于人们主张减税，许多基础设施在老化。中国正在大力投资于未来。

在中国目前的发展阶段，我发现人们没有大声疾呼民主。在大多数人的清单上，安全和繁荣的位置更靠前。就这一点来说，中国政府取得了惊人成就：在过去 30 年中使 4 亿人摆脱贫困，并且始终保持两位数的经济增长。

如果中国的共产党领导人参加自由选举，他们或许会轻而易举地获胜。皮尤研究中心最近开展的一项调查显示，86%的中国人对他们国家的发展方向感到满意，中国在全球满意度排名中比位居第二的澳大利亚高出25个百分点。

这些都没有立即体现在西方媒体的奥运报道中。西方对中国的批评没错，但并不代表中国的全面情况。(材料六完)

材料七：中国科技还比较落后。

但今天的中国科技还比较落后，中国经济转型（由制造业占主导地位转向以服务和研究为基础的产业）需要大量高素质大学生，大量创新人才。

中国成为世界工厂。2005年浙江生产了180亿双袜子。东莞生产的毛衣全球平均每5个人就有一件。世界上每10双运动鞋就有一双出自东莞。“东莞塞车，世界缺货。”据估计，到2010年，中国将成为世界第一贸易大国。

世界上每百台电脑就有一台出自江苏，江苏企业每台只赚到十只苹果的钱。

国产手机售价的20%和数控机床售价的20%—40%，用于向外国缴纳专利费。

国产8亿件衬衣换国外一架空客A—380。

我国对外技术依存度50%，设备投资60%靠进口。要把“中国制造”变成“中国创造”。

由世界科学组织评出的20世纪重大科技发明有18项，其中美国占9项，英国占4项，苏联占3项，德国占一项，只有基因图谱排序吸收中国人参加，也仅完成了1%的工作量。美国有几个专业学会曾经评出影响20世纪人类生活的重大发明20项，竟然没有一项中国人所发明。缺少科学精神；有诠释能力而无创新能力；追逐利益而没有创新精神；短期行为和急功近利。中国今天还存在着环境污染、发展不均、分配不公、腐败堕落等严重问题。

材料八：《中国经济转型急需高素质大学生》

据著名国际咨询公司麦肯锡公司发表的报告说，中国每年要培养约60万应届工科毕业生，这一数字是美国的9倍之多。然而，在中国160万年轻的工程技术人员中，只有约16万拥有在跨国公司就业所必备的实践技能和语言技能。

材料九：《未来几年中国急需八类人才》

——网络电子类，土木工程，汽车制造，中医，市场营销，国际贸易，广告业，外语。

——海外汉语教学需10万教师，现只有6000人。

——中国人完全有能力追赶世界科技先进水平，更寄希望于同学们。

例：2006年6月3日，中央电视台新闻联播对深圳大族激光公司进行了报道。

记者现场：“我手里拿的这块电路板就是我们使用的电脑中央处理器的核心元件，在这个只有一张邮票大小的面积上，分布着上万个比头发丝还细的小孔，用来连接电路。这样精细的工艺，就是由这台激光钻孔机完成的。”

这台大族激光生产的激光钻孔机的问世，不仅打破了原来完全由外国公司独家垄断的局面，而且给国际市场同类产品的价格也带来巨大波动。国际市场上激光钻孔机、激光切割机的价格一下子下降了40%（图表：激光钻孔机原来100万美元——下降到60万美元；激光切割机原来90万美元——下降到50万美元）；而大族激光同类设备的价格还不到目前国际市场价的一半（图表：大族激光钻孔机25万美元；激光切割机20万美元），这使使用这些设备的企业大大降低了成本。

浙江莫尼公司董事长贺滨："我们企业现在用的全套设备都是大族激光的设备，价格是国外（设备价格）的五分之一，每件产品我们可以节约50块钱，全年下来可以节约1200万左右。"

——要在我们同学这代人手上实现中华民族复兴的伟大理想：2050年赶上美国，2010年赶上日本。

二、行动措施

（一）发扬愚公移山和青藏铁路建设者的精神，坚定朝人生目标前进

——毛泽东语录："下定决心，不怕牺牲，排除万难，去争取胜利！"

材料十：《青藏铁路，中国奇迹的象征》

——他们说，西藏根本无法修铁路，那里有5000米高的山脉要攀越，12公里宽的河谷要架桥，还有绵延上千里、根本不可能支撑铁轨和火车的冰雪和软泥，怎么可能有人在零下30摄氏度的低温中开凿隧道，或者在这个稍一用力就需要用氧气瓶的地方架桥铺轨呢？……

（二）适应环境，改变自己，改变环境

你改变不了环境，但你可以改变自己；

你改变不了事实，但可以改变态度；

你改变不了过去，但可以改变现在。

材料十一：《打好手里的牌》

——美国历史上第344任总统艾森豪威尔年轻的时候，一次晚饭后跟家人一起玩纸牌游戏，连续几次都抓了很坏的牌，他开始不高兴地抱怨。妈妈停了下来，正色对他说道："如果你要玩，就必须用你手中的牌玩下去，不管那些牌怎么样！"

他一愣，听见母亲又说："人生也是如此，发牌的是上帝，不管怎样的牌你都必须拿着。你能做的就是尽你全力，求得最好的效果。"

材料十二：《逆境时，你如何反映》

——胡萝卜，鸡蛋，粉状咖啡豆浸入开水中煮——变软了；变硬了；改变了水。

父亲问女儿："你是哪一个呢？是看似强大、但一遇到逆境和痛苦就会变得软弱、失去力量的胡萝卜吗？是有着温柔的心灵、但在经过死亡分别和离异的折磨以后就变硬的鸡蛋吗？还是让给你带来痛苦的开水发生了变化的咖啡豆？"

材料十三：《只要你想》

——现任美国国务卿赖斯是黑人。其母在她小时候曾去商店买衣服，白人店员不让赖斯进试衣室试穿，要她进贮藏室里一间专供黑人用的试衣间。可赖斯母亲根本不理睬，她冷冷地对店员说："我女儿如果今天不能进这间试衣室，我就换一家店买。"对于这些歧视和不公，母亲对她说："记住，孩子，这种不公正不是你的错，你的肤色和家庭是你不可分割的一部分，这无法改变也没有什么不对。要改变自己低下的社会地位，只有比别人做得更好，你才有机会。"赖斯后来回忆说："母亲对我说，康蒂，你的人生目标不是在白人专用的店里买到汉堡包，而是只要你想，并且为之奋斗，你就有可能做成任何大事。”

材料十四：《绝境里的机会》

——智利北部丘恩贡果村，多雾干旱，加拿大物理学家罗伯特来此调查，除了村民，几乎没有发现生命的迹象，只是蛛网密布。经研究，发现蜘蛛丝具有很强的亲水性。他受到启发，研制出一种人造纤维网，在山地上排成网阵，聚集了大量的水，用于灌溉，让这里成了花果园。

（三）小成功是大成功之母，一步步向前进，从小事做起

材料十五：《成功》

——贝尔纳是法国著名作家，一生创作了大量的小说和剧本，在法国影剧史上占有特别重要的地位。有一次，法国一家报纸进行了一次有奖智力竞赛，其中有这样一个题目：如果法国最大的博物馆卢浮宫失火了，情况只允许强救出一幅画，你会救哪一幅？结果在该报收到的成千上万的回答中，贝尔纳以最佳答案获得该题的奖金。他的回答是：“我救离出口最近的那幅画。”

他的理由是成功的最佳目标不是最有价值的那个，而是最有可能实现的那个。

材料十六：《成功就是打磨自己》

——美国著名科学家、民主主义者乔·富兰克林曾在一家杂志社实习，老编辑费恩要他每天写一篇文章。后来，费恩去世，富兰克林发现他的遗作中有这样一段话：“孩子，其实我不是你心目中的那个人，我并不懂写作，每个单词都得查字典，一篇稿子要看几十遍。当然为了生活，我给自己创造了一个权威的形象。你让我教你，我尽量去做，其实多数时候是你自己在打磨

自己。”

如果说，岁月是磨刀石，那么一个人的才华就是磨刀石上的那把刀，握住刀柄的人就是自己。只有不停地磨砺自己，不停地给自己淬火，在勤奋的熊熊烈火中锻打锤炼，才华才会锋锐明亮起来，最终放出夺目的光芒，抵达成功的彼岸。

材料十七：《成绩会被一点一滴储下来》

——著名香港影星张曼玉，18 岁从影，21 年后终获巴黎市长颁发的金级纪念章奖。她说，我终于知道原来有人会把我 21 年来的成绩一点一滴地储存下来，然后颁一个奖给我。这个奖是尊重我作为一个演员所付出过的努力，欣赏我对艺术的贡献，以我作为一个整体，而不是因为我拍了一部《清洁》。这个奖使我明白，没有过去，就没有今天的张曼玉——好的，不好的，都是我。

（四）强制自己，养成优秀的学习生活发展习惯

什么叫教育？教育就是养成好习惯。

态度决定了习惯，习惯决定了性格，性格决定了命运。

用意志强迫自己。

材料十八：《把做好小事当成你良好的习惯》

——美国标准石油公司职员阿基勃特，在住旅馆的时候，总是在自己签名的下方写上“每桶四元的标准石油”字样，在书信和收据上也不例外。他因此被同事叫做“每桶四元”，而他的真名反而无人叫了。董事长洛克菲勒知道这件事后大感惊讶地说：“竟有职员如此努力宣传公司的声誉，我一定要见见他。”于是邀请阿基勃特共进晚餐。后来，洛克菲勒卸任，阿基勃特成为第二任董事长。

有位小姑娘应聘到美国纽约市第五大街一家女服装店打杂。她每天开始工作之前，都要对着试衣镜开心、温柔、自信地微笑。她虽手头拮据，只能穿粗布衣服，但她把自己当作身穿漂亮衣服的夫人，待人接物落落大方，彬彬有礼，深受顾客喜爱，纷纷在老板面前夸她。后来，老板把裁缝店交给她管理，她渐渐成名。她就是美国著名时装设计师安妮特。

好习惯实际上是好方法——思想的方法，做事的方法。一个人只要认认真真的从小事做起，而且坚持不懈，乐此不疲，直到把做好事形成习惯，你便具备了成功的品质和条件。

最主要的好习惯：

1. 认真。认真第一，聪明第二。

2. 实效。实效第一，理由第二。

3. 效率。效率第一，完美第二。

具体：

1. 认真听课的习惯。动脑、动手，提高上课听课率。

2. 当天学习任务当天清，决不欠债，弄懂弄明白。

3. 爱好阅读的习惯。见缝插针，配合教学，读报读新闻。

4. 积极进取的习惯。集体活动，文体活动，社会公益活动，积极进取。

5. 积极思考的习惯。

6. 静心的习惯。

材料十九：2007 年广东省高考状元成功秘诀（《南方日报》2007. 6. 29）

▲农家子弟靠勤奋夺第一名

理科总分状元：黄蓉生。所在学校：惠州一中。志愿：清华大学。

勤能补拙，是今年全省理科状元、惠州一中黄蓉生长记心间的座右铭。

班主任陈老师说："黄蓉生是一个性格沉稳、不太张扬的学生。这对学理科是有好处的，因为不张扬才能静下心来钻研问题。"

▲思想很活跃，自主性很强

文科总分状元：严俏华。所在学校：高明一中。志愿：香港中文大学金融学

班主任黎老师用三个词概括她：聪明、自主、高雅。平时话不多，思想很活跃，自主性很强，很有个性，她还是班长。

▲学习上父母从不轻易干涉

文科总分状元：严晖皓。所在学校：仲元中学。志愿：北京大学经济系

他说：只要努力，可把学习压力化为动力，成绩好了，压力自然就缓慢减少。听音乐和看电影是必不可少的生活调剂。父母认为，无论我在学习上遇到什么挫折，只要我自己能消化得了的，就不干涉，这给了我很大的调整空间。

▲学习窍门就是一定要有计划

生物五科总分状元：胡晓烨。所在学校：深圳中学。志愿：香港大学精算专业

"制定学习计划，并真正地执行。我每天拿个小本子记录当天要做的事情，每做完一件就打个钩，一天下来看到都是勾，心里特别有成就感，而周末回家就绝对不学习了，主要是体育和上网。另外，我要说的就是题海战术绝对没用，课外教辅和练习十

分盲目，把老师布置的作业及时做完，不欠账是关键。”

▲“我不是最聪明，也不是最勤奋。”

政治五科总分状元：肖菲。所在学校：深圳市外国语学校。志愿：保送北京外国语大学

“如果要说这次高考取得成功的秘诀，那恐怕还是一直以来基础打得比较好的缘故。”已被包送，高考心里没有压力。

▲“爱靓”状元周末从不看书

地理五科总分状元：廖丽嘉。所在学校：广雅中学。志愿：香港中文大学

“要想取得好成绩，必须未雨绸缪，要有大计划，高三整年应该有详细规划。”其母亲说：“她从小就爱看书，吃饭时书和报纸都不离手。”由于条件所限，家里从来没有为她请过家教，上过补习班。校长说：“她学习基础稳固，专注性强，悟性高。”

结束语：

材料二十：《简单的道理》

老骆驼在垂暮之年，又一次穿越了号称“死亡之海”的千里沙漠，凯旋归来。马和驴请老英雄去介绍经验。

“其实没有什么好说的”，老骆驼说，“认准目标，耐住性子，一步一步往前走，就到达了目的地。”“就这些，没有了？”马和驴问。

“没有了，就这些。”

“唉！”马说，“我以为他能说出些惊人的话来，谁知简简单单三言两语就完了。”

“一点也不精彩，令人失望！”

——其实，任何经验之谈，都是简单明了的，关键看你能否运用到实践中去。

有了思想认识，有了行动纲领，去做就行了，今天开始！

每一个同学都可以成功，每一个同学都一定要成功！

祝同学们圆满完成高中三年的学习生活，为将来成“人”成才，报效自己的亲人、社会和祖国奠定最坚实的基础！

（2008 年 10 月 15 日改定，多次为高一学生演讲）

一字批

“一字批”，我给它的释义是，用一个字或词来总结概括评价某事物或作品，表现该事物或作品的本质特征之核心。因为“批”的字数太少，所以只能表现其本质的“核心”。应该说，难度很大，因为要做大量的深入的分析归纳和研究工作，做到“字”简“意”准，“字”简“意”精，“字”简“意”深。

如不少亚洲国家或地区近年来都喜欢评选年度字词，用一个字或词来高度简要的概括该年度该国该地区或世界年景的主要特征。2016 年底，由国家语言资源监测与研究中心、商务印书馆、人民网联合主办，众多网友共同参与的“汉语盘点 2016”活动结果揭晓，“规”“变”“小目标”“一带一路”四个年度字词新鲜出炉，鲜明扼要地概括了去年中国的盛景。11 年前，“汉语盘点”活动首创时确立的“用一个字、一个词描述当年的中国和世界”的宗旨依然鲜活如初。回味曾经的年度字词——“炒”“涨”“和”“被”“法”“油”“债”“争”“乱”“衡”“和谐”“民生”“选举”“反腐”“全球变暖”“金融危机”“正能量”“改革开放 30 年”等，它们汇聚成一条注释中国年景的壮丽河流，凸显了当代中国的变迁与崛起，承载了中国与世界的诸多变幻风云。使我们切肤感受到这个时代变化的温度和历史前进的鼓点。

那么，我们如果用一个字或词来概括一本书及文章的主旨及内涵，也是一件颇具功力和很有趣的事，当然难度可能更大。

二十年前，笔者曾发表过一篇散文，题为《痴——一部巨著的辐射核》，其中谈到，《红楼梦》的情节核心，就是一个“痴”字。(详见前文）现在来看，用“痴”字来概括与批注这部巨著的主旨及内涵的核心，倒也比较精当有味。

由此生发到其他古典名著的“一字批”，我尝试了一下，不揣冒昧与读者共商。

《西游记》的核心就是一个“闹”，孙悟空先是大“闹”天宫地殿海府，再是在如来佛的掌控下大“闹”去西天途中的多处妖魔鬼域，最后皈依正果。归根结底，属于有掌控的喜剧性造反，故而只能说是“闹”。而且，这“闹”字绘声绘色，有惊有险，精彩无比，与原书的主旨和艺术氛围十分吻合，寄寓了作者对黑暗现实的批判和对传统束缚的嘲弄以及对正义勇敢智慧等品行的歌颂。

再说《水浒传》，比较好评，用一个“反”字即可直达其核心。“反贪官不反皇帝”是具体概括，封建社会里的农民起义目的就是反压迫反剥削，但也夹杂了践踏人权、滥杀无辜的反社会暴力，所以这个“反”字里，有正面的内容，也有负面的东西。至于书中的宋江“不反皇帝”，那是封建统治阶级及其意识形态的需要。

再说《三国演义》，比较难评。用“计”或“奸”都可以。

三国争霸天下，武力自然是硬实力，但智慧计谋确是软实力，在特定的时空中，软实力起到了决定性的作用，如赤壁大战即如此。《三国演义》好看处精彩处正是智慧计谋这一块，诸葛亮就是智慧计谋的杰出代表，其他人如曹操、刘备、孙权、周瑜等等个个都是绞尽脑汁，用尽心机。所以《三国演义》成了古今计谋大全，弄得以后的战场、商场、财场都把它当作教科书。如果认为这个“计”是反人性的，如刘再复先生在《双典批判》中对《三国演义》批判的那样，那就可用“奸”字来批注此书了，尤其以主人公曹操为代表最为形象。窃以为，刘再复先生的批判是振聋发聩的，是对中国“黑厚学”的一次英明的清算。所以用“奸”字来批注它，更见深刻。

“一字批”，看起来像是游戏，实际上是一种高明而精妙的读书方法，也是对思维能力的检验。需要你读进去，走出来，也就是深入浅出，深入“精”出，深入“妙”出。像是大海捞针，不过这根针是“定海针”，是大海的精华核心所在。我在《越读越厚和越读越薄》一文中已具体阐说，这里不再赘述。

退休前，在语文课堂上，我也常常用这种方法来培养提高学生的语文阅读素质，常是事半功倍，收效很大，而且学生学得津津有味。如我在教学鲁迅的《〈呐喊〉自序》一文时，先提出一个问题，即用一个字来概括课文的主旨和内容核心，而且这个字就在该文中。然后要学生带着这个问题去阅读，寻找答案。结果学生通过认真阅读找到了这个字，就是一个“梦”字。鲁迅先生在该文中介绍了他写作《呐喊》的缘由，那就是一个救国救民的“梦”，这个梦从模糊到清晰，从幼稚到成熟，从醒悟到坚定，造就了他写作《呐喊》的伟大动力。“梦”是全文的核心，是

“纲”，是主线索。课上完以后，学生对该课是久久难忘。这正是因为“一字批”起到了提纲挈领、举纲抓目的妙用。

（原载于2013年3月1日《南方教育时报》和2017年12月8日微信公众号“文学”）

改革高考内容比改革制度更有作为

最近，《南方教育时报》发表了多篇关于学生减负的文章，分析减负屡屡不成的原因，不过最后都把矛头指向高考制度，而现行高考制度一时没有替代品，无法撼动，致使很多人对教改的前途很悲观。

其实大可不必悲观，因为问题的症结不在高考制度，而在其内容，即高考到底要考什么、怎么考。因此，我们完全可以在高考内容的设置上下功夫，就拿高考语文来说，现在的问题是试题太多太难！就连许多著名作家也考不及格。20 多道题，含语言文字、阅读、默写、文段写作、作文等各个方面，试题长达一万多字，仔细读一遍也大概要半小时，而考试时间仅仅是一个半小时！要想考好，平时必须通过大量做题，熟练掌握答题技巧，才能提高答题速度！不仅语文，还有数学、英语、文综、理综等，都要这样应对，如此学生课业负担重是必然的。

所以要想高考指挥棒能发挥素质教育的正确导向，真正减轻学生负担，首先就是要减少科目和题量。可考虑在现有基础上减少三分之一。

其次，要尽量减少死记硬背的题目，以考察能力与素质为主。例如语文，只要考现代文阅读和文言文阅读各一篇再加上作文即可。上世纪五六十年代的语文高考就是考一篇作文加一篇文言文翻译，效果很好，既考出了学生的真实水平，又大大减轻了学生的负担，学生也能全面发展，缘何这样的高考内容在当下不被认可呢？笔者以为不过是以下观念在作祟：

其一，担心教学质量得不到保证，好像非要学生把教科书里成千上万个知识点都记熟了才放心，这种教学质量观，其实早已过时并被诸多国家所摒弃。想起有关爱因斯坦的一个典故：当年爱因斯坦搭乘飞机到达美国时，有个记者问了他一个物理学上的常用数字，可是谁也没料到，爱因斯坦直截了当地回答："不知道。"那不过是个常识性的问题，就连在场的不少外行都知道答案。时隔不久，有人问起此事，爱因斯坦诚恳地说："我确实不记得那个数字。"他接着解释道："我没有必要浪费自己宝贵的精力。只要在百科全书里面一翻就能翻到的数字，我从来不去记它。"这就是大科学家的科学态度。我们在"文革"时期，常见报纸上嘲笑一些著名大学教授连一些基本知识点都背不出，以此作为否定"臭老九"的根据，其实这是弄巧成拙，因为"学术有专攻"，不需要什么都死记硬背，这只能说明嘲笑者的愚蠢无知。

其二，认为以考核能力和素质为主的试题不好改，标准不易统一。这个问题确实存在，但这恰是应试教育之果，它反过来又强化了教师及教研部门的应试思维及其操作。所以要大大加强这方面的专门研究、改进的力度以及改卷培训。例如，语文高考以作文为主，可以把省下来的人力挪到出题研究和作文改卷上来，多点时间细改，发挥集体智慧，公平是可以得到最大限度实现的。建议一定要抽调有较好写作水平的语文老师来阅卷，不善于写作的老师是不可能掌握好分寸的。

大家都很佩服法国的高考作文题，涉及哲学、伦理学、历史学、社会学多方面，而且思辨性都很强。但我们不能照搬，因为我国还有大量农村县城的考生，他们知识的局限性很大。但是，我们可以从中得到启示，那就是应在考核学生的思辨水平和语文能力上下功夫，而不是大量地纠缠于一字一词一段的繁琐细小的问题。而这点恰恰是创新教育和素质教育所要解决的问题，迫切需要我们组织新力量来进行专题研究。

事实上，在高考内容的改革方面，有地方已作出了不少可贵的探索。如上海市，语文只考阅读和写作等，这对上海的中小学教育是积极的导向，上海学生在国际性的学生学业大赛中能独占鳌头，应该不是偶然。广东和深圳作为改革开放的龙头，也应在这方面有所作为。

改革开放几十年来，我国各个领域都发生巨变，教育规模空前扩大，教育硬件极大扩充，唯独普教教育理念改革和教学质量提高举步维艰。到了大力改革的时候了，而首要的攻坚战就是高考，而战中之战就应该是高考内容的改革，让这根指挥棒为我们的创新教育和素质教育服务，让我们的孩子生动活泼地全面成长。这一点相信广大师生和有识之士都会赞同，也相信它终会成为社会共识，直至成为上下的行动！

我们欣喜地看到，中央十八届三中全会已发出高考内容与形式改革的讯号，高考改革势在必行！

（原载于2013年11月22日《南方教育时报》，现略有增添）

感情温暖，智力扶持

——深圳市罗湖区民师培训团扫描

一、民校校园里来了一群“爷爷奶奶们”

“爷爷好，奶奶好！”

“伯伯好，婶婶好！”……

“你们好，真是好孩子！”……

在罗湖区经济类民办学校的校园里，常常可以看见这亲切和谐的一幕。在简陋而整洁的校园里，在狭小而拥挤的教室里，在灰暗而坚实的楼梯上，爷孙辈互相高兴地打着招呼，孩子们脸上流露的是真诚感激的笑容，老人们的心里更多的是难以言表的怜爱。

这些爱心奔涌的爷爷奶奶、伯伯婶婶就是罗湖区民师培训团的二十多位已退休的老教师！

自 2011 年秋季以来至今，罗湖区教育局及其教师培训中心组织了“罗湖区民办学校教师培训团”，对全区 14 所经济型民办学校进行校本教研指导，先后共六轮（目前正进行第五轮），每轮历时 3 个月，共听取我区 14 所民办学校的 500 多个教学班的语、数、英、科学、历史等学科的近千位教师的 7000 多节课（师训团每位教师听课多达四百多节)，对每位教师进行了评课和个别辅导，并举办了各科专题讲座和公开课等教研活动。

每一轮还各有重点：第一轮对每所学校的学科建设和教学工作做了综合评价与指导；第二、三轮在各校各学科举行“研磨课”活动，直接帮助研磨课老师上好示范课，以期起到领路作用；第四、五轮各校各学科对部分教师上课进行“跟踪指导”，重点辅助。这些大量而有效的帮教工作，达到了预定的目标，即：“提高课堂教学水平，培养训练经济型民校教师良好的教育素质，熟练掌握适应新课改的教学方法和教学技能，实践教育均衡，扎实推动我区经济型民办学校整体水平的提升。”

培训团的工作得到了各经济类民办校领导和广大师生的热烈欢迎与赞扬，得到了社会的一致赞扬，也在我市教育界激起巨大的反响。罗湖区教育局长江可志和王琦先后到学校慰问他们，市电台“民心桥”节目闻讯后立即做了专题报道。

二、提高民校教学水平的新高招

事情还得从头说起。

随着城市人口特别是外来工人员的急剧增加，外来工子女的就学问题成了社会一大心病，各种比较简陋的经济类民办学校也应运而生。对这些学校的管理和支援问题也早就提到了教育部门的议事日程上。罗湖区教育局及其教师培训中心的领导们也了解到这些学校各方面条件比较差，特别是由于工资低、工作量过重等原因，教师队伍力量薄弱，教育教学水平一般比较低。每年中考这类学校大部分是垫底的。除了积极争取上级政府加大对这类学校和教师的经济支持以外，在普遍提高学校教学水平方面该出何招呢？培训中心主任傅培之想到全区还有不少教育教学经验丰富且精力有余的中小学老教师，何不充分发挥他们的余热和“绝技”，给所有这类学校来个大支援？很快他的“金点子”得到了局领导的叫好与“拍板”。于是，在培训中心干部李敏老师的具体组织下，一支精干整齐的“老兵”队伍组成了，主要是原市、区、校的学科带头人，骨干教师及教研员等，由原翠园中学副校长、我市中学语文学科带头人刘人云老师任团长，陈伊纵为初中组组长，刘缨、李萼梅、韩璐（还曾有雷爱武、孙玉超）等老师分别为小学三个小组组长。本轮的成员有：齐宏、刘小慧、张建平、唐苏黎、袁海鸥、谢承国、邵林、杨湘宁、崔瑞梅、郑远琴、何秀英、方一之、颜颂平、赖梦玲、魏素瑾、李斌和林玉冰。老成员有王见、何瑞星、成瑛、于雅琴、王利民、郭亚红、刘爱阳、吴艳华、孟宪琴、和建华等。之后参加的有：方应芬、王永权、林煌钰、陈雅丽、彭雅娟、梁萍等。

三、他们送来了“业务引领、智力支持和人文关怀”

2011 年 10 月 19 日早上，20 多人的支教队伍开到了地处罗湖区东南偏僻地区的东方学校。学校处于居民村中，乱建而拥挤的房屋，狭窄而灰暗的街巷，一车道，特别窄的地方要等反向的车开过来才能开过去。师培团的老师们不禁倒抽一口凉气。学校还算像样，但是很拥挤。在李敏老师和刘人云团长向校领导说明了工作安排后，老师们立即开始紧张的工作。

很快的，师培团及时总结了在在东方学校工作的经验，整个团后来就像一架运行良好的高品质发动机一样，在实践中形成了一套“听课—评课—个别辅导—学科评价指导—学校教学指导建议”的运作模式。

在各种会议上，他们开头的第一句就是向民校教师们致敬！不管怎样，民校教师们能在工资很低、工作量很重和条件很艰苦的环境下，克服种种困难，日复一日，年复一年，坚守教育岗位，为广大的外来工子女服务，本身就为社会树立了道德的榜样！什么叫献身，什么叫高尚，你在这里完全可以找到有说服力的答案！这的确是师培团老师们的心里话。反之，在师培团老师们充满感动的胸怀里，也跳跃着一颗无私的爱心，他们把感动化成了行动，不顾年事已高，把自己宝贵的经验无私地倾授给民师们。况且，这样做，受益者更是那些纯朴善良而身处艰难的外来工子女，他们同是祖国的花朵，民族的未来，为什么不能享受同等的教育？

因此，严谨的专业精神，敬业的工作态度，平等的交流指导方式、倾尽所有的无私心态和真诚关注民校教师生存的人文情怀，成了这个团队的精神特质！在第一轮培训结束时，他们还写成了《罗湖区经济型民办学校教学现况调查汇报》，向政府反映此类学校和教师的实际困难，呼吁政府尽快给予得力的援助。

同时，由于师培团老师们教学功底扎实，教育教学理念新，指导到位，评价中肯，意见诚挚而切合实际，给民校教师极大的触动和帮助，让许多缺少经验或对新课标缺少了解的教师有了“醍醐灌顶”般的醒悟。又由于师培团老师们中有原任的校长、教研员、学科组长和年级组长，富有很强的教育教学管理和教研能力，所以有力地促进了这类学校的教育教学特别是课堂教学的水平。师培团的到来，被这些学校及其教师誉为“渴盼已久的及时雨”。

如银湖学校在其新闻报道稿中写道："……培训团专家分别听了我校每一位老师的课，之后又与听课教师进行了认真的研讨。各位专家对我校教学工作给予了具体的指导，尤其是在课堂中如何提高课堂有效性方面，给出了很多宝贵意见。陈伊璇老师和刘人云老师还亲自登上讲台，为我校师生及全区经济型民办学校教师上示范课。两位老师教学理念新，具有扎实的教学基本功和良好的教学素养，创造性使用新教材，努力开发教学资源，独树一帜的教学风格，受到听课师生的热烈欢迎和高度评价。刘缨老师和杨湘宁老师结合自身30余年的班主任工作经验，与我校全体班主任分享了《如何做一个合格的班主任》，使学校全体班主任受益匪浅。刘人云校长还对我校九年级的复习情况进行了调研，并结合课堂教学进行了具体的复习指导。教师培训中心李敏老师全程参与并指导了活动的各个环节，保证了本次活动的顺利进行……讲师团的到来，为学校的发展提供了充分的业务引领、智力支持和人文关怀。"

四、研磨课和跟踪指导活动使教师终生受益

第一轮培训在"面"上取得成功后，第二、三轮研磨课活动和第四轮"跟踪指导"活动则把重心放在课堂教学的以"点"促"面"上。略有不同的是，研磨课重在挖掘发挥同科优秀教师的示范作用，跟踪指导则重在帮助较弱教师的提升，这样做，全面地提高每一位教师的教学能力，从而有效地提高了学校的教学水平。

研磨课选择的对象是有数年教龄、可塑性强的年轻的民校老师，其基本程序为：听—磨—再听—研讨、再磨、总评。因为时间安排在两天半内，所以工作十分紧张，成了一项非常辛苦而具有挑战性的工作。师培团每一个学科小组的教师都高度投入，在到达每所学校第一天就确保要听到研磨课教师第一次的课，然后就立即着手从课的各个环节、细节到课件、板书、习题、作业、教学语言等各方面详尽地给出改进意见和方法，帮助研磨课教师立即作出修改，使之尽量成为“示范课”；第二天请民校同学科老师一道再听改进后的第二次研磨课；再举行学科组研讨会，对比两次上课的不同，理解与明确修改的原因、意义和作用，从而具体明确一节好课的标准，为他们今后的备课与上课展示了努力的方向。

这样，以“点”教“面”，以“点”带“面”，以“磨”促“研”，给每位民师留下深刻的印象，带动了一大批民校教师积极投入到教学研究、课改理念的探索中来，从而促进整体教学水平的不断提高。特别是担任研磨课的教师，更是受益无穷，终生难忘。总之，可谓“磨”出了一批样板课，“磨”出了一批好教师，“磨”出了教研的新氛围，“磨”出了课堂教学的新方向！

所有担任研磨课的老师都在其研磨课感想中激动地表达了对“培训团”老师的无限感激之情。如文德学校的刘玉玲老师写道：“四月，对我而言是特殊而又美好的日子，在这美丽的季节里，我有幸得到韩老师，李老师和林老师三位导师的指导，在研磨课的过程中给予我最中肯的意见和最有效的指导，我深深感受到她们的德高业精。……感谢这美丽的四月，感谢三位导师的耐心指导，我将带着这份美好在以后的教学旅途中拼搏奋斗，不断成长！”

侨香学校在网上发出《研磨春风吹进侨香校园》的报道，其中写道：“……两天半来，培训团成员，不辞辛劳，深入课堂，‘坐诊式’的听课、一对一点评、精细的‘研磨课’指导、分科组讨论、小结……对我校每位主科任课教师都给予了公正客观的评价，提出了许多宝贵意见。尤其是‘研磨课’，同样的课题，经过他们一听、二磨、三研的精细指导，课堂效果有了质的飞跃，得到听课老师们的一致认可。这次研磨活动给我校留下了大量的书面材料，成为我校改进教学的重要源泉，为我校提高教师课堂教学水平，培养教师熟练掌握适应新课改的教学方法和教学技能，建立‘高效课堂模式’，给予了极大的帮助！研磨的春风定能吹进我校每位教师的心田！”

跟踪指导课的对象是相对比较薄弱的教师。其做法是一帮一，在一周时间内连续听课，听完一节后立即对其指导，提出改进意见，再听课再指导，直至比较满意为止。其结果是有力地促进了后进老师的提高，使他们终生受益，走出多年的阴影，充满信心地挺立在课堂上。如东英学校的陈自立老师深有感触地说：“当我经历了十几年老套教学模式倍感乏味时，新课改开始了，难得有兴致重新审视‘教学方式’于是实践中充分体现一个‘活’字，并发挥到极致。直接效果是秩序混乱，脱离文本，却浑然不觉——直到民师讲师团到来。以刘人云副校长为首的老教师们经过反复听课、评课，不厌其烦地纠正我们教学中的点滴错误和毛病，授予科学的343教学法，带领我们探索把握文本主旨，引导开启课堂教学创新思维，让人受益匪浅。现在我们备、教环节有规可循、有法可依，教学水平有所提高；学生的理解能力也提高了，作业进步了。这都是讲师团送教下校取得的累累硕果。这对我这个时不时倚老卖老的人来说，更是触动极大，感触良多。”

各民办校校长都对师培团的工作给予高度评价。如莲城学校吴华利校长深情地说：“师培团的老师们慈祥、专业，对我们教师尤其是青年教师的影响可用终生受益来形容，对他们的前途发展起了关键性的作用。尽管两年多来，在他们的培养下，我们一些教师的教学能力大为提高，考上并跳槽到了公办学校，但我们心里仍然十分高兴。因为对整个教育事业的发展是极为有利的。”

去年，为了总结经验，更有效地发挥指导作用。师培团还在区教育局的大力支持下，撰写与编印了两本书：《罗湖区经济类民校各科教学常规》和《罗湖区经济类民校优秀教案选》，得到了这些学校的热烈欢迎与高度评价。

“老夫喜作黄昏颂，满目青山夕照明。”是叶剑英元帅晚年写的著名诗句。师培团的老教师们大都喜欢它。今吟之，更有一种亲近感。故改之，以作题。

2014年4月2日改定，现略改

（原载于2014年第6期《特区教育》，作者署名为长江树）

高考前，我讲了三个小故事

退休前的一年里面临高考，3 班班主任肖老师找到我，说以前你带过 3 班的语文课，同学们很信任你，他们现在有些紧张，明天早读，你能不能给学生讲几句，我答应了。第二天早读我就到班上去了，同学们热烈鼓掌欢迎我。我就给他们讲了三个小故事。

第一个故事，叫《减少失败》。

同学们大呼意外，应该是叫我们“准备成功”呀，怎么反其道而为之？

说的是有位西方高尔夫球名将黑根，在打每一局球之前，他都想会打出 6 个坏球，并且只想怎样改正动作，纠正错误，这样，真的打出了坏球就觉得很正常，而且奇怪的是，结果往往没有打出 6 个坏球，成绩出乎意料的好！为什么？心理学家做过一个实验，在穿针的时候，你越是全神贯注地努力，你的手就越抖得厉害，线也就不易穿过。在医学界，这种现象叫做“目的颤抖”，成功的目的性越强越不容易成功。相反，把成功的目的改为减少失误的目的，心理上轻松了许多，而且加上有了减少失误的针对性措施，当然就能坦然面对，顺利成功。

第二个故事，叫《房子和馅饼》。

在一次重要比赛中，一位国内跳高运动员面临着冲击金牌的最后一跳。教练对他说："跳过这两厘米，你的房子就到手里了。"该运动员很激动，结果就是没有跳过去。而在洛杉矶奥运会上，当受了伤的跳水王子洛加尼斯面临夺冠的最后一跳时，教练对他说："你的妈妈在家等着你，跳完这轮，你就可以回家吃你妈妈做的小馅饼了。"结果洛加尼斯轻松地取得了最后的胜利。同样是激励性诱导，一所房子和妈妈的小馅饼，在运动员的心理上引起的反应为什么不同呢？专家认为，在关键时刻，如果一味地加重其心理压力，反而影响到运动员的发挥。但如果将很重要的目标简单化，生活化，反而使运动员心情放松，有助于正常发挥甚至超常发挥。

第三个故事，叫《增值的玩具鸭》。

说的是一群中国玩具鸭，多达 2.9 万只，原本是小孩子在浴缸中洗澡时玩的塑胶玩具，每个价值 1 美元。1992 年 1 月，在前往美国的途中，装载这些玩具的货船在太平洋东部遭遇暴风雨，这些鸭子失落水中，开始海上漂流。至 2007 年止，它们经历了 15 年的海上风雨，跨越了半个地球。它们曾无拘无束地在太平洋里漂流，也尝过寒冷的北极浮冰是什么滋味，它们曾领略过夏威夷的浪漫海风，也体验过大西洋的海水温度，经过了日本、美国、加拿大、冰岛等很多地方，最远的行程达 1.7 万英里（约合 2.7 万公里）。有趣的是，由于这些玩具对于科学家研究洋流的价值非常大，所以"鸭子舰队"在 15 年漂流之后也身价倍涨。据说，美国 TheFirstYears 公司出高价，愿以每只 100 美元的价格收购它们。鸭子为什么增值一百倍？是因为它的曲折经历或阅历，同样，一个人经历得越多，他的价值也在增长。而高考不论是成功还是小成功还是失败，都是人生经历的一部分，只要正确对待，都可以使你增值！再过几年回头看高考，你就会有不一样的感受，你就会把它只看成是人生中的一段插曲，而不是人生的全部。

三个故事讲完了，同学们沉浸在思考中。我就问学生还有什么问题。结果有个学生问，晚上睡不着觉怎么办。我就说，很简单，睡不着就按第一个故事做，想怎么减少明天考试的失误，实在睡不着，就干瞪眼，因为年轻人一夜不睡没关系，我们年轻的时候搞“文革”，经常整夜不睡觉，第二天没事！这样想，反倒能睡着。

高考揭榜后，肖老师兴高采烈地来告诉我，这个班考出了超常佳绩，大大超于预期。这三个小故事起到多大作用，学生们心里知道。

（原载于2017年5月29日微信公众号“长安文学社”和2018年6月6日“教育新视界”）

差两分就是满分作文，这两分差在哪里？

——评小虹的考场作文《另一种触目惊心》

高中生小虹的作文《另一种触目惊心》，是一篇优秀的考场作文。它符合一类作文的标准，符合题意，观点明确，见解新颖，推理想象有独到之处，给人启发，而且，层次清楚，中心突出，语言精确有力等。

可是，满分为60分的作文，老师给了58分，但为什么不能达到满分呢？显然有点缺陷。如果我们清醒地认识到自己的不足，并坚决在以后的作文中得到改进，得到满分就是迟早的事了！当然，更重要的是，我们不是单纯地追求分数，而是力求尽量完美。

让我们先来看看作文题目和小虹的作文吧：

▲作文题目

阅读下面的材料，根据要求写一篇不少于800字的文章。(60分)

在某高中学校校园的“交通安全宣传教育”橱窗中，宣传文字内容配有一张惨烈的车祸现场图片。小王同学就此上书校长，认为学校里的安全教育宣传“给图给真相”用意虽好，但视觉冲击力太强，不太适宜，建议另换其他图片，如漫画等。校长回复说，漫画太“温馨”，不能给人多少触动；人的生命只有一次，安全教育宣传，只有“触目”才能“惊心”。当然，也欢迎大家提出更加完善的建议。

校园安全宣传是“温馨提示”好，还是“触目惊心”好？同学们展开了热烈地讨论并提出了各自的看法或建议。

如果你是该校学生，也参与这场讨论，那么，你的立场是什么？或者对此有什么具体建议？请综合材料内容及含意作文，体现你的思考、看法或建议。

要求选好角度，确定立意，明确文体，自拟标题，完成写作任务。

▲小虹的作文

另一种触目惊心

不知从何时起，每天早上当我踏着晨曦走进校园时，第一眼看到的不再是贴满同学们奖状的板报，而是一张惨烈的车祸现场照片。从开始的惊吓到后来的习惯，我却始终不能不被它影响心情。许多同学有和我一样的感受。小王同学作为代为代表上书提议却被驳回。校长给出了“触目惊心”的理由。

没错，触目才能惊心，我赞同这一观点，但这一理由真的足够充分到让血腥照片流入校园吗？学校应该是神圣、安宁的知识天堂，怎么容得下连国家政策都明确禁止青少年接触的“血腥暴力”呢？我能理解校方希望通过惨烈照片对我们进行深刻安全教育的良苦用心，却也觉得为了达到这个目的就将血腥现场日日展露在还未踏入社会的高中生面前而有些得不偿失。

我赞同“触目惊心”，但拒绝接受这种最浅俗的通过引起人的恐慌来达到教育目的“触目”。我赞同的“触目”，是吸引双目而非刺痛双目；我赞同的“惊心”，是拨动心弦而非拨断心弦。在我看来，可以放一张火灾后无家可归的人们在救火车前聚集的照片，也可以放一张参加因车祸去世的孙子的老奶奶的照片，并配上深情的文字。这样的安全宣传教育无疑更深刻而发人深省。事故的爆发是一瞬间的惨烈，可安全事故最令人难以忍受的，还是它发生之后留下来的巨大后患，是丧失亲人的永恒疼痛，是生命戛然而止的无穷遗憾。这样的图片配文字才算得上继“触目”后又进一步“惊心”。它们以一种更加缓慢而又更加坚固的长势埋进我们的内心，它们不会有车祸现场照片带给我们的强烈视觉冲击力，却能真正敲响我们心中的警钟，令我们开车出行都留一份心。

在不同的场合，要利用不同的“触目惊心”。我与小王同学在支持换掉车祸照片的观点上达成了一致，却不欣赏将其换为漫画的温吞方式，关乎生命，必要“触目惊心”。而我认为，校长在正确的大方向上犯了“‘左’倾错误”。换一种“触目惊心”，解开安全事故的真正痛处，才能使学生思考、铭记。

那么，我们怎样把这失掉的两分追回来？那我们就来诊断一下它的不足，再对症下药。

第一个问题，就是突出中心的问题。

作文题为《另一种触目惊心》，其含义是什么，文中作了精辟的阐述：

我赞同“触目惊心”，但拒绝接受这种最浅俗的通过引起人的恐慌来达到教育目的“触目”。我赞同的“触目”，是吸引双目而非刺痛双目；我赞同的“惊心”，是拨动心弦而非拨断心弦。

它充分体现了小作者见解的深刻性和新颖性！特别是两组动词：“吸引”与“刺痛”“拨动”与“拨断”的精确使用，体现了小作者思维的严密性，可以说得到了研究生的水平，值得鼓掌喝彩！

但遗憾的是，还缺少一句简明的话把中心意思加以高度概括。尤其是全文结尾显得匆匆，就像一位杰出的歌手唱的最后一句高顶唱不上去，不够力。

所以，我建议在现结尾处加两句，成两个自然段，那就是：

正确的“触目”，才能有效的“惊心”！

反之，错误的“触目”，只能是“刺”心！

这样，中心就十分突出了！而且诠释了题目，收拢了全文。是谓“豹尾”。

第二个问题，就是语言问题。本文语言固然十分精彩，但还有一个要注意的地方，就是长句太多。固然，小作者思维缜密，长句没有什么毛病，但是，就阅读效果来说，短句的阅读效果好。

如这样一句：“却也觉得为了达到这个目的就将血腥现场日日展露在还未踏入社会的高中生面前而有些得不偿失。”

读起来就费力。不如拆成三节，为：“却也觉得：为了达到这个目的，就将血腥现场日日展露在还未踏入社会的高中生面前，真有些得不偿失。”

另外，就用词的精确完美来讲，任何文章都是推敲无止境。特别是考场作文，时间紧张，几乎没有推敲语言的时间。如全文倒数第三行中的“必要”一词，不如改为“必需”更加明确。又如全文倒数第二行，应在“正确的大方向”前加上“基本”一词，更为严密。又如最后一句中的“思考”一词不如改成“深思”，则更加精确。尽管考场来不及推敲词语，但如果平时养成推敲的好习惯，在考场上自然可以表现出来。

当然，就是考场满分作文也不可能完美，甚至有些还看走了眼！但是尽量完美却是我们不懈的努力目标。

特别要指出的是，上述的两个问题在同学们的考场应试作文中都普遍存在，只是表现的程度不同。如突出中心的问题，不少同学老是不注意这个问题，如第一段答非所问，或者不能开门见山；又如笔力分散，抓不住中心；又如详略不当，抓不住重点等等。这就需要在平时的训练中加强纠正。又如语言问题，议论的语言要流畅扼要，叙述的语言要生动活泼，说明的语言要简明准确，更需要通过平时的推敲和反复修改来提高。

（原载于2018年3月6日微信公众号“教育新视界”）

高中生写作必由之路：两条腿走路，缺一难行

——兼评小虹同学的两篇作文

一

学生进入高一，在开始接受高考作文训练的时候，往往惊呼，老师，这不是训练写八股文吗！你们不是一直说作文要写真情实感吗？为什么要按照这些框框条条写，我们受不了！

学生的话既对又不对。

对在作文就是“我手写我心”，错在不了解高考作文的特殊性。

高考作文因为数量巨大，在批改上必须依据统一的标准，否则无法公平公正，所以必须要求考生遵循一定的框框条条来写！当然这些框框条条也是有道理的，符合写作要求的，不过它只是一种普遍的鲜明的类型。好比有许多条道路到甲地，我们只规定走一条最方便最明确的路，再比谁走得快。

一方面，高中阶段是学生锻炼提高写作水平的重要阶段，另一方面，高考作文成绩对大学录取有重要作用。既然如此，高中

生提高写作水平的唯一方法，就是自由文和应试文一起练，同步推进，好比是两条腿走路，缺一难行。

其实这一点是完全可以做到的，许多高中生就是这样走过来的。就是古代许多大文学家大诗人都同时是进士秀才身份，唐宋八大家除了苏洵一人，其余七人都是进士身份。就好像拳手，既会太极拳，又会自由拳，这是很常见的事情。何况将来进入社会工作，公文的写作是不可避免的，都是有框框条条要求的，你是回避不了的。

二

那么，两条腿走路，要注意什么问题呢？

第一，众所周知，提高作文和语文水平的唯一方法是多读多思多写，高中生同样如此。

多读，也不能见草就啃。因为高中功课繁多偏重，并没有多少时间读课外书，只能有选择地读。那怎么选择呢？一是读时文，现在出了很多高中时文集萃一类的期刊读物，可以选自己喜欢的一种即可，这样可以省略大量查找写作资料的时间。二是读名著，也有省时省力的办法，就是尽量地根据课文出处去读名著。如课本上有鲁迅的一篇小说，你就可以去读鲁迅的小说集《呐喊》；有艾青的诗歌，就去读他的诗歌集。这样，既充实了自己，又加深了对课文的理解，岂不是一举两得？三是要看一些影响巨大的有代表性的影视作品，如《以人民的名义》《战狼 2》《流浪地球》等。

多思，就不多说了，关键是想象和联想。恩格斯曾经说过：

“思维是地球上最美丽的花朵。”而想象和联想是放飞思维活动的最基本方式，通过想象和联想可以使文章的内容更丰富，表达的情感更深刻含蓄，增强文章的感染力。后面列举的小虹同学的两篇作文就可以充分说明这一点。

多写，除了写大作文以外，好像没时间，其实，大多语文老师都会给学生布置小作文或周记，这就是练写自由文的好机会，如果写日记，那就可以有意练习自由文。老师尽管忙，但看多了会给你提一些意见的。

第二，平时的大作文，当然以练习应试作文为主。特别要注意的是，老师每次给你作文提出的意见一定要高度重视，并且有意识地有目的地去改进，逐步提高自己，如有不少同学写应试议论文，就是不愿意开门见山或者不写提纲，大都是“屡教不改”，或者是时改时犯，结果到了高考，就改不掉了。可能潜意识里还是对写应试作文有抵触情绪，这可是麻烦事啊！至于应试作文的具体训练，学校老师自会根据教材采取必要的方法和步骤，这里就不再赘叙了。后面我们可以通过批改一篇作文来具体说明这个问题。

第三，练习自由文和应试文两者并不冲突，而且可以互相补充，如对语言和材料的驾驭，两者是互相促进的。要注意的是，写应试文有框框条条的要求，一定要遵循，切不可敷衍了事。

总之，只要我们坚持两条腿走路，我们就一定能胜利走完高中阶段的写作之路，到达成功的阶段性终点！

【例一】小虹同学的一篇自由文及点评

浅析“女汉子”一词

小虹

上一次春晚，贾玲表演了一个小品，这要内容就是“女神和女汉子”。

当时笑笑就忘了，没太在意。现在“女汉子”一词的使用率只增不减。随便刷一刷空间，看一看贴吧，就经常能发现这个词。

我开始思考，为什么会出现“女汉子”这一词？伴随其出现的，还有“娘炮”“软妹”等名词。事实上，这些词在搞笑调侃的同时，折射出了当今中国的一个社会问题。

似乎，在中国人心里，“男”和“女”已成为一种性格的形容词，而不只是单纯的性别名词。汉子“就一定是刚硬无畏，高大威猛的”；妹子“就一定是惹人怜爱，相对弱小的”。但是，这种想法岂不是很荒谬，可笑吗？

我不否认，男与女确实存在生理结构上的差异——但这，不能是中国男人畸形封建思想泛滥的借口，也不是中国女人习惯依赖男人、认为嫁得好一辈子就好的理由。

而且这种观点的存在，可以追溯至远古，从“阴阳”学说中觅得源头。

有一次和同学A聊天，她居然说：男人就应该让女人，女人就应该被呵护。她的幼稚让我无可奈何，却无从辩驳。

《奔跑吧兄弟》有一集，王宝强撕了一位女嘉宾的名牌（注：撕名牌是一种游戏）只是因为这个，就有很多人骂他不是男人。我就不懂了，他没有违反规则，为什么撕了女生的牌就不是男人了？

我很欣慰，随着时代进步，女性的地位越来越高。但是，中国人始终认为，女性是相对弱小的一方。而中国的女人，为自己的娇弱感到自豪。这种病态的思想何时才能消除？

因为生理的原因，大家都推崇“女士优先”。我也赞同。但我拒绝用我的性别去讨巧、偷懒；我拒绝任何人把我的性别看作性格；我拒绝不适宜的优待。

不论男女，我们都应该学会去承担；不要再用“女汉子”一词，因为根本没有“女汉子”！

舒婷曾这样写道：

“我如果爱你——

绝不像攀援的凌霄花，

借你的高枝炫耀自己。”

“我们分担寒潮、风雪、霹雳。”

“我必须是你近旁的一支木棉，

作为树的形象和你站在一起。”

笔者点评：很不错的一篇杂文！完全来自生活及对生活的思考。立意新锐，文笔有力，剖析社会现象，揭示事物本质，有见识！有志气！最后以舒婷诗作结，站到人性高点，如金豹甩尾，铿锵有力！不足之处是对男尊女卑的历史现象分析不力，结构还不严谨。

说到对男尊女卑的历史现象分析不力，还要多说几句。在我们写作中经常会遇到对有关问题认识不清或无法深入的情况，这时就需要查询资料。现在有了互联网十分方便。可在网上搜寻

“男尊女卑”，即可得百度对此的解释，随意选一段，为：东周以后，贵族阶级实行多妻的媵妾制，严格分别嫡庶，儒家的礼教对女子的行为作了种种的规定。汉代进一步有衍律褒扬贞节，东汉女学者班昭著《女诫》七篇系统地阐扬男尊女卑的观念、夫为妻纲的道理及三从之道、四德之仪，从此男尊女卑观念深入全社会，广泛表现在观念形态及实际生活的各个方面，给妇女带来深重的压迫、歧视及无穷的痛苦。直至近代，启蒙思想产生，西方民主主义思想输入，中国政府特别是新中国大力提倡男女平等，才逐渐打破这一思想禁锢。若把这一段加到文章中，或稍作修改，就把这个问题讲清楚了。这就是读思写三结合，可迅速提高自己的思想认识和写作水平！这就是成长！

【例二】小虹同学的一篇应试文及点评

题目：阅读下面的材料，根据要求写作。

白天看电视玩游戏，半夜依旧在微信网聊……这是部分学生暑假生活的打开方式。而暑期还未开始，杭州就有一少年痴迷打《王者荣耀》，和父亲发生口角，一言不合，居然从四楼一跃而下。沉迷《王者荣耀》，谁之过？

有人认为开发商的逐利思维太浓；有人认为家庭监管缺失；有人认为政府欠缺行业规范化指导；也有人认为玩家缺少自律……

请从中选择两个或三个角度来表达你的观点，使之形成有机关联。选好角度，明确文体，自拟标题；不要套作，不得抄袭；不少于800字。

不随网络之波，不逐轻文化之流

小虹

杭州一少年因痴迷打游戏与父亲发生口角，最终竟从四楼跃下。无独有偶，众多家长反映孩子放假回家后只知道上网、打游戏。这一现象引发热议，而我认为造成这一局面的原因无非是三个：浮躁的社会环境，应试性学习的压力和身边日益增加的诱惑。

“微”“快”是这个时代的主旋律。在多份调查报告中，我们不难发现，中国学生越来越倾向于轻文化。课余时间，大多数学生会选择刷剧、网聊、打游戏等纯娱乐性质的娱乐。这是因为现在的整个社会都飘浮在空中，身处其中而且尚未建立成熟世界观的青年们，自然也难以沉下心来，体味学习的乐趣。轻文化的确能给人们带来最直接的愉悦，使学生们一触即沉湎。殊不知，在进行“简单而有趣”的网络冲浪时，学生们实际上削弱自己的思维能力和获得深层次审美能力的可能。

其次，巨大的学习压力也是导致这一现象的重要原因。俗话说，哪里有压迫，哪里有反抗。二十世纪的新新人类们，似乎从呱呱坠地的那一秒起，又被这样教导：网络是洪水猛兽。长大后迈入学校，迎面而来的又是这样一条准则：没收手机，好好学习。越是这样，学生们越会产生抗拒心理。更何况，被成绩压着的他们难以热爱学习。在绞尽脑汁想数学题与不用动脑玩手机之间，我想大家都会选择后者吧。其实，堵不如疏，学校要引导学生找到解题的成就感，让他们明白学习是这个阶段他们的职责并鼓励他们发展学科兴趣。

此外，这一现象的产生与诸多的诱惑脱不了干系。要是在古代，学生们放假了，似乎只能吟吟诗、作作画，而这些在家长眼中无疑是有益身心的。之前有媒体戏言："如果手机出现在唐朝，那么现在我们看到的，将不再是李白的诗篇，而是杨玉环的自拍。"这虽是夸张之词，但也足够说明，"孩子回家打游戏"是诱惑颇多的新时代的命题。

劳逸结合是成长的最优方式，而什么是逸，如何逸，则是家长与孩子要共同解决的首要问题。引导学生发现轻文化之外的美好世界、感受思考学习的兴趣，则是家长们的责任。这一代是迷惘的一代，但却不该是垮掉的一代。成为时代的弄潮儿，而非被网络的洪流裹挟，这是中国青年的该有的状态。

2018 年 3 月

笔者点评：文章切题，主旨明确，层次清楚，语言流畅有文采。84 分（用百分制计）恰当。

不足之处主要为两点：

1. 中心论点必须鲜明可见。

题目尚可，若用《必须制止这类悲剧发生》更佳，指向更明确，更切题。还有，第一段提示了作文要写的主要内容（三个原因），但还不够！必须对材料中的事件或问题表明自己的态度立场！就是要开门见山！因为是考场作文，考官批改的时间极短，没有时间在文中慢慢找出你的观点，这就是应试作文的不同要求。学生必记此点！

所以接着还要加两句，即：我们要采取必要的措施应对，防止此类悲剧再度发生。

可以说，改个题目，再加上这句，作文即可再提高 6 分，为

90 分了。

2. 必须注意语言的准确性。

所用的词及句子不能含义过宽过大，要加定语限制，这样表达才准确严密。

如第 3 行“浮躁的社会环境”说严重了，应缩小为“社会心态”。

第 4 行“主旋律”前应加定语“文化生活”限制。

第 6 行“因为现在的整个社会都飘浮在空中”，批评面太宽了，“整个社会”应改为“不少人的心”。第 10 行，“哪里有压迫，哪里有反抗”，此句不当，应改为“事物之间若发生作用力，必有反作用力产生”之类句子。

倒数第 3 行“则是家长们的责任”前应加一句，为：“增强孩子的学习责任感和自制力。”这是解决问题的主要措施，必须写出来。

这个问题解决了，文章可再提高 4 分！加上上一点改进，该作文可得 94 分。

（原载于 2018 年 5 月 17 日微信公众号“教育新视界”）

学生家里的热战冷战：常常源自攀比

一些学生家里的热战时起，冷战不断。你仔细一打听，原来是这些家长爱拿自己的孩子与别人的孩子攀比，结果点燃战火。

——你看你看，这次考试人家 xxx 超过你整整十名，这就叫有志气！以前呢，你一直在他前面，现在骄傲了，骄者必败！

——你看看人家 xxx，现在已经报送到重点大学了，你呢，考本科都危险，我跟他爸在一个单位，我的脸都给你丢尽了！

——你的小学同学在 xx 学校现在已经是年级第一名，考取好学校绝对没问题！可你呢，在班上摆尾！前天，我看到他妈，只能躲着走，我怕丑呀！

如此等等。

往下呢，孩子火冒三丈，心灵受到极大的损伤，往往产生了自卑和挫败感，会一时萎靡不振，学习自然无心。

特别是，一旦中考高考录取结束，不少录取情况不理想的孩子，又会被家长拿来作为攀比及贬损的对象，结果当然意味着新的家庭矛盾产生。在不少个性较强的学生的家庭，往下很可能就是激烈的争吵或是不尽的冷战。

其实，这种攀比是十分幼稚可笑的。俗话说“人比人，气死人”，简单的片面的静止的攀比，只能使人陷入盲目的愤怒和沮丧。

因为，每个人的发展状况、特点和道路都不一样，特别是处于成长期的少年和青年学生，尤其如此。

首先，他们的可塑性很大，发展性很强。这次考试或今年的考试你不如她，下一次或明年的考试很可能他不如你。你今年学会了游泳，而他没有，岂不是又赢了一分；而下一月，他也学会了游泳，前面的“比”就毫无意义。由此类推，其他各项皆如此。

而且，仅比一项（如考试或待人）而不是全面的比，也是片面的。就德智体美劳诸多方面来说，学生各有各的强项，你怎么比？笔者就见过一般民办学校的学生生活劳动能力普遍比公办学校的学生强。又如，职业学校毕业的学生能在世界技能大赛中获奖，照样为国家争得殊荣！而你非职业学校的学生，一般都望尘莫及。

特别强调的是，如果仅仅在他们成长的某个节点，来进行优劣的比较，得出的结论就必然是非常可笑的。今日举世闻名的大电商马云，高中时，三次考大学未被录取，当时他的父母要是拿他与千千万万个考取大学的孩子相比，那还不被活活气死！又如当年闻名全国的“第一神童”、科大少年班的宁铂，当时可能是许许多多家长仰视的攀比对象，可他后来既没有出国留学，也没有获得研究生的学位，于2002年前往五台山出家。但是，因此就说宁铂未成功，也为时过早。以后他会怎样，现在也是不可以下结论的。

如果再打个比方，就更容易说明这个道理了。

如果把孩子们比喻成百花，在不同的时间点，拿它们进行优劣比较，就更可笑了。像在春天里，拿桃花和菊花比美丽，那菊花肯定输给桃花；而在秋天里，桃花绝对比不上菊花美丽。

如果再就百花的不同形态，进行优劣比较，也是可笑的。春天里，你拿杜鹃花与樱花比美丽，有结果吗？各有各的艳处。

就是不起眼的苔花，也自有它的价值和美丽。清代诗人袁枚创作的诗歌《苔》说得好：

其一

白日不到处，青春恰自来。

苔花如米小，也学牡丹开。

其二

各有心情在，随渠爱暖凉。

青苔问红叶，何物是斜阳。

苔藓自是低等植物，多寄生于阴暗潮湿之处，可它也有自己的生命本能和生活意向，也有自己存在的独特价值和美丽形态。它靠自己生命的力量自强，争得和花一样开放的权利——这就够了，这世道并非仅为少数天才和英雄而存在的！因此，没有必要拿它与牡丹比个高下。

当然，拿同龄人中的佼佼者或别的优秀人物或某人的优秀言行，来给孩子作为学习的榜样，是必要的，不可缺少的。但是，完全不需要拿你的孩子直接去跟他们比，更不要拿这个来贬损孩子。特别是有些家长以为这种贬损能刺激孩子向上，其实效果恰恰相反。俗话说得好，良言一句三冬暖，恶语伤人六月寒。就是这个道理。在孩子遇到挫折或困难时，需要的是良言，需要的是鼓励与帮助啊！

近些年来，这种攀比导致家中矛盾激化的现象屡屡发生，当然也有一定的社会原因。特别是在城市里，急功近利、望子成龙的社会心态普遍蔓延，尤其是大都只有一个宝贝子女，心情更为迫切。家长们喜欢在微信群里交流，晒自己孩子的进步和成绩。这些都促使了攀比的发酵。所以，在这样的情况下，家长们更要对此问题更要有清醒的认识和坚决的克制。

特别是今年的中考高考及录取已迫在眼前，有关的家长们可要注意啊！

（原载于2018年6月13日微信公众号“教育新视界”）

欢庆吧，翠园50！

追梦出彩，

辉煌翠园！

五十年矢志不渝，五十年励精图治，五十年风雨兼程，五十年含辛茹苦，五十年可歌可泣，五十年精彩迭出！

一代代的翠园人从未停止他们追梦的步伐，用他们智慧和汗水的足印铺就了罗湖教育和深圳教育的一条星光大道，造就了今天罗湖教育的“航空母舰”！

君知否，1964年，深圳还只是一个破落的小渔村，总人口也只有两万多人，仅有一所宝安中学（现深圳中学的前身）和新设的深圳镇职业中学（翠园中学的前身）。

当时的校址就在花果山下观景台旁、靠近田贝的一个小农场，四面环山（现早已铲平），多处是坟地，中间有一口小鱼塘。把猪圈改成教室，把饲料室改成教师办公室，还搭起草棚。全校只有一个班，共57人。总共只有两位老师和三个教工。副镇长梁正华兼校长（已去世），其主要任务是搞勤工俭学筹集办学经费……

但是，师生们仍满怀着对美好明天的憧憬，艰苦奋斗，追梦不息！

当改革开放的春风吹遍了南粤大地，春天的故事在梧桐山下、罗湖湾畔展开，这所乡村学校沐浴了崭新阳光的洗礼，汲取了蔚蓝海风的甘露，像青春健儿开始大步跨越——1984 年改名为深圳市二中，1985 年改名为翠园中学，1992 年被定为罗湖区重点中学，学校就这样步步提升，翠园的天空就这样变得绚烂多彩。

草木蔓发春山，
白鸥矫翼碧海……

曾记否，1992 年，翠园人激越地喊出了“一次创业”的口号，回应了时代对这片土地深情而急迫的呼唤，它同滔滔的海浪一起，翻卷起翠园教育改革的春潮，团结奋斗，争创一流，翠园在 1996 年顺利通过了深圳市一级学校的评估，在 1999 年率先通过了广东省一级学校的评估，成为了省一级学校的排头兵。

春风马蹄号角，
阳光海浪帆尖……

当新世纪的第一抹曙光染亮了青青翠园的树尖，自强不息的翠园人又响亮地提出了“二次创业”的口号，要尽快建成国家级示范性高中。他们要为孩子们的未来“奠定学力，奠基人生”，他们要为祖国培养起步长城、迈向世界的新人。办学理念示范，高中课改示范，教育品牌示范，师德师才示范，人才培养示范……青春翠园吸引了国内四面八方众多注视的目光，赢得了人民群众的一致赞扬！

万花芬芳斗艳，
乘风破浪向前……

2008 年，再接再厉的翠园人又开始了“三次创业”的新征程，学校以“绿色、智慧、蓝海、多元”作为发展策略，放眼国际教育大视野，以五大校园文化——环境文化、课堂文化、教师文化、学生文化和“翠园 AP”的国际文化为软实力，实施“蓝海战略”，从而使“智慧校园，出类拔‘翠’”！

中国梦想牵引，
喜看出彩翠园……

2012 年 11 月，具有伟大历史意义的党的十八大提出了要实现中华民族伟大复兴——“中国梦”的奋斗目标。新的学校领导韩冬青校长把帮助今天的中学生牢牢确立实现“中国梦”的伟大志向并具备必备的素质和才能，作为义不容辞的光荣职责和工作重点，推动与深化翠园各项工作继续向前发展与不断“出彩”。短短一年多的时间过去了，学校在办学理念创新、现代学校制度建设、高效教学研究、学生素质优化、国际化教学等五方面取得了显著的成绩，今天的翠园已拥有高中部（本部）、初中部和东晓三个校区，占地面积和班级数、师生人数均为罗湖之最！它正在向“具有现代学校制度、科学发展的卓越高中”的更新目标迈进！

学校出彩，师生出彩，翠园人为实现中国梦谱写了崭新的一页，也为翠园中学 50 周年校庆画上圆满的句号！

翠园——师生们追梦成真的翡翠地，翠园——培育大批高材生的梦工厂！

抚今追昔豪情涌，
继往开来志更坚……

自豪吧！一代代的翠园人，这里的翠地已留下你追梦出彩的美丽足迹！

欢庆吧！翠园 50！

为了回首，更为了向前……

2014 年 10 月 1 日

笔者今注：此文为 2014 年笔者为翠园中学校庆 50 周年纪念册《追梦出彩，辉煌校园》所写的前言。2018 年 9 月 30 日，深圳市翠园教育集团成立，它以翠园中学高中部为龙头学校，涵盖翠园中学初中部、翠园中学东晓校区、文锦中学、松泉实验学校、黄贝学校和鹏兴实验学校等 6 所学校。韩冬青任翠园教育集团总校长，分校校长有章学郭、周小荣、李光耀、曾挺宇、刘开福等。它标志着翠园中学里程碑式的大发展。